SUSANNE FALK

Johanna spielt das Leben

ROMAN

PICUS VERLAG WIEN

1961

Johanna Neuendorff saß im Garten vor der Döblinger Villa und schaute ihrem Kind dabei zu, wie es an einem Stück Apfel erstickte, während sie mit dem Burgschauspieler Josef Meinrad Tee trank. Es war Ende Mai. Der Sommer lag schon schwer über dem Wiener Nobelbezirk und die Hitze stand zwischen den Rhododendrenbüschen. Sie zögerte zunächst, nicht lange, aber immerhin, bis sie sich schließlich dazu entschied, den Freund beim Deklamieren eins Nestroy-Textes zu unterbrechen und ihrer Tochter das Stück Apfel aus dem Hals zu holen. Dazu zog sie mit ihrer linken Hand das Kind an den Füßen aus dem Kinderwagen nach oben und schlug ihm mit der rechten kräftig auf den Rücken. Die kleine Lore würgte zuerst, spuckte dann, schrie und ballte schließlich, mit neuer Lebenskraft erfüllt, die kleinen Fäuste gegen ihre Mutter, die, daran bestand kein Zweifel, nicht ganz unschuldig an dem Vorfall war.

Weil das Kind nicht aufhören wollte, mit seinem Babygebrabbel den Vortrag des großen Burgtheatermimen und Freundes zu stören, hatte Johanna Neuendorff entschlossen zum Messer gegriffen und ein Stück von einem Apfel heruntergeschnitten, das sie ihrem Töchterchen in die kleine Hand drückte. Und es hatte nicht lang gedauert, bis die kleine Lore mit ihren zwei Zähnchen ein großes Stück vom Apfelschnitz abgebissen und sich daran verschluckt hatte. In der Folge sollte das dem Kind den Kosenamen »Schneewittchen« einbringen. Dies implizierte nicht zuletzt auch ein sehr besonderes Mutter-Tochter-Verhältnis. Josef Meinrad aber hatte während des Vorgangs mit großer Verwunderung dem Treiben der jungen Mutter zugesehen und war schließlich, nachdem alles vorbei war und das Kind wieder atmete, aufgesprungen und hatte ausgerufen: »Johanna, du Retterin!«

Das hatte Johanna Neuendorff gefallen, blendete es doch vollkommen die Tatsache aus, dass sie es gewesen war, die ihr Kind beinahe mittels eines Apfels umgebracht hatte. Später würde sie ihrer Tochter diese Szene noch oft beschreiben und stets mit den Worten enden: »So schenkte ich dir also an diesem Tag das Leben – zum zweiten Mal!«

Drei Jahre hatte sie ihm versprochen. Drei ganze Jahre sollte sie daheim verbringen und Kind und Villa hüten, als treu sorgende Ehefrau und liebende Mutter. Nun waren gerade etwas mehr als acht Monate vergangen und sie war kurz davor, mit dem Kopf gegen die Wand ihres adrett eingerichteten Ankleidezimmers zu rennen, das, ganz entgegen der aktuellen Mode, rot gestrichen war, weshalb die Blutflecken gar nicht mal so stark aufgefallen wären, selbst wenn sie ihren Schädel mit aller Wucht dagegengerammt hätte. Es war ein klassischer Fall von fehldekorierter Kulisse.

»Rot!«, sagte sie leise und schüttelte den Kopf über ihren eigenen Unwillen, sich in ihr pastellfarbenes Schicksal zu ergeben, auch wenn das zweifellos moderner gewesen wäre. Ihr Mann hatte sie ja zu einer rosafarbenen Tapete überreden wollen, aber sie hatte hartnäckig auf Rot bestanden, weil auch Julias Zimmer rot gewesen war und Shakespeares unglücklichster Teenager aller Zeiten ihre erste große Rolle. Das Rot erinnerte sie demnach an ihren ersten großen Triumph auf der Bühne und wenn ihr nicht bald etwas einfiel, wie sie dem Dasein als Ehefrau und Mutter entkommen konnte, würde es vielleicht ihr letzter großer Erfolg bleiben.

Nie hätte sie gedacht, dass man sich als Mutter so entsetzlich langweilen würde. Gut, das Kind war herzig. Mit seinen dicken

Wangerln und den blonden Lockerln hätte man es problemlos auf jedem Kirchenaltar platzieren können, als lebenden Putto. Und es war ja nicht so, dass sie das Kind nicht liebte. Das tat sie sehr wohl, mit der aufrichtigen Zuneigung, die man auch einem geliebten Haustier entgegenbrachte. Dennoch zog sie aus dem immer gleichen Ablauf von füttern, wickeln, spazieren gehen und Lieder singen keinerlei Befriedigung. Am ehesten sagte ihr noch der morgendliche Spaziergang zu, wenn sie ihren eleganten blau-weißen Kinderwagen zwischen den schönen großen Villen Döblings hindurchschob und sich vorstellte, wie die Nachbarn sie heimlich hinter ihren Vorhängen verborgen anglotzten. Die schöne Frau Neuendorff, die Burgschauspielerin, fährt wieder ihr Kind spazieren, würden sie flüstern und ihr angesichts ihrer mondänen Ausstrahlung, des modernen Wagens und auch ein klein wenig des hübschen Kindes wegen voller Neid nachschauen. So dachte sie zumindest, bis sie eines frühsommerlichen Tages einem der Nachbarn begegnete und der sie ansprach. So ein süßes Kind, ach nein, wirklich, was für ein herziges Mäderl das doch war! Da haben Sie aber Glück, dass Sie auf so ein nettes Kind aufpassen dürfen.

»Ich bin die Mutter, nicht das Kindermädchen!«

Sie hatte den Wagen grußlos weitergeschoben. Eine Schauspielerin erkannte man daran, dass sie auf der Bühne stand. Und ein Kindermädchen erkannte man daran, dass es in einer reichen Gegend morgens um zehn einen teuren Kinderwagen durch die Straßen schob, während die Mutter einen Friseurtermin wahrnahm oder einkaufte oder, Gott bewahre, in der Kanzlei ihres Mannes mitarbeitete. Was diese Mütter hier eben so taten. Wieso nur hatte sie zugestimmt, sich die ersten drei Jahre selbst um das Kind zu kümmern? Es war ein großer Fehler gewesen nachzugeben. Und nun war sie das Kindermädchen.

»Du bist ihre Mutter!«, hatte er gesagt, ganz so, als müsste man sie daran erinnern.

»Das weiß ich«, presste sie zwischen ihren Lippen hervor. »Aber ich bin auch Schauspielerin.«

»Und meine Ehefrau!«, fügte er hinzu. »Erwartest du etwa, dass *ich* mich um das Kind kümmere?«

»Das wäre doch mal was!«, rief Johanna Neuendorff aus, wohl wissend, wie unrealistisch die Vorstellung war, ihr Mann könnte sich mehr in die Kindererziehung ihrer Tochter einbringen. Sein Part bestand darin, abends aus dem Büro heimzukommen, das Kind etwa fünf Minuten lang auf den Knien zu schaukeln, dann eine kurze Runde mit ihr auf dem Arm durch den Garten zu drehen, was ebenfalls fünf Minuten in Anspruch nahm, und die kleine Lore zu guter Letzt mit bereits fertig gekochtem und serviertem Brei zu füttern, was, weil das Töchterchen eine gute Esserin war, oft auch schon nach fünf Minuten erledigt war. Alles in allem beschränkte sich seine Vaterzeit demnach auf eine Viertelstunde pro Tag. Der Rest war Johannas Sache.

»Wir hatten eine Abmachung«, erinnerte er sie, »und die hieß: kein Kindermädchen! Drei Jahre lang.«

Da riss ihr der Geduldsfaden. Irgendetwas setzte aus und das Nächste, was sie wahrnahm, war das Zersplittern des Porzellans, als die Mutter-Tochter-Statuette, die er ihr zum letzten Hochzeitstag geschenkt hatte, an der Zimmerwand zerbarst. Und alles, was er dazu zu sagen hatte, war: »Du musst auch aus allem eine Szene machen.« Dann verließ er, die verschreckte und brüllende Lore auf dem Arm, die die Szene von der Gehschule aus beobachtet hatte, wortlos das Zimmer. Johanna aber holte ihn nicht zurück. Stattdessen nahm sie den Besen aus dem Schrank, um die Scherben aufzufegen. Natürlich hätte sie die Haushälterin bitten können, dies zu tun. Aber solange sie fegte, kümmerte er sich um Lore und solange sie sich nicht um Lore kümmern musste, würde sie weiter fegen – und sollte es auch eine Stunde dauern. Oder zwei. Oder die nächsten sechsundzwanzig Monate lang.

Später am Abend, als das Kind schon schlief und sie sich selbst fürs Bett fertig machte, konnte sie seine Stimme aus dem Arbeitszimmer hören. Es klang, als wäre er am Telefon.

»Nein, ich weiß wirklich nicht, was in sie gefahren ist ... Ja, ich sage es dir doch: Ein Rums und das Ding war hin! ... Könnte schon sein. Du meinst, ich soll Dr. Rudloff kommen lassen? ... Nein, das würde sie nie ... Andererseits ist sie in letzter Zeit so komisch mit unserer Lore ...«

Da hatte sie bereits mehr gehört, als sie wollte. Und auch mehr, als sie verkraften konnte. Kaum hatte er am nächsten Morgen das Haus verlassen, packte sie ein paar Kindersachen zusammen, hängte sich eine Tasche um, schnappte sich Lore und balancierte Kind und Gepäck zur nächsten Straßenbahnhaltestelle. Es würde Zeit kosten, aber es war ja noch früh. Und sie hatte keine Ahnung, wo sie das Kind sonst lassen sollte, also fuhr sie den ganzen Weg nach Favoriten und klingelte schließlich in der Quellenstraße 112 auf Tür Nummer 8.

Die Mutter war nicht da. Unter der Woche putzte sie oft bei wohlhabenden Leuten in Simmering. Der Vater steckte wer weiß wo. Aber Mitzi war da.

Niemand hatte Johanna erzählt, wann es angefangen hatte, aber sie kannte die Geschichte, in der Tante Mitzi, die ältere Schwester ihrer Mutter, eines Tages nackt auf den Treppen von Maria am Gestade aufgegriffen wurde, als sie mit ihrer Kleidung die Treppen scheuerte. Danach verbrachte sie Monate auf dem Steinhof und wurde entlassen, ohne geheilt zu sein. Man versuchte alles. Sogar der berühmte Doktor in der Berggasse, der in die Seelen der Leute blicken konnte, wurde bemüht. Ein Arzt der Tante hatte sich für eine Konsultation bei Freud starkgemacht und sie schließlich arrangiert. Danach trat zwar zeitweilige Besserung ein, als jedoch der März 1938 kam, ging der Spuk von vorne los und Mitzi, die stets singende, immer fröhliche Irre, geriet in die Fänge der Nazis. Ein Onkel des Vaters, ein illegaler Anhänger der Deutschnationalen, machte sich schließlich für ihre Freilassung stark und so stand sie eines Tages plötzlich wieder da, in der Quellenstraße Nummer 112, sprach kein Wort mehr und hörte über Monate nicht mehr auf zu zittern, es sei denn, die kleine Johanna legte sich zur Tante ins Bett und drückte sie fest an sich.

So blieb es. Das junge Paar, Johannas Eltern, rückte zusammen und die Tante zog in das winzige Kabinett neben dem Wohnzimmer ein, in dem auch Johanna schlief. Als die Bomben auf Wien fielen, war es Mitzi, die Johanna an der Hand in den sicheren Keller führte, und es war Mitzi, die, Gott weiß woher, Essen für das Kind besorgte, als nichts zu bekommen war. Wenn es einen Menschen auf dieser Welt gab, dem Johanna bedingungslos vertraute, dann war es ihre stumme, verrückte Tante.

Sie drückte der lächelnden Mitzi ihre kleine Tochter in den Arm, dazu die Tasche mit den Windeln, die auch eine Dose mit vorgekochtem Milchbrei enthielt, den die Haushälterin am Morgen gemacht hatte.

Johanna nahm Mitzis fahles Gesicht mit den unruhigen Augen zwischen ihre Hände und sagte eindringlich: »Ich muss für ein paar Stunden weg. Aber ich bin bis zum Nachmittag zurück. Pass bitte auf Lore auf! Schaffst du das?«

Mitzi nickte so heftig, dass ihre grauen Locken vor- und zurückschlugen und sie beinahe das schlafende Kind geweckt hätte. Johanna küsste Tante Mitzi kurz auf die Stirn, rannte dann aus der Wohnung, die Treppe hinunter und eilte aus dem Haus.

1961

Sie hatte das grüne Kostüm angezogen, nicht etwa weil es ihr gut stand, sondern weil es teuer war. Sie wollte nicht so aussehen, als hätte sie es nötig, um ein Engagement zu betteln. Aber natürlich war es so. Nur ging es nicht um Geld.

Zu klein durfte die Rolle nicht sein, denn das hätte einen klaren Abstieg bedeutet. Wer einmal Julia und Luise Miller gewesen war, der schlüpfte nicht so einfach in das Kostüm von Dienstmädchen Nummer zwei. Und wer behauptete, es gebe keine kleinen Rollen, der hatte noch nie versucht, seinem Dasein als Mutter zu entfliehen unter dem Hinweis auf die unabdingbare Anwesenheit seiner selbst bei den Proben eines Tschechow-Stücks. Auf das Dienstmädchen Nummer zwei konnte man bei Proben ohne Weiteres verzichten, auf die weibliche Hauptrolle schon viel weniger. Und er würde sie nur gehen lassen, wenn die Rolle wichtig war. Wenn überhaupt.

Die Handschuhe störten sie. Das Kind hatte sie vollgeschmiert mit ihre ewigen Rotznase und nun sahen sie nicht mehr blütenrein aus. Außerdem klebte der Dreck Favoritens an ihnen. Sie hätte das Kind doch bei der Haushälterin lassen sollen. Aber dann wäre es nicht mehr möglich gewesen zu verschweigen, was sie zu tun beabsichtigte, und wenn es ein Misserfolg wurde, dann wäre auch dieser bald herausgekommen und das hätte das Ende aller Ambitionen bedeutet. Er durfte nicht wissen, was sie tat, mit wem sie sich traf, wohin sie wollte und was sie plante. Nicht bevor sie eine Zusage in der Tasche hatte.

Sie sah erneut auf ihre dreckigen Handschuhe, drehte sie hin und her, zog sie schließlich aus und stopfte sie in ihre

Handtasche. Noch drei Straßenbahnstationen, dann war sie da. Tief Luft holen, Johanna. Es wird schon alles gut gehen. Es musste einfach gut gehen. Und wieso auch nicht? Das konnte sie doch, andere überzeugen. Das war schließlich ihr Beruf. Vielleicht war sie keine selbstbewusste Theaterdiva, die sich ein neues Engagement erkämpfte, aber sie konnte eine spielen. Brust raus, Luft holen, aussteigen. Sie war da.

Die letzten Monate hatte sich alles nur um das Kind gedreht. Und nun sollte es sich einzig und allein um sie drehen. Es war ihr Augenblick, ihr Auftritt, und den wollte sie genießen. Er würde nicht lange dauern und dann ging es zurück nach Döbling in die Villa, heim zu Mann und Kind und Gummibaum und zu einem Leben, das sie freiwillig gewählt hatte und dennoch nicht wollte.

1949

»Vielleicht sollten wir heiraten«, hatte er gesagt.

Nein, eigentlich war das nicht der Anfang der Geschichte. Es begann viel, viel früher, mit einem weinseligen Abend im Gössinger. Da hatten sie sich alle nach der offiziellen Premierenfeier eingefunden, um noch ein wenig auf den abendlichen Triumph anzustoßen, *Kabale und Liebe,* und sie, Johanna Jedlicka aus Favoriten, war die gefeierte Luise Miller. Im zarten Alter von knapp neunzehn Jahren war das nach *Romeo und Julia* bereits ihr zweiter großer Erfolg an der Burg, die nicht die Burg, sondern das Ronacher war, und vor Johanna lag eine rosige Zukunft als junge Naive. Das war in der Tat ein guter Grund, mit den Kollegen anzustoßen, und so floss der Veltliner aus großen Dopplerflaschen und die Stimmung war ausgelassen. Es wurde zugeprostet und gesungen, was das Zeug hielt, und lautstark deklamierte man die besten Stellen des Stückes, um sich daran zu erinnern, dass man gerade der Welt nichts weniger als wahre Kunst geboten hatte.

»Ihr Theatervolk«, raunzte der Wirt, setzte dabei aber ein zufriedenes Lächeln auf und schenkte munter weiter aus, »ihr könnt's feiern! Aber seid's net gar so laut. Ich bitt euch!«

In diesem ganzen Durcheinander aus prostenden und rauchenden Herren und wenigen Damen saß also Johanna, still lächelnd, und nippte an ihrem sauren Achterl, als sich zwei junge Männer an den Nebentisch setzten und voller Neugierde zu der Schauspieltruppe hinüberschauten.

»Na, was glotzt ihr so?«, wollte der äußerst gut gelaunte und nicht weniger betrunkene Oskar Werner von den jungen Männern wissen. Einer von ihnen, ein schlaksiger, hoch aufgeschossener Kerl in grauem Anzug und mit Hornbrille, erhob sich und sagte in getragenem Tonfall: »Wir waren grad in der Premiere vom Schiller und ich möchte bitte sagen dürfen: Es hat uns äußerst gut gefallen.«

»Na bravo!«, sagte Oskar Werner lachend und hob sein Glas zum Gruß, begleitet vom Jubel seiner Kollegen. Dann zeigte er mit dem Finger auf den anderen jungen Herrn in schwarzem Anzug, ebenfalls Hornbrille tragend, aber klein und untersetzt. »Und du? Was sagst du? Na, komm, wer war der Beste?«

»Geh, lass ihn doch, das ist ja kein Wettbewerb«, maulten die anderen, die Werner nicht den Triumph gönnen wollten, als Bester aller Schauspieler des Abends zu gelten, obwohl er das zweifellos war.

»Na, ich will eine Antwort!«, nagelte Oskar Werner den jungen Mann fest. »Los, spuck's aus: Wer war der Beste?«

Jetzt schauten alle auf ihn und für einen kurzen Moment kehrte ungewohnte Ruhe ein. Da erhob sich der junge Herr im dunklen Anzug von seinem Stuhl, machte tatsächlich eine leichte Verbeugung und zeigte dann, ohne zu zögern, mit dem Zeigefinger auf Johanna.

»Das junge Fräulein Jedlicka war ganz superb!«, sagte er mit klarer, durchdringender Stimme, ganz so, als wäre er es gewohnt, gehört zu werden. Und tatsächlich wurde er gehört, denn im Nu brach großer Jubel aus unter den Schauspielern und man trank auf das Wohl von Johanna.

»Recht hat er!«, brüllte Oskar Werner, hob sein Glas, bereits leicht schwankend, nach oben und rief: »Auf unsere Luise! Johanna Jedlicka, sie lebe hoch!«

»HOCH!«, brüllten die anderen.

Mit einer weiteren, sehr dezenten Verbeugung, die einzig und allein der erstaunten Johanna galt, nahm der junge Mann wieder Platz und sah schüchtern zu ihr hinüber. Sie hielt dem

Blick stand, erwiderte ihn, senkte nicht die Augen, versteckte sich nicht hinter ihrer Rolle, lächelte aber auch nicht und sprach ihn nicht an. Nur ihr Blick blieb an dem seinen hängen und da hing er dann den Rest des Abends und wollte sich so gar nicht mehr von ihm lösen.

Als nach und nach die anderen gingen, entweder um in ein anderes Lokal weiterzuziehen oder um dann doch beizeiten noch heimzukommen, da blieb sie sitzen und schaute und er tat dasselbe. Irgendwann verabschiedete sich auch sein Freund und es wurde immer stiller um sie herum. Schließlich fasste er den Mut, erhob sich und ging zu ihrem Tisch.

»Darf ich mich setzen, Fräulein Jedlicka?«, bat er.

»Ja, bitte«, antwortete sie artig.

»Sie waren wunderbar heute Abend«, sagte er leise.

»Danke. Ich bin immer wunderbar«, entgegnete sie und lachte plötzlich, lachte alle Selbstzweifel, die sie sonst so quälten, und alle Vorsicht weg und wurde zu einem strahlend schönen Stern.

»Außerdem sind Sie sehr hübsch«, fügte er hinzu, »wenn es erlaubt ist, das zu sagen.«

»Erlaubnis erteilt«, sagte sie. Dann fiel ihr etwas ein. »Jetzt kennen Sie zwar meinen Namen, aber ich nicht den Ihren.«

»Oh«, sagte er verlegen, »wie unhöflich von mir, mich nicht vorzustellen. Bitte verzeihen Sie! Mein Name ist Doktor Georg Neuendorff.«

1961

Das hier war der Bühneneingang. Sie hatte schon unzählige Male durch diese Tür das Burgtheater betreten, aber heute war es anders. Heute kam sie als Bittstellerin und das war kein besonders erfreulicher Umstand eines Wiedersehens mit der Hochkultur.

»Grüß Gott, Frau Neuendorff«, begrüßte sie der Portier. »Was für eine Freude!«

War das jetzt ehrlich gemeint oder tat der Mann nur so?

»Grüß dich, Seppi«, erwiderte sie mit einem Lächeln, während sie ihre Finger in die Handtasche krallte, damit der Mann nicht bemerkte, wie sehr sie vor Lampenfieber zitterte. Dieser Auftritt durfte nicht misslingen.

»Wo ist denn das Zwutschgerl?«, wollte der Portier wissen.

»Daheim«, antwortete sie knapp.

»Jö, dabei hätten wir das doch so gern einmal gesehen. Was war's noch gleich?«

»Ein Mäderl«, sagte sie leise.

»Und heißt wie?«

»Lore.«

»Jö!«, wiederholte der Mann.

Johanna lächelte noch einmal und schlüpfte dann möglichst schnell an der Portierloge vorbei, wobei der Mann hinter ihr herrief: »Aber das nächste Mal bringen S' uns die Kleine mit, gell?«

»Jaja«, sagte sie und war schon durch die Tür hindurchgeschlüpft, die Treppe hinauf in den ersten Stock gerannt und stand nun vor der Tür zur Direktion. »Jetzt nicht zögern!«, schalt sie sich. »Mach ja keinen Rückzieher! Wozu sonst das ganze Theater?« Sie holte tief Luft und schloss die Augen, um besser in die Rolle der Johanna Neuendorff, Burgschauschauspielerin, hineinzukommen. Dann, als sie sich halbwegs sicher fühlte in ihrem anderen Ich, griff sie nach der Türklinke und betrat entschlossen das Vorzimmer.

1949

»Meine Wirtin hat Ohren wie ein Luchs!«, warnte er sie, als er ihr die Tür aufhielt. Und fügte flüsternd hinzu: »Achtung, die dritte Diele knarrt!«

Sie war es nicht gewohnt, wie eine Diebin in fremde Räume einzubrechen, aber die Situation hatte durchaus etwas Aufregendes, wenn nicht gar Belebendes an sich, da sie sich sekundenschnell jeder ihrer Bewegungen, jedes Atemzugs und jedes Geräuschs bewusst wurde, was durchaus angemessen war für das, was da folgen sollte.

Sie hatte sich mit ihrer Antwort lange Zeit gelassen, als er sie fragte, ob sie ihn begleiten wollte. Genügend Zeit jedenfalls, um ihn darum fürchten zu lassen, dass sie Nein sagen könnte. Genügend Zeit, um die Oberhand zu behalten. Und die behielt sie auch jetzt.

»Sch!«, mahnte sie ihn, als er seinen Mantel an den Garderobenhaken im Flur hängen wollte. Er verstand und ließ den Mantel an. Dann öffnete er so leise es ging die Tür zu seinem Zimmer und bat sie hinein.

Das Bett war ausgesprochen ordentlich gemacht worden, wie sie feststellte, und sie hatte eine leise Ahnung, dass dies nicht auf die Haushälterin zurückzuführen war.

»In welchem Ministerium arbeiten Sie denn?«, hatte sie ihn im Gössinger über ihre halb leeren Veltlinergläser hinweg gefragt.

»Justiz«, hatte er stolz geantwortet.

So sah also das Bett eines Juristen aus: akkurat, sauber, bis in die kleinste Ecke präzise gemacht. Wie merkwürdig, dass sie ausgerechnet in diesem Bett zum ersten Mal mit einem Mann schlafen würde. In ihrer Vorstellung hatte es stets mehr nach einer Dachkammer à la *La Bohème* ausgesehen, nur etwas weniger kalt und natürlich ohne Schwindsucht. Und nachdem sie Schnitzlers *Reigen* zum ersten Mal gelesen hatte, tauchte auch immer wieder das Bild in ihrem Kopf auf, wie sie es gegen einen Baum gelehnt in irgendeinem Park tat, wild, kurz, dreckig und etwas unbequem. Aber mit dem hier hatte sie eigentlich nicht gerechnet: das sauber gemachte Bett eines Mannes mit Hornbrille, der im Justizministerium arbeitete und der jetzt ausgesprochen schüchtern nach ihrer Hand griff, nur um sie zart mit dem Daumen zu streicheln, wobei ihr auffiel, dass die Kuppe seines rechten Zeigefingers fehlte. Später würde er ihr von einer Kohlenkellertür erzählen, an die er als kleiner Bub die Fingerkuppe verloren hatte, und wie ihn dies vor dem Kriegseinsatz rettete. Es rührte sie sehr, als sie ihn sich als kleinen Buben vorstellte, dem plötzlich ein Stück des Fingers abhandengekommen war und der deshalb später niemanden totschießen musste, weil er den Abzug des Gewehrs nicht bedienen konnte. Ein sanfter Mann.

Sie hatte sich jemanden mit Erfahrung gewünscht. Allerdings sollte es dann doch nicht ein Zuviel an Erfahrung sein. Sie wollte nicht eine flüchtige Begegnung in einer langen Reihe von anderen flüchtigen Begegnungen sein. Schließlich war sie etwas Besonderes, so viel wusste Johanna immerhin. Wer aus der Quellenstraße schaffte es denn sonst ans Burgtheater? Also sollte auch der Sex etwas Besonderes sein.

Sie setzten sich beide auf das Bett, er immer noch im Mantel, sie immer noch die Schuhe mit den schmalen Absätzen in der Hand, die sie schon vor der Wohnungstür ausgezogen hatte, um nur ja keinen unnötigen Lärm zu machen. Mit einer sanften, aber entschlossenen Geste griff er nach ihren Schuhen und stellte sie leise auf dem Boden ab. Genauso sanft und entschlossen griff sie mit ihren freien Händen nun nach seiner Brille und zog sie ihm von der Nase, klappte sie zusammen und legte sie auf dem Nachttischchen ab.

Langsam, ganz langsam beugte er sich vor und suchte mit den Lippen ihren Mund. Sein Kuss war warm und zart und angenehm und sie ließ sich ausgesprochen gerne küssen. Offensichtlich wusste er, was er da tat. Folglich küssten sie sich eine ganze Weile, bis sie schließlich fand, es könne jetzt die nächste Stufe erklommen werden und sie ihm zuflüsterte: »Vielleicht sollten Sie Ihren Mantel ausziehen.«

»Ja«, sagte er, »das habe ich mir auch schon gedacht. Ist ja auch etwas heiß hier herinnen.«

Er stand auf, öffnete die Knöpfe seines Mantels und in diesem Moment rutschte das Programm der heutigen Aufführung aus der Manteltasche und fiel zu Boden. *Kabale und Liebe,* konnte Johanna im Schein der Straßenlaterne, die in das dunkle Zimmer schien, lesen. Darunter standen die Namen der Darsteller, auch der ihre: Johanna Jedlicka als Luise Miller.

Auch er sah auf das Programm auf dem Boden, hob es hastig auf und drehte es dann etwas verlegen in seinen Händen.

»Ich hoffe, Sie denken nicht, dass ich mit Ihnen nur … also, weil Sie doch ein Star sind.«

»Nein«, sagte sie, »das denke ich bestimmt nicht.« Sie hielt sich außerdem nicht für einen Star. Noch nicht.

»Sie sind einfach nur wunderschön«, brach es aus ihm hervor.

Das war der Moment, in dem sie endgültig das Ruder übernahm, aufstand, den einen Schritt zu ihm machte, ihm das Programm aus der Hand nahm, es erneut auf den Boden fallen ließ und ihm, während sie ihn küsste, den Mantel auszog.

1961

»Sie können Ihren Mantel gerne hier hinhängen«, deutete ihr die Sekretärin. »Es wird noch eine Weile dauern, bis ich Sie zum Herrn Direktor vorlassen kann.«

Johanna nickte ergeben. Sie wusste, dass es an dem Fräulein Schmid kein Vorbeikommen gab. Direktor Haeusserman verließ sich voll und ganz auf seine Vorzimmerdame, die wahnsinnige Regisseure genauso von ihm abzuhalten hatte wie nicht minder wahnsinnige Schauspieler, Bühnen- oder Maskenbildner. Ihr streng in Wellen gelegtes Haar konnte quasi dank seiner Sprungkraft unliebsame Besucher hinausbefördern und ihr strenger Blick ließ das Ego exzentrischer Darsteller auf die Größe des Selbstbewusstseins unwichtiger Komparsen schrumpfen. Ganz zu schweigen von dem, was sie mit dem Unterrichtsminister jüngst aufgeführt hatte, der, gefragt, ob er sich nicht setzen wolle, während er auf den Herrn Direktor wartete, dies großspurig abgelehnt hatte und dafür mit einer zusätzlichen Wartezeit von nicht weniger als fünfzehn Minuten bestraft wurde. In diesen fünfzehn Minuten hatte sie ihn so durchdringend und wissend durch ihre konkaven Brillengläser hindurch gemustert, dass er schließlich nach und nach innerlich zusammenbrach, fühlte er doch, dass all sein Selbst, all das mit Lügen und Großspurigkeit zusammengezimmerte Etwas, das seinen Namen, Hut und Mantel trug, vor dem Blick dieser Frau nicht bestehen konnte. Sie wusste alles! Die langen Nächte in den Bars in Begleitung zweifelhafter Gesellschaft, die teure Armbanduhr auf Staatskosten und dass er den Geburtstag seiner Mutter neulich vergessen hatte. Nach einer Viertelstunde des Angestarrtwerdens durch das Fräulein Schmid war der Herr Minister so weichgekocht, dass er Haeusserman eine Etataufstockung bewilligte, die weit über das hinausging, was Haeusserman ursprünglich von ihm fordern hatte wollen.

Also setzte sich Johanna auf den Stuhl, den der Minister verweigert hatte, und wartete. Sie wartete und wartete und im Kopf rechnete sie die Stunden und Minuten zusammen, die sie brauchen würde, um das Kind wieder abzuholen und heimzubringen und so zu tun, als wäre sie gar nicht wirklich fort gewesen, als hätte sie dieses Gebäude nie betreten und nicht im Vorzimmer vom Haeusserman gesessen und gehofft und gewartet und jedes Mal, wenn die Tür kurz aufging, weil das Fräulein Schmid dem Herrn Direktor Kaffee oder Unterlagen oder die Post bringen musste, sie seine Stimme hören konnte und ängstlich jede Stimmungsnuance aufnahm, um sie zu analysieren. War der Herr Direktor in guter Stimmung? War er ungehalten? Eigentlich war Haeusserman stets ungehalten und dennoch in guter Stimmung, jedenfalls ließ sich sein Unmut selten am Klang seiner Stimme ablesen, so viel wusste Johanna immerhin. Wollte man wissen, wie es dem Direktor ging, musste man sehen, wo er seine Brille trug. Lag sie auf der Nase, war er konzentriert. Hatte er sie ins langsam immer spärlichere Haar geschoben, war er noch konzentrierter, weil er dann nichts zwischen sich und seinen Papieren haben wollte, nicht einmal ein Stückchen Brillenglas. Und lag die Brille gar neben ihm auf dem Schreibtisch und er schloss beim Zuhören die Augen, dann hatte man beinahe schon gewonnen, denn dann hatte der Herr Direktor Zeit und Muße, wirklich zuzuhören.

All das konnte Johanna natürlich nicht sehen und deshalb klammerte sie sich an die sanfte Stimme Haeussermans, die, gleich ob sie einen nun lobte oder in die Hölle hinabstieß, immer denselben liebenswerten Klang aufwies. Es war zum Verrücktwerden!

»Sie können jetzt hineingehen«, sagte das Fräulein und zeigte dabei so wenig Zähne wie nur möglich. Lächelte die eigentlich nie?

Johanna holte tief Luft, stand von ihrem Stuhl auf und schritt durch die schmale, gepolsterte Tür hindurch in Haeussermans Büro. Der begrüßte sie mit einem freundlichen Händedruck, bei dem er sich halb von seinem Stuhl hinterm Schreibtisch erhob und sie bat, Platz zu nehmen. Dann griff er nach seiner Brille, nahm sie vom Kopf und legte sie neben den Telefonapparat. Johanna starrte die Brille an und ihr Herz begann wild zu schlagen.

1949

Die Brille war das, woran sie sich am deutlichsten erinnern konnte. Nicht das Quietschen des alten Bettes, nicht das leichte Schwingen der Gardine im Takt ihrer beider Körper, nicht die Nachttischlampe mit dem angeschlagenen grünen Lampenschirm – es war die Brille auf dem Nachtkästchen, an die sie sich erinnern würde, wenn sie später an ihr erstes Mal zurückdachte.

Da lag es, dieses Ungetüm, und schaute sie beide mit blinden Augen an, wie sie sich nach und nach entkleideten und er dann nackt auf ihr zu liegen kam. Sie hätte sich sehr gewünscht, jemand hätte das ganze von Außen choreografiert, wie ein Regisseur, denn weder er noch sie schienen genau zu wissen, wo welcher Arm oder welches Bein genau hingehörten. Alles wirkte so ungelenk und hilflos, bis er endlich die richtige Position zwischen ihren Beinen gefunden hatte, und selbst dann zögerte er noch, als er auf Widerstand stieß, von dem sie erwartete, dass er ihn schnellstmöglich überwinden möge. Aber auch das dauerte eine ganze Weile und war zudem recht schmerzhaft, was er mit vielen Küssen und leise dahingeflüsterten Worten wiedergutzumachen versuchte. Doch irgendwann hörten auch die Küsse und die Worte auf und Johanna vernahm nur noch ihrer beider Keuchen und das Knirschen des Bettes, als er sich rhythmisch in ihr bewegte.

Das alles kam ihr vor wie ein Film, ein Kinofilm auf besonders kleiner Leinwand, denn sie konnte sie beide die ganze Zeit über beobachten, wie sich ihre Nacktheit und ihre Bewegungen und sein Zittern beim Höhepunkt in den Brillengläsern auf dem Nachttisch spiegelten. Johanna hatte noch nie einen

Erotikfilm gesehen, so war also auch das eine Premiere für sie und sie fand das Bild ihrer Brüste und seiner Hände darauf um ein Vielfaches aufregender und lustvoller als das, was sie tatsächlich miteinander taten. So blieb das Bild in ihr lebendig, während sich ihre Körper schon längst wieder voneinander gelöst hatten und nun nebeneinanderlagen. Georg fischte nach einer kleinen Flasche Cognac, die er im Nachtkästchen versteckt hatte.

»Magst du einen Schluck?«, fragte er sie.

Offensichtlich, so ging es Johanna durch den Kopf, hatten sie mit ihren Kleidern auch alle Sprachbarrieren abgelegt und duzten einander nun.

»Ja«, sagte sie, nahm die Flasche und trank einen Schluck daraus. Das heiße Brennen in Hals und Speiseröhre tat ihr wohl, anders als das Brennen zwischen ihren Beinen. Dann reichte sie die Flasche an ihn zurück.

»Ich hätte nicht gedacht …«, begann er und brach dann seinen Satz einfach ab. Verlegen drehte er die Cognacflasche in seinen Händen.

»Was hättest du nicht gedacht?«

»Dass das dein erstes Mal ist.«

»Wieso?«, fragte sie verwundert.

»Weil du gleich mit mir mitgekommen bist«, gab er unumwunden zu.

Sie richtete sich auf ihrem Ellbogen auf. »Du hast mich für eine Schlampe gehalten?«

»Nein!«, gab er entrüstet zurück.

»Doch«, stellte sie fest. »Du hast geglaubt, ich mache so etwas regelmäßig und dass ich mit jedem mitgegangen wäre. Richtig?«

Er schwieg und kletzelte das Etikett des Cognacs herunter. Da richtete sie sich vollends im Bett auf, wobei die Bettdecke von ihren Brüsten rutschte und den Blick auf zwei dunkelrosa Höfe freigab.

»Ich will dir mal was sagen, Georg Neuendorff aus dem Justizministerium: Hör auf, schlecht von dir selbst zu denken. Wer das macht, hat keine Zukunft vor sich. Der kann gleich da bleiben, wo er ist. Ich bin nicht mit dir mitgegangen, weil ich so etwas öfters mache, ich bin mit dir mitgegangen, weil du mir gefallen hast.«

Beschämt hielten seine Finger beim Herunterlösen des Etiketts inne.

»Aber an mir ist ja nichts Besonderes«, sagte er leise.

Da nahm sie seinen Kopf zwischen ihre langen, schlanken Finger und sah ihm direkt in die Augen. »Da, wo ich herkomme, da gibt es keinen, der so ist wie du. Und ich würde ja schließlich nicht mit jedem x-beliebigen Hanswurst ins Bett gehen. Also red nicht schlecht von dir selbst. Das macht mich zornig.«

Zorn, so fand er, stand ihr enorm gut. Also nahm er einen kräftigen Schluck vom Cognac und reichte ihn an Johanna weiter. Die setzte die Flasche an die Lippen und trank sie in einem Zug leer. Im Nu war sie vollkommen betrunken. Mit einem langen Blick besah sie sich das Schlachtfeld, in dem sie lagen, die leichten Blutspuren an ihren Oberschenkeln, die Flecken auf dem Laken. Das hatte so gar nichts Glamouröses oder gar Überwältigendes an sich, eher schon etwas Animalisches. Und es war so gar nicht das, was sie für ihr erstes Mal geplant hatte. Dieses alte Bett, dieses kleinbürgerliche Zimmer und diese alberne Brille auf dem spießbürgerlichen Nachtkastl – das roch zu sehr nach der Welt, aus der sie gerade aufgebrochen war, nach etwas Vertrautem, fast Heimeligem.

Wenn man sich die Einrichtung so ansieht, dachte sie, dann hätte ich es auch mit dem Kurti Mischkulnig von nebenan treiben können. Doch dann verdrängte sie den Gedanken an den Nachbarsjungen ihrer Favoritener Kindheit, der ihr immer unter den Rock hatte greifen wollen, schnell wieder. Sie war kein kleines Mädchen mehr und Georg war nicht der Kurti, aus dem nichts Gescheites geworden war und sicher auch nichts mehr werden würde. Man sollte sich von der Umgebung nicht blenden lassen. Dieser hier, da war sie sich ziemlich sicher, war anders. Und auch sie war anders. Wenn die Freundinnen aus der Schulzeit sie jetzt so sehen könnten! Da lag sie im Bett mit einem Herrn vom Ministerium. Hätte schlimmer kommen können! Zumal er jung und nett und rücksichtsvoll war und seine Sache ja gar nicht mal so schlecht gemacht hatte.

Sie deutete auf das beschmierte Bettlaken. »Was wird wohl deine Wirtin dazu sagen?«

Da fing er an zu lachen, leise und mit für sein Alter ausgesprochen vielen kleinen Lachfältchen um die Augen. »Rausschmeißen wird sie mich«, sagte er, »aber hochkant!«

Sein Lachen war ansteckend. Jetzt, dachte Johanna und betrachtete seine schmale Brust und die freundlichen Maulwurfsaugen, sah er richtig süß aus, ihr Georg vom Ministerium. Sie ließ ihre Hand über seinen Bauch gleiten.

»Komm«, schlug sie vor, »machen wir es noch einmal.«

»Wirklich?«, fragte er ungläubig, aber dennoch hoffnungsvoll.

»Na ja, jetzt ist eh schon alles wurscht, oder?«

1949

Auf dem Heimweg von ihrem ersten Besuch bei Georg hatte sie in der Straßenbahn gesessen und gelächelt. Sie hatte sich vorgestellt, wie er sie am Abend vor ihrem Elternhaus erwarten würde, weil sie an dem Tag keine Vorstellung hatte, einen Blumenstrauß in der Hand, und wie sie vielleicht tanzen gehen würden und der Vater ihnen hinterherrufen würde: »Aber bringen S' mir des Madl nicht zu spät ham!« Und sie hätte gelacht, weil der Vater so überbesorgt tat und die Mutter ihr Gesicht in Falten zog, dabei war ja ohnehin schon alles geschehen, was hätte geschehen können. Folglich machte sich Johanna keine Sorgen mehr. Warum auch? Das strenge »Wo warst du so lange? Was hast du gemacht?« der Eltern, als sie diesen Morgen nach Hause kam, schmetterte sie mit einem »Nirgendwo« und »Das geht euch gar nichts an!« ab und legte sich erst einmal schlafen. Zu Mittag stand sie auf, briet sich ein paar Spiegeleier auf dem neuen Herd, den sie der Mutter von ihrer Gage als Julia gekauft hatte, und fand sich unheimlich erwachsen.

Und dann hatte er tatsächlich dort gestanden, mit Blumen in der Hand und in einem grauen Anzug mit einer scheußlichen weinroten Krawatte und plötzlich war ihr das Lächeln abhandengekommen. Das war es also, wovon alle braven Mädchen träumten. Nur dass die braven Mädchen nicht zuvor die Nächte mit den Stars des Burgtheaters durchgesoffen hatten und im zerwühlten Bett eines Endzwanzigers mit Hornbrille aufwachten, der im Justizministerium arbeitete und dessen Hauswirtin nicht einmal an die Tür klopfte, sondern gleich das Zimmer betrat. Diesen Gesichtsausdruck würde Johanna nie vergessen, als sie über ihre aufgestellten Beine hinweg in den offenen Mund der Wirtin blickte, die ihrerseits mit großem Entsetzen auf den nackten Hintern des stöhnenden Georg starrte, der, war es Absicht?, sie nicht zu hören schien und einfach weitermachte, nicht innehaltend bis auch Johanna nicht mehr anders konnte und das Bett zur Bühne umfunktionierte. Folglich stöhnte und schrie sie, was das Zeug hielt – und es gefiel ihr. Es gefiel ihr so sehr, dass sie sich selbst bis zum Höhepunkt schrie.

Hinterher zogen sie sich kichernd an und packten Georgs Habseligkeiten in eine Reisetasche und einen Koffer. Dass er auszog, war nur logisch. Niemand sah gerne täglich seiner Wirtin in die Augen, wenn sie einen beim Sex beobachtet hatte.

»Und gehört!«, rief sie ihnen noch nach, als sie schon auf der Straße standen. »Das ganze Viertel hat Sie gehört! Sie Hure!«

Das galt eindeutig Johanna. Die sah daraufhin ihren neuen Begleiter an und fragte: »Was ist eigentlich die männliche Entsprechung für Hure?«

»Sachbearbeiter«, antwortete Georg.

»Nein, das kann nicht sein«, befand Johanna.

»Aber das ist es nun einmal, was ich bin«, hatte er geantwortet und nach Koffer, Reisetasche und Johannas Hand gegriffen, als die Wirtin damit begann, mit Blumentöpfen nach ihnen zu schmeißen. Sie waren so schnell gerannt, wie sie konnten, bis sie an der nächsten Straßenecke vor lauter Lachen nicht mehr weiterkamen.

»Wohin gehst du denn jetzt?«, wollte Johanna wissen.

»Ich such mir eine Pension«, sagte Georg und küsste sie noch einmal leidenschaftlich auf den Mund. »Wird sich schon was finden.«

Was sich fand, war Johannas Hand in seiner und ein paar Augen, die nicht voneinander lassen wollten. Aber dann kam die Sonne über die Schindeln des Hauses gegenüber der Straßenecke gekrochen, blendete sie beide und brach so ihren Blick. Also verabschiedeten sie sich voneinander mit dem Versprechen, sich am Abend wiederzusehen.

Nun stand er da, in der elterlichen Küche, die gleichzeitig das Bad war, und ihr armer grauer Vater hielt ihm seine vom Krieg zitternde Hand entgegen und wusste nicht recht, was er sagen oder tun sollte. Also strich der Vater sich über das abgestoßene Jackett, das er übergeworfen hatte, und fühlte sich so fehl am Platz, wie er es nur sein konnte, als wäre er nicht der Herr über die zweieinhalb Zimmer mit enger Küche und dem Klo am Gang. Er hatte nie seinen Platz im Leben gefunden, er hatte nur akzeptiert, dass er nach dem Krieg keinen besseren Platz finden würde als den in der Quellenstraße Nummer 112. Anton Jedlicka, ehemaliger Gießer, nun Kriegsversehrter, mit einem halben rechten Bein und einem Tremor in der linken Hand, verheiratet, Vater einer Tochter – das war er. Das war vielleicht nicht viel, aber immerhin so etwas wie ein Leben, eine Existenz. Dafür durfte man sich schämen oder es lassen, ganz wie man wollte, aber aufgeben tat man es dennoch nicht, dieses Leben. Nicht wie so viele andere, die nach dem Krieg aufgegeben oder alles verdrängt und von vorne angefangen hatten, was auf dasselbe hinauskam. Er, Anton Jedlicka, war noch da. Und nun stand dieser junge Mann hier vor ihm in seiner schäbigen Küche, den Arm seiner Tochter untergehakt, ein Blumensträußchen dabei, und würde nicht mehr gehen. Dieser hier, das wusste der Vater nur zu gut, würde bleiben. Und er, Anton Jedlicka, nahm es hin, so wie er alles hinnahm, weil er längst nicht mehr die Kraft hatte, sich gegen etwas oder jemanden zu wehren. Also nickte er nur und bot dem Mann, den seine Tochter heimgebracht hatte, einen Stuhl an, dort, in der kleinen Küche, in der Quellenstraße Nummer 112.

Wer stehen blieb, war die Mutter. Dabei war sie es gewesen, die aus dem offenen Fenster auf die Gasse hinuntergerufen hatte, sie sollten beide noch einmal heraufkommen, man wolle sich noch auf einen Likör mit den jungen Leuten zusammensetzen. Nur ganz kurz noch. Bitte.

Und natürlich waren sie wieder heraufgekommen und die Blumen, die für Johanna gedacht gewesen waren, wurden kurzerhand als Muttergabe präsentiert und überreicht und dann noch einmal geteilt, weil man doch auch der Tante Mitzi eine kleine Freude bereiten wollte, die, als man ihr die Röschen in die Hand drückte, diese gleich wieder fallen ließ, weil sie so begeistert in die Hände klatschte. Dann folgten Sesselrücken und betretenes Schweigen, unterbrochen von dem belanglosen Geplapper der Mutter mit der Frage, wo noch gleich die schönen Untersetzer waren, die doch der Tante Mitzi gehörten, die mit den schönsten Sehenswürdigkeiten Österreichs und die man zu diesem Zweck aber ganz unbedingt auf den Tisch stellen sollte. Zur Feier des Tages.

Es wanderten die Likörgläschen aus dem Küchenschrank auf die eilends herbeigebrachten Untersetzer und dann stießen sie an. Sogar Tante Mitzi durfte ein kleines Gläschen von dem Haselnusslikör nehmen und kicherte danach lautlos in sich hinein, stolz, etwas zu diesem Treffen beitragen zu dürfen, und seien es auch nur etwa zehn mal zehn Zentimeter große Korkplättchen mit einer ausgesprochen detailreichen Darstellung von Mariazell.

»Wo geht ihr denn hin?«, wollte die Mutter wissen.

»Tanzen!«, antwortete Johanna.

»Essen!«, sagte Georg.

»Na, vielleicht ja beides?«, schlug die Mutter vor.

Tante Mitzi klatschte erneut vor Freude in die Hände, ganz so, als wäre sie mit dabei, wenn es auf den Tanzboden oder in ein kleines Restaurant ginge. Die Mutter nahm ihre wild herumwirbelnden Hände in ihre und hielt sie fest.

»Ist ja gut, Mitzi, ist ja schon gut!«, sagte sie beschwichtigend. »Wir freuen uns auch!«

Georg wirkte mit einem Mal etwas irritiert. Mit vielem hatte er gerechnet, als er sich nach Favoriten aufmachte, aber nicht mit dieser Form von Armut, wie sie hier um den Küchentisch versammelt war, und ganz besonders nicht mit der Tante Mitzi. Johanna hatte kein Sterbenswort von ihrer Familie erzählt. Nun begann er zu verstehen warum.

»Kann ich Ihnen zum Likör noch einen Bohnenkaffee anbieten?«, fragte die Mutter.

1961

»Nein, danke«, antwortete Johanna, »keinen Kaffee für mich.«

»Wie Sie wollen«, sagte Haeusserman. »Dann schießen Sie mal los. Was kann ich für Sie tun?«

»Ich möchte wieder spielen. Und das bald.«

»Ich mag mich irren«, wandte Haeusserman ein, »aber sind Sie nicht erst kürzlich Mutter geworden?«

»Ja.«

»Und wollen das Nest schon so bald wieder verlassen?«

»Ich hatte eher den Gedanken, ins Nest zurückzukehren.«

»Das hier«, sagte Haeusserman und wirbelte dabei mit seinem Zeigefinger herum, »ist keine Brutstätte für eigenwillige Jungschauspielerinnen. Das ist das Burgtheater.«

»Das weiß ich«, antwortete Johanna. »Und ich bin keine Jungschauspielerin mehr. Ich bin jetzt einunddreißig Jahre alt und seit elf Jahren im Ensemble.«

»Zu alt für die Julia, zu jung für die Amme. Was also soll ich mit Ihnen machen?«, wollte Haeusserman wissen.

»Geben Sie mir eine Rolle.«

»Egal welche?«

»Nicht egal welche. Eine, die meinem Können entspricht.«

»Ich weiß, dass Sie unter meinem Vorgänger sehr erfolgreich einige Hauptrollen an unserem Haus verkörpert haben. Aber das heißt nicht, dass wir Ihnen jetzt dasselbe Privileg einräumen.«

»Ich kann aber etwas!«, presste Johanna zwischen den Lippen hervor.

»Nun«, sagte Haeusserman, »hier an der Burg kann jeder etwas und bekanntlich gibt es keine kleinen Rollen, es gibt nur …«

»Blödsinn!«, entfuhr es Johanna. »Natürlich gibt es kleine Rollen! Die will ich nicht.«

Haeusserman griff nach dem schweren Brillengestell und setzte es auf. Dann sah er sie streng durch die dicken Gläser an. Er ließ sich Zeit. Johanna konnte das Ticken der Standuhr im Hintergrund deutlich hören. Schließlich nickte er und sagte: »Schnitzler.«

»Bitte?«

»Ich plane eine Inszenierung von Arthur Schnitzlers *Anatol*. Ich werde selbst Regie führen. Und wie es der Zufall will, ist uns gerade die Cora abgesprungen. Wollte wohl lieber in irgendeinem Heimatfilmchen mitspielen. Na gut, chacun à son goût. Den einen die Kunst, den anderen der Förster vom Silberwald.«

»Ja«, sagte Johanna bestimmt, wohl wissend, dass es keine große Rolle war. Aber es war auch nicht nichts. Und alles war besser als …

»Ja, was?«, fragte Haeusserman.

»Ja, ich nehme die Rolle.«

Haeusserman nickte.

»Was sagt denn Ihr Mann dazu, Frau Neuendorff?«

Sie schluckte. »Wozu?«

»Dazu, dass Sie Haus und Hof so schnell wieder verlassen. Ist er damit einverstanden?«

Nur nicht nachgeben, Johanna. Jetzt nur nicht in die Karten schauen lassen. »Selbstverständlich ist er das«, sagte sie und lächelte. Sie lächelte alles weg, was den Direktor des Burgtheaters auf die Idee hätte bringen können, dass dem nicht so war und dass sie ihr Kind gerade in Favoriten, in der Quellenstraße 112, in der Obhut einer schwachsinnigen Tante zurückgelassen hatte, nur um hierherzugelangen, heimlich.

Haeusserman musterte sie eingängig. »Gut«, sagte er schließlich. »Dann machen wir es so. Probenbeginn ist bereits nächste Woche, neun Uhr.«

Johanna gab sich die größte Mühe, sich ihre Freude und Erleichterung über seine Zusage nicht anmerken zu lassen. Gefasst stand sie auf, schüttelte Haeusserman die Hand, bedankte sich artig und versprach, pünktlich zur Probe zu erscheinen. Als sie schon in der Tür stand, rief er sie noch einmal zurück.

»Ach, Frau Neuendorff?«

»Ja?«

»Wir haben noch ein wichtiges Detail vergessen.«

Oh Gott, was hatte sie vergessen? Was?

»Der Vertrag, Frau Neuendorff«, half ihr Haeusserman weiter.

»Oh, der Vertrag! Natürlich, wie konnte ich den nur vergessen?«, bemühte sich Johanna den Fauxpas mit einem Lachen zu überspielen, was ihr nur mäßig gelang.

Haeusserman lehnte sich in seinem Sessel zurück und schaute Johanna durchdringend an, wie sie da so vor seinem Schreibtisch stand. Er nahm die Brille ab und kaute auf dem Bügel herum. »Ich nehme an«, sagte er, leise mit sich selbst redend, »es handelt sich hier um eine Art Lebenskrise. Vielleicht auch eine Ehekrise, aber das ist ja allzu oft dasselbe.«

Johanna war sprachlos. Er hatte ihr fadenscheiniges Manöver also durchschaut. Und dabei war sie sich so clever vorgekommen. Doch nun kam Haeussermans große Stunde.

»Ich will Ihnen mal was sagen: Wenn eine Neuendorff vor mir steht und mich um eine Rolle anbettelt, dann bekommt sie auch eine verdammte Rolle. Aber ich kann unmöglich Ihren alten Vertrag sofort wieder in Kraft treten lassen. Wir haben ja Ihr Fach schon anderweitig besetzt. Bis zum Ende der laufenden Saison müssen Sie sich damit begnügen, die Cora zu spielen. Ich sag es gleich: Viel Geld wird Ihnen das nicht einbringen! Jedenfalls nicht annähernd so viel wie als normales Ensemblemitglied.«

Sie nickte. »Verstanden«, sagte sie.

»Gut«, Haeusserman räusperte sich, »dann bekommen Sie einen Rollenvertrag.«

Das war natürlich weit unter ihrem Niveau, aber Johanna war jetzt alles recht, wenn sie nur …

»In Ordnung«, stimmte sie zu.

»Eines noch, Johanna. Ich darf doch Johanna sagen?«

»Ja, natürlich.«

»Es betrifft die Einverständniserklärung des Ehemanns.«

»Was ist damit?«

»Weder ich noch Fräulein Schmid werden Sie jemals danach fragen. Verstanden?«

»Danke«, sagte Johanna tonlos und verließ, so schnell sie konnte, die Direktion. Sie hatte erreicht, was sie wollte. Vorerst wenigstens.

1961

Sie hatte nicht damit gerechnet, dass er so spät kommen würde. Die Straßenbahn hatte eine halbe Ewigkeit gebraucht, das Kind war müde und launisch und heulte den halben Weg von Favoriten bis nach Döbling, ihre Nerven waren so angespannt wie schon seit Monaten nicht mehr – und dann spielte das Schicksal einfach in ihre Hand.

Normalerweise kam er immer gegen fünf Uhr dreißig aus dem Büro heim. Sie erreichte die Villa erst gegen fünf Uhr fünfunddreißig – und fand sich ganz allein im Haus wieder. Es blieb genügend Zeit, das Essen, das die Haushälterin gekocht hatte, zu servieren, sich die Ohrringe herunterzureißen, das Mädel mit einem süßen Brei vollzustopfen und in ihre Gehschule zu legen, wo sie prompt einschlief. Als er das Haus betrat, war alles so wie immer.

»Hattest du einen schönen Tag?«, fragte sie, als er das Esszimmer betrat.

»Nicht der Rede wert«, antwortete er. Dann warf er einen kurzen Blick auf sein schlafendes Kind. »Sollten wir sie nicht zu Bett bringen?«

»Ja, vielleicht wäre das besser. Ich bring sie nach oben.«

Also lud sie die fest schlafende Lore auf ihre Arme und trug sie ins obere Stockwerk in ihr Gitterbettchen. Dort deckte sie sie gut zu und knipste das Licht aus. Johanna konnte hören, wie ihr Mann ihr nach oben folgte. Er blieb im Türrahmen stehen und sagte ins Dunkel hinein: »Unser kleiner Engel! Nun wird sie sich an ein Leben ohne Mutter gewöhnen müssen.«

Johanna drehte sich abrupt zu ihrem Mann um. »Was sagst du da?«

»Das ist es doch, was du willst, nicht wahr?«, fragte Georg bitter. »Du verlässt dein Kind und dein Zuhause, um dich wieder ins Theaterleben zu schmeißen.«

»Ich verlasse euch doch nicht!«, protestierte Johanna, nicht einmal erstaunt darüber, dass er es wusste.

»Hättest du wenigstens den Anstand, nicht zu lügen!«, zischte er.

»Ich lüge nicht«, rief Johanna.

»Scht! Du weckst noch das Kind!«

»Dann lass uns das unten weiter diskutieren«, schlug sie vor.

»Als ob es da noch etwas zu diskutieren gäbe«, sagte er. »Du hast das doch längst entschieden. Und, ganz nebenbei bemerkt, wenn du mich hintergehen willst, dann solltest du schon etwas cleverer vorgehen und deine Freunde mit einweihen.«

»Meine Freunde?« Sie hatte doch niemandem erzählt, wo sie heute gewesen war und was sie getan hatte. Wen konnte er da meinen?

»Ich bin ihm begegnet«, zischte Georg sie an, »auf der Straße. Und er hat mir gratuliert und mich zu deinem Engagement befragt und ob sich das denn alles ausgehe für dich und das Kind. Er war in Sorge, dass du dich womöglich übernimmst, wenn du so bald wieder an die Burg zurückkehrst.« Und leise schob er hinterher: »Der Trottel.«

»Wen meinst du?«, wollte Johanna wissen, aber im Grunde war die Frage überflüssig. Sie wusste es bereits.

»Meinrad!«, donnerte Georg. »Anscheinend weiß das gesamte Burgtheaterensemble Bescheid, dass du bald in Schnitzlers *Anatol* auftreten wirst, lange bevor es dein eigener Mann zu wissen bekommt. Und nun entschuldige mich bitte, liebste Johanna, ich bin deiner müde!«

Dann drehte er sich um und ging ins Schlafzimmer, wobei er die Tür hinter sich fest zumachte.

Einen Augenblick lang überlegte Johanna, ihm nachzugehen, aber dann entschied sie sich anders. Sie schritt stattdessen die Treppe hinab und ging direkt auf die kleine Bar zu, die sie im Wohnzimmer in einen alten Schrank eingebaut hatten, und goss sich ein großes Glas Cognac ein.

Es war schon fast dunkel draußen und so konnte sie ihr Spiegelbild in der Fensterscheibe ausmachen, die umschatteten Augen und die Zornesfalte in der Mitte ihrer Stirn. Sie hob ihr Glas und prostete ihrem zweiten Ich zu.

»Auf dich, Johanna!«, sagte sie leise.

Sie nahm einen Schluck aus dem Glas, holte anschließend tief Luft und schleuderte dann das Kristall mit aller Wucht zu Boden, sodass sie in einem Meer aus Glassplittern stand, unfähig sich zu rühren, ohne sich dabei die Füße aufzuschlitzen. Also blieb sie, wo sie war. Vielleicht hätte sie das ja auch heute Morgen schon tun sollen, statt sich um eine neue Rolle zu bewerben. Vielleicht, so dachte Johanna, als sie dem Cognac dabei zusah, wie er goldgelb übers Fischgrätparkett rann, hätte sie schon viel früher gut daran getan, sich nicht vom Fleck zu rühren. Warum nur war sie an diesem einen ersten Abend mit ihm mitgegangen?

1949

»Ich bin schwanger«, sagte sie leise.

»Ach«, war alles, was er darauf erwiderte. Für ganze dreißig Sekunden. Es war Johanna, die schließlich den Mut aufbrachte, die entscheidende Frage zu stellen.

»Vielleicht sollten wir heiraten?«

»Ja«, antwortete er zögerlich. »Ja, natürlich. Wir heiraten.«

Es klang gerade so, als hätte er sich zum Kauf eines neuen Wintermantels entschlossen. Wenig enthusiastisch, aber bereit, das Notwendige zu veranlassen. Man konnte ja nicht den ganzen Winter hindurch frieren. Genauso wenig wie man seine schwangere Freundin sitzen ließ, jedenfalls nicht in seiner Welt.

»Wie weit bist du denn?«, wollte er wissen.

»Ganz am Anfang noch«, hatte sie gesagt.

»Warst du schon beim Arzt?«

»Ja.«

»Und?«

»Und er sagt, ich bin schwanger.«

»Dann«, sagte Georg und nickte vor sich hin, wie um seine Entscheidung noch zu bekräftigen, »sollten wir heiraten.«

Für einen Mann, der die Dinge nicht gern dem Zufall überließ, hatte er sich erstaunlich wenig Gedanken über Empfängnisverhütung gemacht, so musste er sich im Nachhinein eingestehen. Er hatte einfach nur mit ihr zusammen sein wollen. Selbst nach allem, was im Sommer geschehen war, dem Sommer, in dem Johanna sich während eines Gastspiels des Burgtheaters in Karlsbad mit dem großen Josef Meinrad angefreundet hatte – wenn man es so nennen sollte. Bis heute war sich Georg nicht sicher, was dort in Karlsbad wirklich vorgefallen war, aber dass etwas vorgefallen war, stand außer Frage. Nicht dass die zwei das Bett miteinander geteilt hätten – so weit glaubte er den Beteuerungen Josef Meinrads, der ihm bei einem Treffen unter vier Augen versichert hatte, seine Johanna nicht angerührt zu haben. Aber irgendetwas war geschehen zwischen dem großen Star und der kleinen Johanna und dieses Irgendwas stand nun zwischen ihnen beiden, Johanna und Georg, egal wie sehr sie sich darum bemühten, wieder zueinanderzufinden, seelisch wie physisch.

Natürlich hätte ihm einfallen können, dass, wenn man mit einer Frau mindestens einmal am Tag Sex hatte und zwar über den Zeitraum von mehreren Wochen hinweg, vorwiegend in der Mittagspause, eine große Chance bestand, dass sie schwanger wurde. Und letztlich hatte er sich ja genau deshalb ein Zimmer in der Nähe seines Büros gesucht, damit er mit ihr zu Mittag dort für eine halbe Stunde im Bett und auf dem Schreibtisch und auf dem Sessel und sogar auf der schmalen Küchenzeile das tun konnte, wonach er sich sehnte und worauf er ein Anrecht zu haben glaubte, eben weil sie sich ja liebten. Manchmal war die Zeit so knapp bemessen, dass sie sich nicht einmal gegenseitig auszogen, sondern gleich zur Sache kamen, damit alles möglichst schnell vonstattenging und er rechtzeitig zurück ins Ministerium gelangte und sie rechtzeitig zu den Proben im Theater. Nicht selten brachte sie ihm sogar eine hausgemachte Jause mit, die er dann im Stehen auf genau der Küchenzeile verzehrte, auf der sie Minuten zuvor noch ganz andere Dinge getan hatten, die Donnerstage ausgenommen, weil da sein Chef stets zu einem längeren Mittagessen außer Haus war und somit Zeit blieb, auch Johanna zu befriedigen, wofür diese das Bett bevorzugte.

Somit war in Georgs Welt, die nun fest verortet war zwischen den Aktenbergen, die er täglich bearbeitete, und der Küchenzeile seiner kleinen Wohnung, auf der er Johanna bearbeitete, alles in bester Ordnung. Und dann das.

Als sie ihm von dem Gastspiel in Karlsbad erzählt hatte, hatte er ihr noch gut zugeredet, wohl wissend, dass er für eine ganze Weile auf ihrer beider Stelldichein verzichten musste.

»Das wird dir guttun, wenn du einmal rauskommst und was von der Welt siehst«, hatte er gesagt und sie hatte ihn, dankbar für seinen Zuspruch, umarmt und geküsst und dann noch sehr viel mehr getan. Es war der einzige Tag innerhalb von Monaten gewesen, an dem er zu spät zurück ins Ministerium gelangt war und sein Chef hatte dies mit einem »Hört, hört, Herr Neuendorff hat wohl etwas Wichtigeres zu tun!« kommentiert.

Am Tag vor ihrer Abreise hatte er ihr ein kleines Medaillon geschenkt, in das er »In Liebe, dein Georg – toi, toi, toi« hatte gravieren lassen. »Damit du mich nicht so schnell vergisst!« Dankbar hatte sie es sich um den Hals gehängt und ihm versichert, dass das sicher nicht der Fall sein würde und in einer Woche sei sie ja auch schon zurück. Dann war sie in den Zug gestiegen und alles kam ganz anders als erwartet, denn in der ausgelassenen Stimmung einer Gruppenreise, die nicht selten an einen Schulausflug erinnerte, kam man sich näher. Natürlich hatte sie nicht geplant, sich in den Meinrad zu verlieben, aber es war auch nicht eben einfach, sich dem Charisma der anwesenden Männer zu entziehen, wenn man doch erst neunzehn Jahre alt war und die Zukunft groß und verheißungsvoll und das Wetter warm und sonnig und man zu allem Überfluss noch Schillers *Kabale und Liebe* spielte.

Warum ihre Wahl auf den Meinrad gefallen war – sie wusste es hinterher kaum zu sagen. Sicher, da war die Episode, als er sie bei einem Ausflug auf seinen Armen über einen Nebenfluss der Teplá trug, aber der eigentliche Grund lag wohl tiefer. Der

Mann, so groß und unnahbar, stellte keine wirkliche Gefahr für ihr Liebesleben mit Georg da. Meinrad war so großartig wie prüde und zeigte keinerlei Interesse an Johanna. Sie war also auf der sicheren Seite – glaubte sie. Dass solcherlei Dinge ihre eigene Dynamik entfalten, war ihr mit ihren neunzehn Jahren nicht bewusst gewesen, und dass man sich manchmal mehr als nur ein bisschen verliebte, kam ihr erst in den Sinn, als es zu spät war.

Zurück in Wien hieß es dann, sie habe eine Affäre gehabt. Das klang größer und aufregender, als es war, und der Meinrad bemühte sich auf ihr Betreiben hin nach Kräften, den eifersüchtigen Jungliebhaber Johannas davon zu überzeugen, dass dies doch alles gar nicht stimmte und man sich keine Sorgen machen sollte. Das Mäderl habe halt ein bisserl geschwärmt, soll nichts Schlimmeres passieren. Und Georg nickte nur stumm, auf seinem Sessel im Café Prückel, und rührte in seiner Melange herum, nicht überzeugt, aber willens zu vergeben. Der Herbst kam und dann der Winter und sie machten weiter wie bisher. Bis, ja, bis Johanna ihm eines Tages aus heiterem Himmel mitteilte, dass sie schwanger war. Das sagte sie ihm in einer seiner Mittagspausen, als sie gerade dabei waren, sich die Kleider zu richten, einfach so, ohne Vorwarnung.

»Dann sollten wir aber schnell heiraten«, dachte Georg laut vor sich hin, »wenn das Kind schon unterwegs ist.«

»Was ändert das?«, fragte Johanna.

»Es ändert die Optik«, sagte er.

Da lachte Johanna nur einmal bitter auf. Aber dann brach ihre pragmatische Seite durch. »Na, dann heiraten wir eben. Ist ja eh schon alles wurscht.«

1961

Er war bereits fort, als sie am nächsten Morgen wach wurde. In der Nacht hatte sie sich zu Lore ins Kinderzimmer gelegt, die Glassplitter im Salon hatte sie einfach liegen gelassen. Sollte sich doch die Haushälterin darum kümmern.

Das Kind patschte mit seinen dicklichen Händen in ihr Gesicht, bekam schließlich eine ihrer Haarsträhnen zu fassen und zog daran. Der Schmerz ließ Johanna von einer Sekunde auf die andere zu sich kommen. Schnell griff sie nach der Kinderhand, hielt sie fest, zog die Haarsträhne zwischen den Fingern hervor und drückte die kleine Hand dann länger und stärker, als es nötig gewesen wäre. Lore fing an zu weinen. Erst da ließ Johanna los.

»Komm, du Satansbraten«, sagte sie zu ihrer Tochter, »stopfen wir dich mit Brei voll und dann bring ich dich zur Tante Mitzi! Die hat mich auch schon groß gekriegt, dann wird sie es auch bei dir schaffen.«

Sie wickelte das Kind, zog sie beide an, fütterte Lore in Windeseile, packte ein paar Sachen und eine Ersatzgarnitur zusammen, zog noch Lores liebste Rassel aus einer Sofaritze hervor und machte sich erneut auf den Weg nach Favoriten.

Kaum hatte sie die Wohnung in der Quellenstraße betreten, stand auch schon ihre Mutter vor ihr.

»Ja, Johanna!«, rief sie aus. »Was machst du denn schon wieder da?«

»Das siehst du doch«, sagte Johanna, »ich bring euch meine Tochter.«

Ihre Mutter wirkte darüber nicht ganz so begeistert, wie sie gehofft hatte.

»Hannerl, ich freu mich ja, wenn wir das Kind öfter mal zu

sehen bekommen, aber erstens kann ich gar nicht bleiben, weil ich heute bei den Pospischils putze, und dann war der Georg heute Früh gleich da.«

»So, war er das«, sagte Johanna, die Lore mittlerweile auf dem Boden abgesetzt hatte, wo sie sofort mit der Schnalle von Johannas Riemenschuhen zu spielen begann.

»Er hat gesagt, dass du zurück an die Burg willst und dass ich dir das ausreden soll«, sagte die Mutter. »Und ich finde, er hat recht. Ein Kind gehört zur Mutter!«

Noch bevor Johanna darauf antworten konnte, kam Tante Mitzi aus der Küche angelaufen, hockte sich sofort zur kleinen Lore auf den Boden, streichelte ihr über die ersten zarten Löckchen und kitzelte sie an der Nase. Dem Kind schien es außerordentlich gut zu gefallen. Lore gluckste vor Vergnügen.

Johanna dagegen stemmte die Hände in die Hüften. »So, ein Kind gehört also zur Mutter. Na, das ist ja mal sehr interessant. Als ob du die ganze Zeit an meiner Wiege gehockt wärst!«

»Das waren andere Zeiten, Kind!«, wehrte sich die Mutter. »Wir waren arm, ich musste arbeiten.«

»Ihr seid immer noch arm und ich muss auch arbeiten!«, rief Johanna laut. »Ich bin Schauspielerin! Ich kann was! Aber ich verkümmere daheim. Hörst du? Ich verkümmere! Und wenn wir schon einmal dabei sind, dann richte meinem Mann doch bitte aus, wenn er das nächste Mal hinter meinem Rücken intrigiert, dann sollte er vielleicht bedenken, wen er sich zu diesem Zweck ins Boot holt.«

»Wie meinst du das?«

Johanna trat einen Schritt vor, sah ihrer Mutter tief in die Augen und zischte: »Hast du Georg auch erzählt, wer euch die neue Kredenz gekauft hat? Und das neue Radio? Oder wer euch jeden Monat Geld zusteckt, damit ihr nicht irgendeinen billigen Fraß schlucken müsst, sondern etwas Anständiges auf den Tisch kommt? Von den teuren Prothesen für Vaters Bein ganz zu schweigen.«

Die Mutter öffnete den Mund, aber es kam kein Ton heraus.

»Der Georg weiß nicht, dass ich das von unserem Haushaltsgeld abzweige. Und ich hab auch nicht vor, es ihm zu erzählen. Oder willst du es ihm etwa sagen, wo ihr doch so gute Freunde seid, du und dein Schwiegersohn?«

Johanna sah, wie sehr sie ihre Mutter damit verletzte, der jetzt die Tränen in die Augen schossen, aber sie war so entsetzlich wütend und konnte nicht mehr an sich halten.

»Immer nur putzen und waschen und bügeln für andere Leute, Mutter. Und trotzdem reicht es hinten und vorne nicht für euch zu dritt! Immer nur Arbeit und nichts wird besser. Ich bin ein Star, Mutter! Na, jedenfalls war ich einer und ich werd wieder einer sein und dann verdiene ich besser als mein Mann, der euch nie und nimmer euer Leben zu dritt finanzieren würde. Also überleg dir gut, auf wessen Seite du stehst. Und nun nimm mir das Kind ab, ich muss Text lernen gehen.«

Damit war Johanna auch schon halb auf dem Weg nach draußen, als ihre Mutter rief: »Ja, aber Kind, ich muss doch gleich fort!«

»Tante Mitzi ist doch da!«, sagte Johanna nur und blickte zu ihrer Tante, die die kleine Lore mittlerweile auf den Schoß genommen hatte und hin und her wiegte. Dann griff Mitzi nach den Patschhänden des Mädchens und klatschte mit ihnen sanft den Takt einer Melodie, die nur sie hören konnte. Lore lächelte selig.

»Wie du meinst«, sagte ihre Mutter. Darauf winkte Johanna ihrer Tochter kurz zu und trat schließlich in den Flur des Hauses hinaus, in dem sie aufgewachsen war und der wie eh und je nach Kalk und feuchten Erdäpfeln und einem Leben roch, von dem sie dachte, dass sie es schon lange hinter sich gelassen hatte.

1950

Jetzt, wo die Katze aus dem Sack war, hatten Johanna und Georg nicht mehr das Gefühl, noch etwas verstecken zu müssen. Zwei Tage, nachdem sie beschlossen hatten zu heiraten, zog sie bei ihm ein. Nicht offiziell, das hätte der Vermieter nie zugelassen, aber heimlich und mit einem Koffer voller unbrauchbarer Dinge, auf die Johanna aber nicht verzichten wollte.

»Was ist das?«, fragte Georg und zog mit spitzen Fingern eine speckige Mappe aus dem Koffer heraus.

»Oh«, rief Johanna freudig aus, »das ist *mein* Stück!«

»Ein Theaterstück?«, fragte Georg neugierig.

»Natürlich, was denkst du denn?« Johanna öffnete die Mappe. Daraus quoll ein ganzer Wust an vergilbten Blättern hervor, auf denen eine unsaubere Kinderhandschrift zu lesen war. »Das hab ich verfasst, als ich ungefähr acht Jahre alt war.«

»Mein Gott, hattest du eine schlamperte Handschrift! Was steht da?«

Er deutete auf den Titel.

»Da steht: *Der Prinz vom Semmering*«, las Johanna laut vor.

»Das klingt furchtbar«, befand er.

»Das ist es wahrscheinlich auch«, stimmte ihm Johanna zu. »Aber es war mein erster großer Erfolg.«

Georg wendete die Mappe und sah auf die Rückseite. Dort hatte Johanna das selbst gestaltete Plakat zur Aufführung ihres Prinzen vom Semmering geklebt. Diesem konnte er Ort und Zeit der Uraufführung entnehmen: 12. März 1938, in der Küche der Quellenstraße Nummer 112.

»Da hast du dir aber den denkbar schlechtesten Zeitpunkt für deine Premiere ausgesucht«, sagte er.

Johanna schaute über seine Schulter. »Wie man es nimmt. Immerhin ist mein Vater deswegen nicht zum Heldenplatz gepilgert, um seinen neuen Führer willkommen zu heißen.«

»Wirklich?«, fragte Georg ungläubig. »Dein Vater hat die Theatervorstellung seiner Tochter Hitler vorgezogen?«

»Jawoll!«, sagte Johanna mit deutschem Akzent, schlug die Fersen zusammen und hob die rechte Hand. Und mit unverkennbarer Stimme, die an einen gewissen Herrn aus Braunau am Inn erinnerte, fügte sie hinzu: »Ich kann sehrrr überzeugend sein.«

»Bist du wahnsinnig?«, beeilte sich Georg zu sagen. »Man macht keine Witze über die Nazis!«

»Ich schon«, sagte Johanna, schnappte sich ihr Manuskript, ließ sich damit auf das Sofa fallen und begann zu lesen. Und schon nahm sie um sich herum nichts mehr wahr. Also kam Georg die Aufgabe zu, Teller und Gläser, die sie auf dem Flohmarkt zusammengekauft hatten, in den Küchenschrank einzuräumen. Er wickelte sie aus alten Zeitungen und polierte sie anschließend. Dabei fiel sein Blick wie zufällig auf eine zusammengeknüllte Ausgabe der Vorkriegszeitung *Die Stunde,* in der einer der Teller eingepackt gewesen war und aus der ihm nun das zerknitterte Antlitz Kurt Schuschniggs entgegenglotzte. Der hätte meinetwegen auch zu Hause bleiben können, dachte Georg.

1961

»Es ist großartig, dass du nun wieder bei uns bist. Niemand freut sich mehr darüber als ich! Dennoch denke ich, ein Kind gehört zur Mutter!«, sagte Meinrad und der leise Vorwurf in seiner Stimme klang deutlicher und lauter in Johannas Ohren nach als die eigentlichen Worte des großen Mimen.

Sie nickte nur stumm, aber in ihrem Inneren ballte sich die Wut zu einer Faust, die mit voller Wucht gegen ihren Magen stieß. Vor Übelkeit wurde ich beinahe schwindelig. Erst ihre Mutter, nun auch noch der Meinrad.

»Ich bin doch immer noch für sie da«, stieß sie leise hervor.

»Natürlich bist du das. Aber Johanna, du weißt doch, wie das mit den Proben ist, ganz zu schweigen von den Vorstellungen. Willst du dir und dem Kind das wirklich zumuten? Du bist eine wunderbare Schauspielerin und natürlich verstehe ich deinen Drang, wieder auf der Bühne zu stehen, aber denk doch mal an all das, was geschehen ist und wie viel du durchmachen musstest, bis du endlich dieses kleine Wunder in den Armen halten durftest!«

Das war's. Meinrad brauchte gar nichts weiter zu sagen, Johanna wusste bereits, dass von seiner Seite nicht mit Unterstützung zu rechnen war und dass er jetzt auf ihre Vergangenheit anspielte, das gab ihr den Rest.

Stumm nickte sie und tat so, als ob sie ihm zustimmen würde, aber in ihrem Inneren bereute sie es schon, sich ihm anvertraut zu haben. Als hätte das alles noch nicht gereicht, fügte der Meinrad hinzu: »Und was sagt dein Mann zu alledem?«

»Ich brauche meinen Mann nicht um Erlaubnis zu fragen,

wenn ich auf die Bühne gehe«, presste sie zwischen ihren Zähnen hervor.

Da sagte der Meinrad nichts mehr, aber Johanna konnte sehen, wie unangenehm ihm die ganze Situation war, weil er natürlich auf Georgs Seite stand und sich nicht traute, dies auch laut auszusprechen, nicht weil er sich vor Johannas Reaktion fürchtete, sondern weil es ihm prinzipiell unangenehm war, allzu Intimes mit anderen Menschen zu teilen. Also suchte er sich einen billigen Vorwand und ließ Johanna mit Küsschen rechts, Küsschen links einfach beim Eingang zu den Herrengarderoben stehen und verschwand hinter einer der Türen, während sie ohne Plan und ohne Gesprächspartner auf dem Flur zurückblieb. Es war beinahe so, als hätte sie ihren Einsatz verpasst und müsste nun dabei zusehen, wie das Stück ohne sie weiterlief.

1950

Sie machten keine große Sache daraus. Sie kaufte ein Kleid, das ihren Bauch weitgehend kaschierte, er bestellte einen Brautstrauß und sie sagten Johannas Eltern Bescheid, wann und wo sie sich zur Trauung einzufinden hatten, dazu kam noch Georgs alter Onkel, der als Trauzeuge vorgesehen war und ein wenig als Vaterersatz herhalten musste, weil Georgs Eltern schon lange tot waren. Als Trauzeugin für Johanna fungierte eine alte Schulfreundin, die bis eine Woche vor der Trauungszeremonie noch nicht einmal wusste, wer Georg war oder dass Johanna ein Kind erwartete. Und zu guter Letzt lud Johanna entgegen dem Rat ihres zukünftigen Mannes und ihrer Eltern Tante Mitzi ein, die jedoch aufgrund einer Erkältung daheim bleiben musste, wo eine Nachbarin nach ihr schaute.

Die Hochzeit dauerte kaum mehr als ein paar Minuten. Sie hatten auf jegliche Reden des Standesbeamten verzichtet, tauschten die schmalen Ringe aus, die Georg beim Juwelier erworben hatte und die nur aus vergoldetem Silber bestanden, und sagten beide einmal Ja, schon war es vorbei. Ein paar Unterschriften, ein schnelles Foto, das der Vater mit dem Apparat des Onkels schoss und das leicht verwackelt war, weil er mit der Kamera in seinen Händen und ohne seine Krücken so unsicher stand auf dem einzigen Bein, das ihm geblieben war. Trotzdem konnte man deutlich erkennen, dass die Braut und der Bräutigam fröhlich lächelten, während die Mutter sich den Rock zurechtzupfte und der Onkel nervös seine spärlichen Haare glatt strich. Johannas Trauzeugin war gar nur zur Hälfte auf dem Bild zu sehen. Aber all das machte nichts, denn als sie alle erst fröhlich in der Gastwirtschaft beieinander saßen,

Wein tranken und zur Feier des Tages Wiener Schnitzel aßen, da löste sich endlich auch die Anspannung im Gesicht der Mutter, die ihrer Tochter so von Herzen ein gutbürgerliches Leben an der Seite dieses jungen Mannes wünschte, der alles in allem ein anständiger Kerl zu sein schien, wie ihr nicht zuletzt Georgs Onkel gleich mehrfach versicherte.

»Ihre Tochter ist jetzt in guten Händen, gnä' Frau!«, brüllte ihr der schwerhörige Mann ins Ohr und die Mutter nickte nur und wischte sich hin und wieder eine Träne aus dem Gesicht. Ob vor Rührung oder vor Erleichterung, dass Georg die schwangere Johanna nicht sitzen gelassen hatte, vermochte sie nicht einmal selbst zu sagen. Es war wohl eine Mischung aus beidem.

Als Hochzeitsgeschenk erhielten die zwei eine kleine Summe Geld und bezahlten davon eine dreitägige Hochzeitsreise nach Salzburg, wo sie sich den Dom anschauten, die Festung und ansonsten ziemlich viel Zeit zu zweit im Bett verbrachten, ganz so, wie man es von ihnen erwartete.

»Reichst du mir einmal den Wein herüber?«

Johanna lag ausgestreckt auf dem Bett, ein Zahnputzglas in der Hand, das sie nun ihrem frisch angetrauten Ehemann entgegenhielt.

»Du weißt, dass das nur Traubensaft ist, oder?«, fragte Georg, der ihr bereitwillig aus der Flasche Traubenmost, den sie am Markt gekauft hatten, einschenkte.

»Ich bin Schauspielerin, Liebster«, entgegnete sie, »ich kann spielen, dass es echter Wein ist!«

»Das glaube ich dir sofort!«, stimmte er ihr zu. »Was meinst du, wird unser Kind einmal beruflich machen?«

»Wenn es ein Bub wird, kommt er nach mir und wird Schauspieler«, bestimmte Johanna.

»Und wenn es ein Mädchen wird?«, wollte Georg wissen.

»Dann kommt sie gleichfalls nach mir und wird ebenfalls Schauspielerin«, antwortete sie.

»Aha«, stellte er fest und setzte sich vorsichtig neben seine Frau auf das schmale Ehebett, »du willst also keinen zweiten Juristen in der Familie?«

»Machst du Witze? Was sollen wir denn mit mehr als einem Juristen in der Familie anfangen?«

»Gut, gut«, sagte Georg, stellte den Wein, der keiner war, auf dem wackligen Nachtkastl ab, das gut zum wackligen Bett passte. Das nächste Mal, sagte er sich im Stillen, sollten sie bei der Auswahl des Fremdenzimmers vielleicht nicht ganz so sparsam sein. »Wenn das dein Wille ist, dann soll es so sein – eine Schauspielerfamilie.« Georg verzog das Gesicht.

»Eine großartige Schauspielerfamilie!«, schmetterte Johanna und verschüttete dabei glatt etwas von ihrem Traubensaft auf das Laken. »Ups«, sagte sie und Georg sprang sofort auf.

»Hast du Salz dabei?«, fragte er.

»Nein, aber wie ich gehört habe, kann man in dieser Stadt durchaus so etwas bekommen. Nomen est schließlich omen, liebster Mann!«

»Ja, aber hast du jetzt Salz?«, fragte er.

»Nein, wieso?«

»Na, wenn Salz Rotweinflecken wegmacht, dann funktioniert das ja vielleicht auch bei rotem Traubensaft.«

Verzweifelt begann Georg in den Schubladen des Nachtkastls herumzusuchen.

»Was suchst du denn da?«, fragte Johanna belustigt.

»Na, Salz natürlich!«, gab er zurück. »Ich will nicht für die Reinigung der Leintücher extra zahlen müssen.«

»Sparmeister!«, schalt ihn Johanna und nahm aus einer Laune heraus ihr halb volles Glas Traubensaft und schüttete es langsam und zielsicher über Leintuch, Decke und Polster.

»Was zur Hölle …?!«, rief er aus, doch Johanna lachte nur aus vollem Halse.

»Man stelle sich das vor: in Salzburg ohne Salz!«, brüllte sie, während ihr die Lachtränen nur so über die Wangen rannen.

Für einen kurzen Augenblick war Georg drauf und dran, seine exzentrische junge Ehefrau für übergeschnappt zu erklären – aber dann sah er, wie sich ihr runder Bauch vom Lachen hob und senkte, wie ihre Wangen eine gesunde, rötliche Farbe annahmen, wie sie strahlte und wie ihr Glanz dabei jeden Zentimeter dieses gottverlassenen, hässlichen Hotelzimmers erhellte. Das entfachte seine Liebe nur noch mehr und er küsste sie, wobei er ihr Gesicht zwischen seine Hände nahm.

»Ich liebe dich, du Wahnsinnige!«, sagte er und blickte ihr dabei tief in die Augen.

»Ich weiß«, war ihre Antwort. Sie küssten sich mitten in einem von Obstsaftflecken übersäten Bett. Und wie er da nackt in ihren Armen lag, seinen Kopf an ihren Bauch gelegt, da dachte er, er müsse vor Glück schier zerspringen, weil er all das hier hatte: eine Frau, ein Kind, ein Leben.

»Komm, lass uns die Stadt erobern«, schlug Johanna schließlich vor und er sagte Ja, weil er in diesem Augenblick zu allem Ja gesagt hätte. Sie zogen sich an und spazierten durch die Getreidegasse, wo sie ein überaus hässliches, aber sündhaft teures Paar Lederhandschuhe für Johanna kauften, in die sie kurze Zeit später gar nicht mehr hineinpasste, weil durch die Schwangerschaft ihre Finger zu stark anschwollen. Einen Tag später fuhren sie wieder heim nach Wien, weil Johanna eine ihrer letzten Vorstellungen als Luise Miller geben sollte, bis das Ensemble endlich in die Sommerpause entlassen werden würde.

Johanna verbrachte den gesamten Juli damit, zu lesen. Von Zola bis Eichendorff verschlang sie alles, was ihr in die Hände kam. Nur Erziehungsratgeber lehnte sie strikt ab. »Das Kind hat sicher mehr davon, wenn ich es mit klugen Gedanken füttere, als zu lernen, wie ich es nur ja schön schreien lasse, um es nicht zu verzärteln.« Wann immer Georg also aus dem Ministerium heimkam, deklamierte Johanna irgendetwas an hoher Literatur für das Kind und er ließ sie lächelnd gewähren. Es war alles genau so, wie es sein sollte, dachte Georg. Bis die Wehen einsetzten.

1950

Sie hatten ihn das Kind anschauen lassen. Johanna hatte man es nur ganz kurz gezeigt und es dann nach dem Durchtrennen der Nabelschnur schnell aus dem Raum getragen und in den Brutkasten gelegt, um es nicht auf dem kalten Boden des Kreißsaals sterben zu lassen. Aber er durfte es sehen. Er betrachtete diesen winzigen, mageren Körper mit dem kleinen Köpfchen, das mehr an einen kleinen Affen als an einen Menschen erinnerte. Er stand neben dem Primar, den eine der Schwestern geholt hatte und der nur den Kopf schüttelte, weil doch schon alles zu spät war. Und er stand neben dem Pfarrer, der den Körper des Kindes nicht beerdigen wollte, und der Schwester, die Stein auf Bein schwor, sie habe das Kind notgetauft, bevor es gestorben war, sodass er es bestatten durfte.

Er stand da und sah still dabei zu, wie sie ihn in eine Decke wickelte. Seinen toten Sohn anzufassen hatte er sich nicht getraut, aus Angst, dem winzigen Körper Schaden zuzufügen. Wer weiß, ob er ihm nicht eine seiner winzigen Rippen gebrochen hätte.

»Ich werde dem Bestatter Bescheid geben«, hatte die Schwester gesagt und ihn mit dem toten Kind allein gelassen. Und er hatte immerzu nur auf dieses winzige Bündel geschaut und sich gefragt, ob das wirklich gerade eben passiert war, ob sein Sohn wirklich gerade gestorben war.

Siebeneinhalb Monate. Ihm war natürlich bewusst gewesen, dass das zu kurz war. Und nun würde er mit einem Bestatter reden müssen und sich um ein Grab kümmern, denn Johanna war noch viel zu mitgenommen von der Geburt, um irgendetwas zu entscheiden. Sie würde nicht einmal bei der Beerdigung dabei sein. Anweisung vom Arzt: Die Patientin sollte unter gar keinen Umständen das Bett verlassen.

Wie gerne hätte er jetzt mit Johanna geredet, nur für einen kurzen Augenblick seinen Kopf an ihre Schulter gelehnt, die Augen geschlossen und sich wieder sicher gefühlt, so als wäre noch immer alles in bester Ordnung. Aber das war es nicht.

Er stand neben dem Bestatter, als der ihm diskret die Papiere zeigte, die es zu unterschreiben galt, und nickte nur kurz, als dieser ihn fragte, ob er das wirklich wolle, weil man so kleine Wesen eigentlich nicht beerdigte. Ja, hatte er gesagt und nicht gewusst, ob er es wirklich meinte. Ob es ein Sarg aus Buche sein solle, hatte der Bestatter gefragt und wieder hatte er mit Ja geantwortet.

»Auf welchen Namen soll ich den Totenschein denn ausstellen?«, hatte der Bestatter gefragt und Georg nannte ihm fälschlich seinen eigenen Namen, weil er nicht wusste, dass das Kind doch auch einen Namen brauchte, wenn man es beerdigen wollte. So hatte er sein totes Kind nach sich selbst benannt.

Weil er der Mann war, wurde von ihm erwartet, dass er den Sarg trug. Also trug er ihn. Und wäre beinahe unter seiner Last zusammengebrochen. Er stand neben seinen Schwiegereltern auf dem Friedhof, drei Tage später, vor einem winzigen tiefen Loch, in das sie den Sarg hinabließen, der doch mehr aussah wie ein Brotkastl. Und alles, was er dachte, war, wie klein dieser Sarg doch war und dass er nicht hätte hier stehen sollen, am Grab seines Kindes, das so hieß wie er selbst. Aber sagen konnte er es nicht. Der Priester murmelte schnell ein Vaterunser, aber Georg bewegte nur die Lippen, weil kein Ton herauskam, nicht ein einziger. Später, auf dem Heimweg, schämte er sich dafür, dass er es nicht geschafft hatte, wenigstens ein Gebet für sein totes Kind zu sprechen, und er spülte die Scham mit sehr viel Cognac hinunter, was ihm schlecht bekam, weil er beim anschließenden Leichenschmaus mit den Schwiegereltern nichts gegessen hatte und sein nüchterner Magen mit dem Alkohol schlecht zurechtkam.

1950

Drei Tage später holte er Johanna aus dem Krankenhaus ab. Er hatte extra einen Wagen aus dem Ministerium organisiert, einen Fahrer, mit dem er zuweilen zu tun hatte und der ihm gerne diesen Gefallen tat. Der lieferte Johanna und Georg vor ihrer gemeinsamen Wohnung ab, aus der Georg zuvor alles entfernt hatte, was an das Baby erinnern konnte. Eine halb fertig gehäkelte Decke, ein Mobile sowie mehrere kleine Mützchen und Jäckchen für das Kind, die Tante Mitzi gehäkelt hatte. Er hatte das alles in einen Karton gepackt und zu den Schwiegereltern gebracht, weil er es nicht ertrug, das Zeug im Haus zu haben, und dachte, Johanna würde es auch nicht tun.

Er half ihr aus dem Mantel, zog ihr die Schuhe aus und führte sie ans Bett, wo er sie sanft zudeckte und die Vorhänge zuzog.

»Ruh dich aus, Liebling«, sagte er und ging leise aus dem Raum.

Nach einer Stunde schaute er vorsichtig ins Schlafzimmer, um zu sehen, ob Johanna schlief. Sie lag aber nur da, genauso wie er sie verlassen hatte, und starrte an die Decke.

»Brauchst du etwas?«, fragte er vorsichtig. »Ein Glas Wasser vielleicht? Oder Tee?«

Als sie nicht antwortete, sondern nur weiter zur Zimmerdecke hinaufsah, sagte Georg: »Ich mach uns einen Tee, ja?«

Er werkelte eine Weile in der Küche herum und kam schließlich mit einer Tasse Pfefferminztee zurück. Diesmal hatte Johanna die Augen geschlossen und er stellte den Tee vorsichtig auf dem Nachtkastl neben ihr ab. Leise machte er sich daran, das Zimmer wieder zu verlassen, um sie nicht zu wecken, da sagte Johanna plötzlich: »Welche Farbe?«

»Bitte?«, fragte er. »Was meinst du, Liebling?«

»Welche Farbe hatte der Sarg?«

Er dachte kurz nach und sagte dann: »Braun. Ein kleiner Holzsarg.«

»Und die Blumen? Welche Farbe hatten die Blumen?«

Er konnte sich nicht daran erinnern, ob es überhaupt Blumen auf dem Grab gegeben hatte, also nannte er die erste Sorte, die ihm einfiel: »Es waren Sonnenblumen, also gelb.«

Er konnte hören, wie sie atmete und wie die Uhr an der Küchenwand tickte. Dann sagte sie: »Und seine Augen? Welche Farbe hatten die?«

Georg versuchte krampfhaft, sich daran zu erinnern, welche Farbe die Augen seines Kindes gehabt hatten. Waren die Augen von Neugeborenen nicht alle blau? Er wusste es nicht.

»Braungrün«, sagte er schließlich. Seine eigene Augenfarbe war braungrün. Wenn das Kind schon seinen Namen trug, dann konnte er ihm auch seine Augenfarbe geben.

»Braungrün«, wiederholte Johanna leise. Dann drehte sie sich auf die Seite und schlief ein.

1950

Morgen musste er wieder zur Arbeit, aber er wollte Johanna nicht alleinlassen. Also ging er noch spät am Abend schnell hinunter ins Kaffeehaus und rief bei der Nachbarin seiner Schwiegereltern, Frau Meyerhoff, an. Er bat die Meyerhoff, der Schwiegermutter auszurichten, sie möge doch morgen vorbeikommen und nach Johanna sehen. Das war ihm unangenehm, weil er nicht wollte, dass die ganze Nachbarschaft wusste, was geschehen war. Andererseits wussten sie es wahrscheinlich ohnehin schon alle.

»Ja, natürlich richte ich es der Frau Jedlicka aus!«, hatte Frau Meyerhoff gesagt. »Es ist ja auch so tragisch. Nein, wirklich, so traurig das Ganze!«

Dann hatte sie ihm ihr Beileid ausgesprochen und er hatte einfach aufgelegt, weil er es nicht schaffte, darauf etwas zu erwidern. Stattdessen begannen in der Telefonzelle plötzlich die Tränen über seine Wangen zu laufen und er lehnte die Stirn gegen den schwarzen Apparat. Von außen klopfte jemand an die Tür und Georg konnte hören, wie eine männliche Stimme sagte: »Samma's bald?« Aber er konnte jetzt nicht gehen, er konnte nicht mit Tränen im Gesicht aus dieser Telefonzelle hinaustreten und sagen: »Entschuldigen Sie vielmals, aber ich beweine mein Kind, das keinen Tag alt wurde und das meinen Namen trägt. Georg Neuendorff hat es geheißen und jetzt liegt es in einem Brotkastl auf dem Zentralfriedhof und ich kenne nicht einmal seine Augenfarbe.«

Er atmete tief durch. Ein paar Sekunden noch, dann würden die Tränen sicher versiegen. Nur einen Augenblick.

»Hean S', junger Mann, es wollen auch noch andere telefonieren.«

Mit zitternden Fingern öffnete er die Tür der Zelle und trat hinaus. So schnell es ging, bahnte er sich den Weg hinaus aus dem Café, stieß dabei aber mit einem der Ober zusammen, dem daraufhin sein Tablett entglitt und krachend zu Boden fiel, wo sich schnell eine braune Lacke aus Kaffee, Obers und Leitungswasser bildete.

»Heast, Depperter, kannst net aufpassen?«, raunzte ihn der Mann an.

Georg blieb kurz stehen, schaute durch seinen Tränenschleier auf das Chaos, das um seine Füße spülte, stotterte eine kurze Entschuldigung und lief hinaus.

Georg rannte und rannte, an seinem eigenen Haus vorbei, wo Johanna oben in der kleinen Wohnung schlief, und kam schließlich bis zum Donaukanal. Zitternd hielt er sich dort an einem der Brückengeländer fest, starrte auf das dunkle Wasser unter sich und versuchte, Atem zu schöpfen. Was war das nur? Was ergriff da plötzlich von ihm Besitz? Er schämte sich, so sehr, dass es ihn fast zerriss. So führte man sich doch nicht auf. Einer wie er weinte doch nicht in aller Öffentlichkeit. Er war immerhin Ministerialbeamter! Man musste sich doch auf ihn verlassen können. Was sollte denn sonst werden? Zusammenreißen, dachte Georg, er musste sich endlich zusammenreißen. Und was tat er stattdessen? Rannte in der Gegend herum wie ein Irrer.

Georg riss die rechte Hand hoch und klatschte sich damit ins Gesicht. Erst einmal und dann noch einmal. Es versiegten die Tränen, dann wurde sein Atem ruhiger und schließlich nahm er Haltung an. Er musste heim. Morgen war ein anstrengender Tag. Im Ministerium war sicher viel liegen geblieben in den letzten Tagen. Er brauchte Schlaf. Er musste ja funktionieren. Er musste einfach.

Ein letztes Mal schaute er noch auf das Wasser. Dann wandte er sich um und ging heim.

1961

An der Tür hing ein kleiner Zettel. »Leseprobe Anatol«, stand in einer sehr geradlinigen Handschrift in blauer Tinte darauf geschrieben. Johanna holte tief Luft, bevor sie nach der Türklinke griff.

Der Raum war kühl, fast kalt. Dennoch bemerkte Johanna, wie ihr der Schweiß ausbrach. Sie war viel zu früh. Außer einem Regieassistenten, den Johanna flüchtig vom Sehen kannte, war noch niemand dort. Der Regieassistent, der mit seinem dicken Schal und einem Stapel loser Blätter nervös hüstelnd in einer Ecke des Raumes hockte, stand kurz von seinem Sitz auf und deutete eine Verbeugung an. Dann setzte er sich wieder und starrte auf seinen Stapel Papier. Offenbar war sie nicht die Einzige, die Angst vor dem hatte, was da auf sie zukommen würde. Nur durfte es bei ihr niemand merken.

»Ich komm gleich noch einmal wieder«, ließ Johanna den Assistenten wissen, drehte sich auf dem Absatz um und entschwand durch die Tür, durch die sie gerade erst gekommen war. So schnell wie möglich lief sie aus dem Theater hinaus, zum Eingang des Volksgartens, dann zwischen den Rosensträuchern hindurch und schließlich am Heldenplatz wieder hinaus aus dem Park. Sie steuerte unter der Michaelerkuppel hindurch, rechts am Michaelerplatz vorbei und verschwand schließlich in den Gassen des ersten Bezirks. Bei einem versteckt liegenden Hauseingang blieb sie schließlich stehen, lehnte ihren Kopf an das kalte Mauerwerk und schloss die Augen.

Das war es also, vor dem sich selbst die größten unter den Schauspielern fürchteten und was die Engländer mit *stage fright* bezeichneten und man hierzulande mit dem harmlos klingenden Wort Lampenfieber zu kaschieren versuchte. Von Fieber konnte keine Rede sein, obgleich es sie schüttelte vor Kälte. Johanna fühlte nach. Ihre Stirn war in der Tat eiskalt und völlig verschwitzt. Außerdem raste ihr Herz.

Wovor nur hatte sie solche Angst? Sie war doch schon oft auf der Bühne gestanden. Sie kannte dieses Gefühl und wusste, wie man es überwand.

»Das geht vorbei«, murmelte sie. »Das geht vorbei, das geht vorbei.«

Nichts ging vorbei. Es wurde nur noch schlimmer. Von Minute zu Minute griff die Panik auf alles über, was in Johanna noch an Leben war und was nun stocksteif vor Angst sich an eine fremde Hauswand, irgendwo in der Nähe der Dorotheergasse, drückte, das letzte bisschen ihrer selbst, das noch übrig war. Und was, dachte sie, sollte das auch schon sein, dieses Ich? Sie war ein Mensch, aber kein wirklich bedeutender. Sie war eine Frau, aber sie passte nicht ins Bild der braven Tochter oder der liebreizenden Ehefrau. Sie war eine Mutter, und zwar eine schlechte. Sie war eine Schauspielerin … aber wenn sie nicht auf der Stelle die Beine in die Hand nahm und zurück zur Probe ging, würde sie das auch nicht mehr lange sein. Und was würde dann noch von ihr übrig bleiben?

»Wenigstens das«, dachte Johanna, »ich muss doch wenigstens etwas sein.«

Aber es rührte sich nichts. Kein Muskel, der ihr noch gehorchte. Stattdessen glitt sie einfach an der Wand hinunter und zu Boden, wo sie sitzen blieb, den Kopf an den kühlen Stein eines Hauses gelehnt, das sie nicht beschützen konnte, so wie es sie auch damals nicht beschützt hatte.

Johanna schloss die Augen und sofort war es wieder da, das Heulen der Sirenen. Fliegeralarm. Alle in den Luftschutzkeller, aber wird's bald. Schneller, Mädel! Und die Hand der Mutter zieht und zerrt an ihr, aber Johanna will nicht gehen, der Lebensmittelkarten wegen, die sie doch unter dem Bett vergessen hat. Was, wenn jetzt eine Bombe aufs Haus fällt und die so wichtigen Karten verbrennen einfach? Also zieht und zerrt sie am Arm der Mutter herum, schreit gegen den Lärm an, dass sie etwas vergessen hat, aber die Mutter hört sie nicht und natürlich ist sie viel zu schwach, um etwas gegen den festen Griff der erwachsenen Frau auszurichten. Doch da, wie durch ein Wunder, stolpert die Mutter, lässt nur für einen kurzen Moment los und schon ist die Hand frei. Johanna stoppt und dreht sich um, rennt los, wie von Sinnen rennt sie an gegen Hunderte Erwachsenenbeine, schlüpft hindurch, gelangt sogar bis zu ihrem Haus. Ein paar Schritte noch, dann ist sie im Hausflur. Kühl ist es hier und es riecht gut. Die Hausmeisterin hat heute aufgewaschen, mit Kernseife. Als ob es sich lohnen würde, etwas mit Kernseife zu reinigen, das doch ohnehin gleich in Schutt und Asche zerbombt wird. Und das ist auch das Erste, was Johanna in den Sinn kommt, als das Klingeln in ihren Ohren nachlässt. Alles umsonst! Die ganze Arbeit der Hausmeisterin war umsonst, weil nun alles mit Staub und Dreck bedeckt ist. Auch Johanna ist voller Staub und Dreck und kann sich nicht rühren, nicht einen Zentimeter. Die Beine sind unter einer Treppenstufe eingeklemmt. Die ist einfach so abgesackt, die Treppe, als das Haus über Johannas Kopf eingestürzt ist und das Kind unter sich begraben hat. Dabei ist sie noch nicht einmal bis zur Wohnungstür im zweiten Stock gekommen. Gleich unten am Treppenabsatz hat es sie erwischt, bei den Mistkübeln. Und nun liegt sie da, eingeklemmt zwischen den Resten der Treppe und den vollkommen verbeulten Kübeln und kann sich nicht rühren oder atmen. Da ist Staub, überall Staub. Ihre ganze Lunge ist voll davon und sie denkt, sie muss ersticken. Es dauert ewig, bis sie so weit zu sich kommt, klar denken kann, wer weiß, wie lange sie dort schon gelegen ist und oh, was wird die Mami schimpfen, dass sie sich losgerissen hat, aber die Lebensmittelkarten, die sind bestimmt auch hin. Und da fängt Johanna an zu weinen, dass ihr die Tränen zwei Kanäle in ihr staubiges Gesicht spülen, bis sie schließlich im verdreckten Kragen ihres Kleides versickern und Johanna spürt, wie es ihr kalt und feucht den Rücken hinabrinnt. Aber vielleicht ist das ja auch nur Blut?

Sie ruft, nach der Mutter, die sie ja bestimmt nicht hören kann, und nach dem Vater, der doch an der Front ist, wo er sich nach Möglichkeit, bittschön, nicht totschießen lassen soll, wie es ihm die Mutter zum Abschied zugeflüstert hat. Wenn's leicht geht, hat er geantwortet. Und nach der Mitzitant weint sie, nach der ganz besonders. Nach den starken, sanften, stillen Händen der Tante Mitzi, die sie so oft schon getröstet hat und die ihren Rücken so kraulen kann wie keine andere.

Und mit einem Mal sieht sie die Hände vor sich, wie sie Steine von ihr herunterklauben und wie sie an ihr ziehen und zerren. Gar nicht mehr so sanft sind diese Hände, sondern stark und voller Blut, weil sie im Schutt nach dem Kind suchen und das schon seit Stunden. Und die jetzt nicht mehr loslassen, weil sie endlich gefunden haben, was sie so verzweifelt suchten, obwohl doch alle gesagt haben, das Kind sei tot, da sei nichts mehr zu machen. Da haben diese Hände alle weggestoßen, die sie daran hindern wollten, und weitergegraben und nun hatten sie sie endlich gefunden und zogen, mit der allergrößten Kraftanstrengung, das Kind endlich ins Freie.

Wie merkwürdig das ist, dass da auf einmal der Himmel über ihr ist, wo doch eigentlich das Haus stehen sollte, aber das ist nach dem Bombentreffer einfach so mir nichts, dir nichts ins Nachbarhaus rübergekippt, ohne Johanna zu zerdrücken. Nun ist sie frei und die Tante trägt sie auf das Trümmerfeld, stolz, weil sie sie gefunden hat, und mit der freien Hand, die sie nur hat, weil sie das Kind über die Schulter hängen lässt, stößt sie alle anderen weg. Sie hat das Kind gefunden, sie lässt es nun nicht mehr los, bis sie bei der Mutter ist und Johannas Himmel plötzlich von zwei plärrenden dreckigen, strahlenden Frauengesichtern verdeckt wird, von dem der Tante Mitzi, die sie gerettet hat, und von dem der Mutter, die, obwohl gar nicht gläubig, plötzlich alle Heiligen anruft, weil sie so dankbar ist.

Auch jetzt verdunkelte sich der Himmel über Johanna und als sie aufschaute, blickte sie diesmal ein völlig fremdes Gesicht an, das fragte, ob es der gnädigen Frau nicht gut gehe und ob man denn vielleicht helfen solle. Sie sehe gar so blass aus. Ein Glas Wasser vielleicht?

Da schaffte es Johanna schließlich, sich an der Hauswand wieder aufzurichten, tief durchzuatmen und sie zauberte, von woher auch immer, ein Lächeln auf ihr Gesicht und fing an zu spielen. Nein, danke, das sei nicht nötig, es war ihr nur ein wenig übel geworden. Nichts Ernstes. Es geht schon wieder. Spielte über alle Angst und alle Panik hinweg und ging schließlich ihrer Wege. Sie hatte ja Probe. Am Burgtheater.

1950

Sie schlief, als wollte sie nicht, dass es ein Morgen gab. Sie bemerkte nicht, wie Georg in der Früh ins Ministerium entschwand und ihre Mutter die Wache an ihrem Bett übernahm. Sie hörte nicht das Klappern der Stricknadeln, als ihre Mutter eine Handarbeit fortführte, einfach weil sie sie schon begonnen hatte, und erst nach etwa einer Stunde emsigen Strickens feststellte, dass das, was sie dort in Händen hielt, ein Babyjäckchen geworden wäre. Beschämt ließ sie es zunächst in ihre Handtasche gleiten, holte es aber, als ihr langweilig wurde, erneut hervor und ribbelte das Gestrickte wieder auf. Sie würde Socken daraus machen, für den Schwiegersohn. Johanna trug ja keine der Wollsachen, die sie ihr machte.

Besorgt blickte die Mutter zu Johanna, als es Mittag wurde, aber ihre Tochter öffnete nicht die Augen, stöhnte nicht, seufzte nicht, lag nur da und rührte sich nicht. In der Wohnung war es sehr still. Außer stark gedämpftem Straßenlärm war nur Johannas gleichmäßiger Atem zu hören.

Gegen drei Uhr wachte sie kurz auf, verwirrt, dass es die Mutter war und nicht Georg, die neben ihr saß. Trank das ihr gereichte Glas Wasser auf einen Zug aus, ließ sich sogar ins Bad begleiten, weil sie gar zu sehr zitterte, wechselte die Vorlagen und kroch dann zurück ins Bett, um gleich wieder die Augen zu schließen. Die extra mitgebrachte und mit viel Sorgfalt gekochte Hühnerbrühe lehnte Johanna ab.

Erst am Abend, als das Zimmer nur noch von dem gelblichen Schein der Straßenlaterne erhellt wurde, wachte sie auf. Neben ihr saß nicht mehr die Mutter, sondern ihr Mann. Georg schlief, hatte den schweren Kopf auf die Brust niedersinken lassen, die Brille noch in der halb geöffneten Hand. Selbst bei dieser spärlichen Beleuchtung konnte Johanna erkennen, wie erschöpft er wirkte.

Eigentlich sollte sie Mitleid mit ihm haben, dachte Johanna. Jetzt hatte er sie extra wegen dieses Kindes geheiratet und nun war alles umsonst gewesen. Er würde nicht Vater werden. Er würde keine Familie bekommen. Stattdessen, so hatte es der Arzt formuliert, als Johanna gerade so getan hatte, als ob sie schliefe und doch jedes Wort mithörte, müsse er sich darauf gefasst machen, dass sie, also Johanna, womöglich keine weiteren Kinder bekommen sollte. Natürlich sei es noch zu früh, um die Wundheilung abzusehen, aber es sah nicht gut aus. Das Risiko für Mutter und Kind sei nach ärztlichem Ermessen recht hoch.

Es würde also kein Kind geben. Stattdessen gab es nur sie beide und Johanna bezweifelte stark, dass sie einander genügen konnten, noch dazu wo sie für eine ganze Weile kein Bett mehr miteinander teilen würden. Wozu auch?

Johanna richtete sich im Bett auf. Leise stand sie auf, schlich ins Bad hinüber, wechselte erneut die Vorlagen, wusch sich im Anschluss die Hände, dann das Gesicht und erstarrte, als sie der fremden Frau im Spiegel in die Augen sah. Das konnte unmöglich sie selbst sein, dieses ausgemergelte, blasse Wesen mit den riesigen dunklen Ringen unter den Augen und den strähnigen Haaren. So sah doch keine Schauspielerin aus! So sah, nach Johannas Verständnis, auch keine Ehefrau aus. Und vor allem sah so keine glückliche, junge Mutter aus.

Da packte Johanna eine Welle aus Wut, Scham, Trauer und Verzweiflung, sodass sie mit ungeahnter Kraft nach der Seifenschale griff und diese gegen den Spiegel rammte, in der Hoffnung und Erwartung, dass er mit großem Getöse zersplittern würde. Tatsächlich aber zeichnete sich nur ein großer Riss in der runden Silberscheibe ab, mit einem kleinen Loch in der Mitte, etwa da, wo Johannas Brust war. Ihr Gesicht sah jetzt aus wie ein Picasso-Gemälde, perspektivisch verschoben, so, als liefe dieser besondere Riss einfach durch sie hindurch.

Es klopfte an die Badezimmertür.

»Johanna?«, hörte sie Georg leise sagen. »Ist was passiert?«

Nichts ist geschehen, rein gar nichts. Nur das Kind war tot und sie war keine Mutter mehr. Als Ehefrau, das wusste Johanna nun, war sie offenbar auch nur bedingt tauglich. Was blieb dann noch? Einzig die Schauspielerin, die steckte da noch drinnen, in diesem geteilten Selbst, das innen wie außen vollkommen zerrissen war.

»Johanna? Öffne doch bitte die Tür. Ich mach mir Sorgen!«

Aber, dachte Johanna, wenn sie schon keine Mutter war und keine gute, brave, treu sorgende Ehefrau, so war sie doch immerhin in der Lage, diese zu verkörpern. Um ihrer selbst willen und auch ein kleines bisschen um seinetwillen. Mit aller Anstrengung und den letzten ihr zur Verfügung stehenden Kräften schaffte sie es, ihr Gesicht in eine freundliche Maske zu verziehen und ihre Stimme einige Nuancen nach oben zu schrauben.

»Es ist alles gut«, hörte sie sich selbst sagen. Johanna drehte den Schlüssel im Schloss herum und öffnete die Tür. »Mir ist nur ein kleines Missgeschick mit dem Spiegel passiert.«

Georg warf kurz einen Blick auf den Riss und das Loch in der Scheibe, die über dem Waschbecken hing, und entschied sich dafür, besser keine Fragen zu stellen.

»Komm, ich bring dich wieder ins Bett.«

»Danke«, wehrte Johanna ab, »ich schaff das schon.« Sie zwang sich zu einem Lächeln. »Ich leg mich gleich wieder hin, keine Sorge.«

Georg gab sich damit anscheinend zufrieden und ging in die

kleine Küche, wo Johanna ihn mit dem Teekessel hantieren hörte.

»Gar nicht mal so schlecht, Johanna«, flüsterte sie sich selbst zu. Sie wusste in diesem Augenblick, dass sie die Rolle ihres Lebens gefunden hatte. Und sie würde sie, wenn nötig, bis zum bitteren Ende spielen.

1961

Als die Tür aufschwang, gab sie den Blick in einen gut gefüllten Raum frei, wo an diversen im Karree aufgestellten Tischen bereits ihre Kollegen saßen. Diesmal war Johanna beinahe zu spät dran, aber Haeusserman bemühte sich um ein freundliches Gesicht und gute Stimmung, weshalb er mit ausgestreckter Hand auf sie zueilte und sagte: »Meine liebe Johanna, wie wunderbar!«

Was so wunderbar war, sagte er freilich nicht und so wusste Johanna nicht, ob er jetzt ihre bloße Anwesenheit meinte oder dass sie es geschafft hatte, auf die Minute genau zum offiziellen Probenbeginn zu erscheinen.

»Herr Direktor! Ich freu mich sehr!«, log sie, deren Knie leicht zitterten und die von dem Anfall, den sie kurz zuvor erlitten hatte, noch recht mitgenommen war.

Haeusserman ergriff die Finger ihrer linken Hand, hauchte einen Kuss darüber und geleitete sie zu einem der freien Plätze. Mit einer dezenten Verbeugung überließ er sie ihrem Schicksal, setzte sich auf seinen Stuhl, schob seine Brille zurecht und verkündete dann: »Nun können wir ja anfangen. Meine Freunde: *Anatol* von Arthur Schnitzler. Otto, bitte!«

Mit Otto war Otto Kerry gemeint, der die Rolle des Max übernehmen sollte und dem der erste Satz im Stück zukam. Sein Gegenpart und Verkörperung der Titelrolle war Hanns Obonya. Johanna kannte Obonya gut, Kerry gar nicht. Als er jedoch zu lesen anfing, gefiel ihr seine Stimme sehr gut. Sie passte zur Rolle.

Das Geplänkel der zwei Männer zog sich über einige Seiten hin, dann kam endlich ihr Auftritt. Johanna hatte ihr Textbuch nur pro forma vor sich liegen, sie kannte die Rolle schon auswendig. Dass das den Regisseuren mitunter nicht gefiel, weil sie oft Mühe hatten, einen einmal einstudierten Text wieder aus dem Schauspielerkopf hinauszuprügeln, der ihren Vorstellungen nicht entsprach, war ihr gleich. Außerdem brauchte sie Rollen nur zwei-, maximal dreimal lesen und kannte schon den Text. Das war schon immer so gewesen. Sie bezeichnete es als »meine Gabe«. Aber um nicht als Streberin unangenehm aufzufallen, legte sie zur Leseprobe eben das Textbuch vor sich auf den Tisch, ohne jedoch auch nur ein einziges Mal hineinzuschauen.

Obonya: »Hörst du sie nicht? Ich kenne die Schritte, auch wenn sie noch im Hausflur hallen.«

Kerry: »Ich höre nichts.«

Obonya: »Wie nahe schon! … Auf dem Gange … Cora!«

Johanna holte Luft. »Guten Abend! O du bist nicht allein …«

»Danke!«, rief Haeusserman. »Noch einmal mit *Gefühl*. Gehen wir gleich in medias res. Das spart hinterher Zeit, und Zeit ist ein knappes Gut.«

»Oh, ich, ähm, ich dachte nur, dass … also …«, stotterte Johanna. Da hatte er sie eiskalt erwischt. Und das gleich beim ersten Satz.

»Nicht du, Johanna«, sagte Haeusserman und zeigte mit der Hand vage in Obonyas Richtung. »Lieber Hanns, da kommt deine Geliebte. Du musst ihren Namen flehen. Wie ein Liebesversprechen, das unter allen Umständen eingehalten werden muss.«

Obonya nickte verständig und begann also gleich darauf zu flehen.

»Cora! Cora … Cora? CORA!!!«

»Nein«, sagte Haeusserman nach einer Weile. »Es liegt nicht an dir, es liegt am Namen. Da hätte sich der gute Schnitzler wirklich was Besseres einfallen lassen können. Cora klingt wie eine Marke für Damenwäsche, eine der billigen Sorte. Aber gut, so war er wohl, der liebe Arthur. Wir machen weiter.«

»Mit einer billigen Cora?«, fragte Johanna.

Haeusserman, der seinen Blick schon wieder ins Textbuch versenkt hatte, sah auf. »Wie meinen?«

»Na ja, wenn Sie sagen, Cora sei billig, dann sollte ich sie wohl auch so spielen.«

Haeusserman nahm seine Brille ab.

»Wir spielen vorerst nicht. Niemand spielt hier. Dies ist eine Leseprobe. Ich bitte euch lediglich gescheit zu intonieren, weil unsere Zeit für diese Produktion recht knapp ist. Und kostbar«, fügte er hinzu.

»Oh«, entgegnete Johanna, »verzeihen Sie, habe ich da etwas nicht mitbekommen? Eben waren wir noch bei billig.«

Das rief einige Lacher bei den Kollegen und ein Stirnrunzeln beim Regisseur hervor.

»Billig ist gut«, sagte Haeusserman.

»Na, das ist doch genau das, was Frauen hören wollen«, sagte Johanna. Sie sagte es leise, aber laut genug, dass es alle mitbekamen. Die Lacher wurden lauter.

»Könnten wir dann?«, sagte Haeusserman.

»Ich bin eine Schlampe, ich kann also offensichtlich immer«, antwortete Johanna.

Nun gab es unter den Kollegen kein Halten mehr. Haeusserman gab sich geschlagen – vorerst.

»Und los.«

Obonya gab sich alle Mühe: »Wie nahe schon! … Auf dem Gange … Cora!«

Und Johanna antwortete mit einer Stimme, die aus der tiefsten Gosse zu kommen schien: »Guten Abend! Oh, du bist nicht allein …«

Da brach der Hauptdarsteller erneut in Gelächter aus und mit ihm der Rest der Mannschaft.

»Ich kann es auch anders versuchen«, sagte Johanna. »Wie wäre es mit dummer Schlampe? Oder wir stellen uns vor, dass sie gerne mit beiden Männern … dann gilt das ›allein‹ nicht Anatol, sondern Max. Ja, ich glaube, es gilt definitiv Max! Das bekomm ich hin, keine Frage. Zwei Männer gleichzeitig. Puh. Na, das wird was …«

»Aus!«, rief Haeusserman. »Wir lassen das mit der Schlampe! Cora ist ein nettes, freundliches Mädchen, das in Anatol verliebt ist. Können Sie nett und freundlich, Johanna?«

»Also, jetzt verlangen Sie zu viel!«

Das war's. Als sie sah, dass Haeusserman sich einige Lachtränen aus den Augen wischen musste, wusste sie, dass sie gewonnen hatte. Den Rest des Akts hielt sich Johanna strikt an die Anweisungen des Regisseurs und versuchte, nicht weiter aufzufallen, was bedeutete, sie blieb in ihrer Rolle. Alles lief wunderbar, bis …

»Gut«, sagte Haeusserman, »kommen wir zu Akt zwei. Die Weihnachtseinkäufe überspringen wir. Die möchte ich ans Ende der Vorstellung reihen. Ich weiß, das ist nicht unbedingt üblich, aber glaubt mir, ich hab mir was dabei gedacht. Das bedeutet, wir machen mit der Episode weiter.«

Haeusserman sah sich im Raum um und stutzte. »Wo ist unsere Bianca?«, fragte er schließlich den Regieassistenten. Der setzte, ganz nervös ob der ungeahnten Aufmerksamkeit, zu einer Antwort an: »Also, die Kollegin hat wohl nicht damit gerechnet, dass sie so schnell drankommt, und ist daher noch …«

»Wer bei mir zu spät kommt, der fliegt«, war Haeussermans Antwort. »Johanna, übernimm bitte einstweilen den Part der Bianca.«

Die Rolle der Cora kannte Johanna auswendig, aber die Bianca musste sie nun vom Textbuch ablesen, genau wie alle anderen. Doch Haeusserman war offenbar zufrieden. Als der Akt zu Ende war, verkündete er eine kleine Rauchpause.

»Sehr schön«, sagte Haeusserman im Vorbeigehen zu Johanna, die Zigarette schon im Mundwinkel. »Ich hab's nicht gerne, wenn die Schauspieler ihre Rollen schon vorher einstudieren. Deine Bianca war eindeutig besser als deine Cora. Vielleicht sollten wir uns da was mit der Besetzung überlegen«, schloss er und eilte, nach Zündhölzern suchend, aus dem Raum.

Johanna aber konnte nicht umhin zu lächeln. Wenn sie den Mann schon mit ein paar Tricks um den Finger wickeln konnte, was würde sie dann noch alles erreichen? Dass sie damit, was Haeusserman betraf, ziemlich falsch lag, sollte sie sehr bald herausfinden.

1950

Die Schranktür gab ein unangenehmes Quietschen von sich, sodass Johanna unwillkürlich zusammenzuckte. Der alte Kleiderkasten gehörte ihren Vermietern. Er war groß, er war hässlich und seine Scharniere machten die fürchterlichsten Geräusche, egal wie viel Öl sie in sie hineinträufelten, aber er bot Platz für alles, was sie besaßen.

Sie hatte ihn nicht wecken wollen, sondern sich stattdessen einfach aus dem Haus schleichen, aber nun konnte sie vernehmen, wie sich Georg von der Couch erhob und ins Schlafzimmer getapst kam.

»Johanna«, fragte er, halb wach, »was tust du da?«

»Mich anziehen.«

»Solltest du nicht im Bett sein?«

Sie hielt kurz inne beim Auseinanderfalten einer schwarzen Hose, nestelte am Knopf herum und antwortete schließlich, ohne ihm dabei ins Gesicht zu schauen: »Ich gehe zur Arbeit.«

»Aber du brauchst Schonung, hat der Arzt gesagt.«

»Ich gehe zur Arbeit!«, wiederholte sie, nun deutlich lauter als zuvor, sodass Georg verstand: Jeder Widerstand war zwecklos.

»Soll ich dich vielleicht hinbringen?«, fragte er unsicher.

»Nein, nicht nötig«, antwortete Johanna.

Sie schnappte sich Hose und Pullover und ging an ihm vorbei zur Küchenzeile, wo sie sich schnell entkleidete und begann, sich frisch zu machen.

Sie duschte, wusch sich die Haare, trocknete sie so gut es ging mit dem Handtuch und steckte ihr Haar im Anschluss mithilfe vieler Nadeln zu einer strengen Frisur am Hinterkopf zusammen. Sie nahm sich ausgiebig Zeit, um sich zu schminken, schlüpfte in ihr bestes Paar Schuhe, griff nach ihrer Handtasche und schaute dann kurz ins Schlafzimmer, wo Georg mit abwesendem Gesichtsausdruck auf dem Rand der Matratze hockte.

»Ich gehe jetzt«, sagte sie.

Da sah er auf.

»Ich halte das für keine gute Idee«, antwortete er.

»Das ist mir, ehrlich gesagt, blunzn«, antwortete Johanna. Sie wollte sich schon abwenden und aus der Tür spazieren, da sprang Georg plötzlich auf, lief hinter ihr her und hielt sie am Arm fest.

»Bitte, Johanna, ich …«, begann er, aber etwas in ihrem Blick ließ ihn verstummen. Da stand plötzlich so etwas wie Feindseligkeit in ihren Augen und er ließ sie abrupt los.

»Sollten wir nicht wenigstens miteinander reden?«, versuchte er noch einen letzten Anlauf.

»Reden?«, wiederholte sie. »Worüber sollten wir denn reden? Über das Kind? Das liegt tot am Friedhof. Oder darüber, dass du mich ganz umsonst zu einer ›ehrbaren‹ Frau gemacht hast? Falls du die Scheidung willst, nun, von mir aus.«

»Nein!«, gab Georg entrüstet zur Antwort.

»Auch gut«, sagte Johanna. »Und jetzt entschuldige mich bitte. Ich muss ins Theater.«

Drei Schritte waren es aus der Schlafzimmertür bis zur Mitte des Flurs, dann sechs Schritte bis zur Haustür. Das machte neun Schritte, um sie zurückzuhalten. Aber weder wollte Johanna, dass er sie zurückhielt, noch wollte Georg hinter ihr herrennen. Als die Tür ins Schloss fiel, begann damit der Anfang eines sehr, sehr langen Endes.

1950

Er war nicht da. Der Herr Burgtheaterdirektor Gielen weile außer Haus, hieß es auf Nachfrage. Sie hatte keine Lust, ihm hinterherzuforschen. Es war Sommer, ein heißer noch dazu, und über die bleierne Schwere des Tages legte sich ihre nicht minder schwere Stimmung.

Also lungerte Johanna missmutig in der Garderobe herum, die sie sich mit nicht weniger als fünf Kolleginnen aus dem Ensemble teilte, weil das Ronacher einfach nicht mehr Platz bot und die Burg noch immer renoviert wurde. Doch weil es noch früh am Tage und dazu noch Spätsommer war, hatte sie den Raum ganz für sich allein. Und es war ja nicht so, dass Johanna andere Menschen um sich herum vermisst hätte. Von den Kolleginnen wusste ein Großteil sicher noch gar nicht, was passiert war, und wenn sie etwas nicht wollte, dann über die Ereignisse der letzten zwei Wochen zu reden. Aber sie sehnte sich nach einer Aufgabe, die sie ablenken würde, und wenn man ihr nicht auf der Stelle etwas zu tun gab, dann würde sie durchdrehen.

Als hätte der Himmel endlich ein Einsehen, riss jemand plötzlich die Tür zur Garderobe auf und Johanna, die sich missmutig auf einem alten Stuhl zusammengekauert hatte, schaute in das leicht errötete, weil überhitzte Gesicht der Direktionssekretärin.

»Ich hab gehört, dass Sie im Haus sind«, sagte sie.

»Ja«, antwortete Johanna, »ich wollte nur kurz mit dem Herrn Direktor Gielen …«

»Unwichtig!«, unterbrach sie die Sekretärin. »Die Holzmeister ist krank!« Damit war Judith Holzmeister gemeint, die diesjährige Buhlschaft im Salzburger *Jedermann*. »Wir brauchen einen Ersatz!«

Johanna sprang von ihrem Stuhl auf. »Ich habe Zeit«, sagte sie.

»Ja, das sehe ich. Sonst würde ich auch nicht wie eine Verrückte hier herunterrasen und Sie fragen, ob Sie heute Abend in Salzburg auf dem Domplatz spielen können.« Dann fiel der Sekretärin offenbar ein, dass hier irgendetwas nicht stimmen konnte. »Waren Sie nicht eigentlich ...?«

»Nein«, sagte Johanna entschieden. Und in diesem »Nein« schwang eindeutig ein »Stellen Sie keine weiteren Fragen!« mit. Also stellte die Sekretärin keine weiteren Fragen, sondern zog ein Textbuch des *Jedermann* hervor und hielt es Johanna vor die Nase.

»Fahrer wartet in zehn Minuten vor dem Bühneneingang, das ist der Text: Lernen Sie den auf der Fahrt. Hals- und Beinbruch!«

Die Sekretärin wollte schon auf dem Absatz kehrtmachen, als Johanna ihr hinterherrief: »Danke!«

»Keine Ursache«, sagte die Frau und fügte unnötigerweise hinzu: »Und es ist ja nicht so, als hätten wir hier die große Auswahl gehabt. Immerhin ist Sommerpause.«

Das verpasste Johannas Stimmung einen gehörigen Dämpfer. Natürlich hätte sie es gern gehabt, wenn man gezielt nach ihr gefragt hätte. Aber so war es auch gut. Sie würde denen schon zeigen, was eine Johanna Neuendorff konnte.

Sie schnappte sich ihre Tasche und lief zum Bühneneingang, sprang ins Auto und der Fahrer gab Gas. Erst als sie die Wiener Stadtgrenze schon hinter sich gelassen hatten, fiel Johanna ein, dass sie vielleicht Georg hätte Bescheid geben sollen, wo sie war. Aber das konnte sie ja immer noch tun, wenn sie in Salzburg angekommen war. Bis dahin würde sie sich in ihr Textbuch vertiefen und die Rolle der Buhlschaft lernen. Die einzige Sorge, die Johanna hatte, war die, ob sie einen solchen Abend physisch durchstehen würde. Aber daran durfte man nicht denken, sonst hatte man verloren, bevor einen die Hitze auf dem Domplatz, die in der Tat entsetzlich werden konnte, umhaute. Es würde schon alles gut gehen, einfach weil es das musste.

Mit jedem Kilometer, die sie der Domstadt näher kamen, kamen aber auch die Erinnerungen wieder hoch. Es war keine vier Monate her, dass Johanna auf Hochzeitsreise hier gewesen war und doch schien es ihr wie eine sehr ferne Erinnerung: die kleine Pension, die Nächte mit Georg … Das war so unendlich weit weg, so als gehörten die Erlebnisse jener Tage im April zum Leben einer anderen Johanna, mit der sie nichts mehr zu tun hatte. Das war nicht sie, die dort in den Armen ihres frisch angetrauten Ehemanns gelegen und gelacht und sich auf ihr gemeinsames Kind gefreut hatte. Sie, die Person, die jetzt in diesem Automobil saß, war Johanna Neuendorff, die Schauspielerin, die heute Abend für eine erkrankte Kollegin einspringen und an der Seite Attila Hörbigers auf dem Salzburger Domplatz die prestigeträchtigste Frauenrolle spielen würde, die das Theater in Österreich zu bieten hatte. Eine dumme Rolle, gewiss, denn es war ja auch ein einfältiges Stück, weil es so tat, als gäbe es etwas, an das man glauben und das einen vom Elend der Welt und des eigenen Daseins erlösen konnte. Johanna glaubte an nichts und an niemanden mehr. Das hatte sie sich im Kreißsaal abgewöhnt, als ihr die Hebamme auf die Frage, was mit dem Kind sei, nur mit ernstem Gesicht gesagt hatte, sie solle sich jetzt ausruhen. Da hatte sie es gewusst, ohne dass es ihr je einer hatte sagen müssen. Sie wusste, dass es keinen Gott gab. Aber auch wenn ihr das noch so seltsam vorkam, sie selbst gab es immer noch. Und dieses Selbst, Johanna Neuendorff, geborene Jedlicka, würde heute die Buhlschaft spielen.

1950

Das Kleid war ein Albtraum. Es war aus schwerem weinrotem Samt geschneidert, mit weißem Spitzenbesatz und wog mindestens eine halbe Tonne. Zudem roch es furchtbar nach Schweiß, auch wenn die Garderoberin sich alle Mühe gegeben hatte, es so gut es ging zu reinigen.

»Es ist halt sehr heiß auf dem Domplatz«, hatte sie sich letztlich ihr Scheitern, dem Kleid mit so etwas wie Hygienemaßnahmen beizurücken, eingestanden.

Also zog Johanna es an und da sie etwas kleiner als die Holzmeister war, musste unten am Saum abgesteckt werden.

»Die Oberweite passt jedenfalls«, stellte die Garderoberin zufrieden fest. Johanna, die mit Ekel die Schweißränder im Innenfutter betrachtete, als die Dame ihr half, das Kleid wieder auszuziehen, um es anschließend umzuarbeiten, dachte im Stillen, dass es bei der dunklen Farbe wenigstens niemandem auffallen würde, sollte sich ihre Wochenblutung, die noch lange nicht abgeklungen war, stärker bemerkbar machen als gedacht.

Kaum war das Kleid herunter, schob man Johanna schon auf die Bühne und begann mit der schnell einberufenen Stellprobe.

»Johanna, stell dich bitte dorthin! Und du«, hörte sie den Abendspielleiter zu einem offensichtlichen Komparsen sagen, »stell dich mal auf den Platz vom Hörbiger. Ja, genau da!«

Offenbar hatte es Attila Hörbiger nicht für nötig befunden, persönlich zur Stellprobe mit seiner neuen Buhlschaft zu erscheinen, was Johanna durchaus irritierte, aber der Abendspielleiter gab sich alle Mühe, diesen Umstand zu überspielen.

»So, Johanna, du kommst von links hinten mit den Musikern und gehst dann quer über die Bühne, direkt auf den Herrn Hörbiger zu und wirfst dich ihm an den Hals. Und los!«

Johanna schritt also nach links hinten, rannte vor, schmiss sich an den Hals des Doubles und gab diesem einen Kuss.

»Sehr gut. Dann machen wir weiter mit eurem Dialog. Ich lese jetzt einmal den Part von Herrn Hörbiger und du sprichst deinen Teil, und zwar so laut und deutlich, wie du kannst. Der Domplatz hat seine ganz eigene Akustik.«

Sie nickte verständig und wollte gerade den Mund aufmachen, als sie von rechts kommend eine Person wahrnahm, die sich lautstark Gehör verschaffte.

»Was, die Jedlicka schicken die mir? Die ist doch viel zu jung für die Rolle! Wer zum Teufel hat das veranlasst?«

Die Thimig. Es gab nicht viele Menschen, vor denen Johanna großen Respekt hatte, aber Helene Thimig gehörte eindeutig dazu. Streng, eine Bühnenschauspielerin bis hin zur Selbstaufgabe, verlangte sie von den anderen im Ensemble nichts weniger als ihr Bestes. Und das war Johanna ohne Zweifel bereit zu geben.

»Ich hab das veranlasst«, sagte der Abendspielleiter mit betont gelassener Stimme. »Frau Holzmeister hat sich gestern Abend den Arm gebrochen und wir brauchten schnellstmöglich Ersatz.«

»Warum hat man mich nicht informiert, dass der Ersatz schon da ist?«, ging ihn die Thimig forsch an.

»Bitte untertänigst um Entschuldigung«, sagte der Abendspielleiter.

»Dann wollen wir mal sehen, was das Fräulein Jedlicka zustande bringt.« Es klang alles andere als begeistert. Offenbar war Johanna nicht von der Thimig als Ersatz für Frau Holzmeister vorgeschlagen worden.

»Neuendorff«, meldete sich Johanna nun zu Wort und ihre

Stimme klang überraschend fest und durchdringend. »Ich habe kürzlich geheiratet.«

»Gratuliere«, sagte die Thimig. »Sonst noch irgendwelche Beschwerden?«

»Nein«, sagte Johanna, entschlossen, sich diese Chance nicht nehmen oder sich weiter einschüchtern zu lassen.

Helene Thimig sah sie mit einer Mischung aus Ärger und Verwunderung an, holte tief Luft, nickte dann, ging mit langsamen Schritten zur ersten Reihe, setzte sich, holte ein Textbuch hervor, das offensichtlich voller Notizen war und sagte schließlich:

»*Das ist ja meine Buhle wert,*
Nach der mein Herz schon hart begehrt.
Hat Spielleut mit eine ganze Schar
Und kommt mich abzuholen gar.
Und bitte.«

Johanna war klar, dass sie nur diese eine Chance erhalten würde. Zwar hatte sie schon zuvor auf der Bühne des Ronachers gezeigt, was sie konnte, aber das hier war etwas vollkommen anderes. Eine Julia machte noch keine Buhlschaft. Also schloss sie die Augen, blendete alles aus, die Menschen, die Geräusche, ja den mächtigen Dom im Hintergrund, und begann zu spielen. Thimig sprach die Sätze des Jedermann ein und Johanna antwortete, wobei sie das Double, das gar nicht wusste, wie ihm geschah, nach Leibeskräften umgarnte und bezirzte.

Nach dem Dialog mit Jedermann brach die Thimig ab und Johanna, die gerade noch das Double mit vollem Körpereinsatz zu verführen versucht hatte, hielt atemlos inne.

»Danke«, sagte die Regisseurin. »Noch einmal von vorne.«

Und nun wiederholte sich das Ganze, aber diesmal warf die Thimig einzelne Wörter in Johanna Dialogzeilen ein: »Lauter.« »Flehend.« »Sinnlich.« »Hysterisch.« »Boshaft.«

Als Johanna am Ende ihrer Rolle angelangt war, stand die Thimig auf, kam ganz nah an den Bühnenrand heran, sah Johanna lange von unten herauf ins Gesicht und nickte schließlich. Dann wandte sie sich um und ging vom Domplatz und Johanna, die gar nicht wusste, wie ihr geschah, wurde mit einem Mal von den anwesenden Kolleginnen und Kollegen umringt und beglückwünscht.

1950

»Wo zur Hölle bist du?«

Sie musste tief Luft holen, um ihn durchs Telefon hindurch nicht gleich anzuschreien.

»Ich bin in Salzburg.«

»Was tust du in Salzburg?« Seine Stimme klang ungewöhnlich kalt.

»Ich springe für eine verletzte Kollegin ein.«

»Das darfst du gar nicht«, unterbrach er sie. »Du bist noch im Mutterschutz. Da darf dich niemand beschäftigen.«

»Sagt wer?«, fragte Johanna wütend, weil sie daran gar nicht gedacht hatte.

»Das ist Gesetz, Johanna.«

»Pff«, machte sie nur, was wohl bedeuten sollte: »Ist mir doch egal.«

»Komm nach Hause«, sagte Georg am Telefon, aber es klang nicht wie eine Bitte. Es klang wie ein Befehl.

»Nein.«

Sie konnte hören, wie er tief Luft holte.

»Johanna!« Das war alles, was ihm einfiel, nur ihr Name. Er kannte sie inzwischen gut genug, um zu wissen, dass es sinnlos war, seiner Frau etwas ausreden zu wollen.

»Ich muss jetzt auflegen.«

Sie hängte den Hörer ein. Johanna schob sämtliche aufkeimenden Schuldgefühle beiseite und richtete ihre Gedanken auf das, was vor ihr lag: Heute Abend würde sie auf dem Salzburger Domplatz die Buhlschaft im *Jedermann* geben.

Die Stunden bis zur Aufführung verbrachte sie einigermaßen nervös in der Garderobe der Kollegin Holzmeister, trank viel Wasser, weil man ihr gesagt hatte, dass sie dies brauchen würde, um die Hitze auf dem Domplatz zu überstehen, rannte dann mehr als ein Dutzend Mal auf die Toilette und hoffte, dass das Spiel endlich beginnen würde. Schließlich kam die Durchsage, dass sie sich bitte auf dem Domplatz einfinden solle und Johanna machte sich auf den Weg, mit Beinen so schwer, als hinge der Tod an ihren Füßen.

Der Hörbiger, den sie hinter der Bühne zum ersten Mal traf, sah sie nur kurz an, nickte und sagte: »Na gut, probiern ma's. Wird schon schiefgehen.«

Das ließ Johannas Knie zittern, aber kneifen gab es nicht. Jetzt galt es zu schwimmen oder zu sterben.

Und wie sie schwamm! Johanna warf sich in die Arme Hörbigers, dass es ihm fast den Blumenkranz vom Kopf gerissen hätte, »stürmte die Bühne mit Leidenschaft, Charme und enormer Bühnenpräsenz«, wie es die *Salzburger Nachrichten* später in ihrer Kritik formulierten, und fuhr damit einen Sieg auf ganzer Linie ein.

Sie stand in ihrem verschwitzten, stinkigen roten Samtkleid auf der Bühne und verbeugte sich brav zwischen dem Jedermann Attila Hörbiger, der ihr als Zeichen seiner Anerkennung einen Kuss auf die Hand hauchte, und dem Tod, gespielt von Ernst Deutsch, der dasselbe tat, und für einen Augenblick war alles vergessen und sie spürte nur unendliche Erleichterung und ein gutes Maß an Stolz auf die eigene Leistung. Beim dritten Vorhang aber, als sie lächelnd gegen das grelle Licht der Scheinwerfer einen Blick auf die vorderen Reihen der Zuschauer werfen konnte, erkannte sie Georg, wie er in der dritten Reihe als zweiter von links saß und ihr mit ernster Miene höflich applaudierte, und Johanna blieb beinahe das Herz stehen.

1961

Es blieb bei der Rolle der Cora – vorerst. Und es blieb dabei, dass sie sich morgens aus dem Haus stahl, das Kind in Favoriten bei Tante Mitzi auf den Schoß setzte, ihm einen Keks in die Hand drückte und der Tante gleich einen dazu, dann zur Haltestelle rannte und ins Burgtheater fuhr. Falls Georg und Johanna einander überhaupt in der Früh im eigenen Haus begegneten, dann allenfalls auf dem Weg zum Bad. Seine Schlafstätte hatte Georg seit ihrem Streit in sein Arbeitszimmer verlegt.

Am Abend kam Johanna oft knapp vor ihrem Mann in der Villa an, das mit Gebäck vollgestopfte und daher in kurzer Zeit immer dicker werdende Kindchen auf dem müden Arm, das sie dann in seine Gehschule setzte, um, gerade noch rechtzeitig, die Teller auf den Esstisch zu knallen und das von der Haushälterin vorgekochte Abendessen zu servieren. Beim Essen selbst redeten Johanna und Georg nur das Nötigste miteinander und unterhielten sich vorwiegend über Lore, die, eine Novität, schließlich von ihrem Vater ins Bett gebracht wurde. Im Anschluss nahm sich Georg ein Buch und ein Glas Cognac und zog sich auf sein Zimmer zurück. Den Salon überließ er Johanna, die, von den Proben meist vollkommen erschöpft, auf der Chaiselongue einschlief und sich oft erst nach Mitternacht, wenn sie plötzlich voll bekleidet aufwachte, in ihr Schlafzimmer zurückzog.

Das ging so lange gut, bis Lore aufgrund der wenig kindgerechten Fütterung durch die liebevolle, aber unwissende Tante Koliken bekam.

»Ungewöhnlich für ein Mädchen«, stellte der morgens herbeigerufene Hausarzt fest. »Was hat sie denn gegessen?«

Georg warf einen fragenden Blick auf seine Frau und die antwortete zerknirscht: »Kekse.«

»Dann würde ich vorschlagen, Sie geben dem Kind in Zukunft mehr Gemüse als Gebäck«, sagte der Arzt, »Karotten und so weiter.«

So wurde Lore auf Diät gesetzt, was die Laune des Kindes nicht unbedingt hob. Dafür nahm das Mädel in den kommenden Wochen eine auffällige, entfernt an Karotten erinnernde Gesichtsfarbe an, was mehrheitlich daran lag, dass Johanna das »und so weiter« des Arztes schlichtweg ignoriert und der Tante die Anweisung gegeben hatte, das Kind nun dreimal am Tag mit dem von ihrer Haushälterin zubereiteten und in Einweckgläsern nach Favoriten exportierten Karottenbrei zu füttern.

Als Georg fragte, ob das eigentlich normal sei, dass das Kind eine solche Farbe annehme, wurde abermals der Arzt kontaktiert, der den Eltern daraufhin die Anschaffung eines Lehrbuchs zur Kinderpflege empfahl.

Lores Ernährung wurde nun ein drittes Mal umgestellt, und folglich übernahm Johannas Mutter die Aufgabe, dem Kind zu kochen, was es groß und stark werden lassen sollte, und da gab es für sie nur eine Wahl: Grießbrei, mit sehr, sehr viel Zucker. So dauerte es nicht lange und die verzweifelten Eltern fanden sich erneut am nächtlichen Gitterbett ihres Kindes ein und starrten auf die greinende Lore, die sich mit hochrotem Kopf in den Mund griff.

»Vielleicht hat sie Halsweh?«, fragte Johanna unsicher.

Doch der Kinderarzt diagnostizierte am nächsten Morgen mit ernster Miene stattdessen einen faulen Zahn und fragte einigermaßen vorwurfsvoll und mit deutlichem Kopfnicken in Johannas Richtung: »Haben Sie sich an meine Empfehlung gehalten und das Kind gefüttert, wie es im Buch steht?«

Johanna bejahte dies reinen Gewissens, konnte sie doch

unmöglich ahnen, dass das sorgsam zerkochte Gemüse der Haushälterin regelmäßig im Suppeneintopf ihrer Eltern landete, von dem Lore nichts abbekam, weil sie, pummelig wie sie war, nur mit gezuckertem Grießbrei gefüttert wurde und stets bereits satt war, wenn es an das Verfüttern von Karotten und Erbsen ging. Beinahe hätte Johanna ihrer kleinen Tochter gegenüber ein schlechtes Gewissen entwickelt, aber dann war es überraschenderweise Georg, der sie durch die Worte entlastete: »Nun, vielleicht liegt es an mir. In meiner Familie haben alle schlechte Zähne.«

Sie war ihm in diesem Augenblick aufrichtig dankbar, dass er die ärztliche Kritik an ihr als Mutter abgewehrt hatte. Erst hinterher, als sie erschöpft vom Tag allein in ihrem Ehebett lag, kam ihr die Idee, dass Georgs Weste möglicherweise nicht so rein war wie angenommen. Erst letzten Sonntag hatte sie ihn dabei beobachtet, wie er die ewig quengelnde Lore mit einem halben Riegel Schokolade bestochen hatte, weil er in Ruhe seine Zeitung lesen wollte.

Lore würde später aufgrund der vielen Kronen, die ihren Mund zierten, regelmäßig das Wort »Zahnarzt« in Gegenwart ihrer Mutter mit einem deutlich vernehmbaren vorwurfsvollen Unterton in der Stimme erwähnen. Aber auf dem Ohr war Johanna Neuendorff taub und sie wiederholte oft und immer wieder gern die Aussage, dass der Zustand der Zähne ihrer Tochter sicher nichts mit ihrem wie auch immer gearteten Fehlverhalten als Mutter zu tun haben könne, denn sie habe die Haushälterin stets Berge von Gemüse kochen lassen, mit dem man sie, Lore, gefüttert habe. Und sie schloss stets mit den Worten: »Wie konnte ich ahnen, dass Gemüse für dich offenbar nicht gesund ist!«

1950

Er musste einen Wagen aus dem Ministerium genommen haben, damit er es rechtzeitig nach Salzburg schaffte, gleich nach ihrem Telefonat. Und selbst dann, so vermutete Johanna, dürfte er weit schneller unterwegs gewesen sein als erlaubt. Dass er es überhaupt bis zur Aufführung geschafft hatte, war ein Wunder, aber Johanna war sich nicht sicher, ob sie sich darüber freuen sollte. Georg hatte den Weg nach Salzburg sicher nicht auf sich genommen, um ihr zu ihrer herausragenden Bühnenleistung zu gratulieren. Entsprechend nervös sah sie sich am Bühneneingang nach ihm um, bereit, ganz schnell aus der Deckung heraus in den Angriff überzugehen.

Doch das war gar nicht nötig. Sein Jackett über dem Arm stand Georg brav dort und wartete darauf, seine Frau in Empfang zu nehmen.

»Grüß dich«, sagte Johanna, als sie vor ihm stand.

»Grüß dich, Johanna«, antwortete Georg und gab ihr einen flüchtigen Kuss auf die Wange. »Ich gratuliere.«

»Danke.«

»Bist du bereit?« Er sah wie beiläufig auf seine Armbanduhr.

Dieser nüchterne Auftritt und die zur Schau gestellte Gelassenheit verunsicherten Johanna gehörig.

»Es gibt noch eine Abschiedsfeier«, sagte sie, »weil doch heute die Saison in Salzburg endet.«

Es genügte ein Blick von Georg und Johanna wusste, dass er sie sicher nicht auf eine solche Feier begleiten würde. Was ja nicht hieß, dass sie selbst nicht trotzdem dorthin gehen konnte.

»Komm jetzt«, sagte Georg. Er hielt ihr den Arm hin, damit sie sich einhaken konnte.

»Wohin?«, fragte Johanna.

»Nach Hause, natürlich. Heim nach Wien«, antwortete Georg.

»Und wenn ich aber zu der Feier gehen möchte?«

Noch bevor ihr Georg darauf antworten konnte, spie der Domplatz plötzlich eine kleine Gruppe von Schauspielkollegen aus, die sich schnell um Johanna drängten und ihr nochmals lautstark und mit einem spontan dargebotenen Ständchen gratulierten, bevor sie sich mit einem allseits bekräftigten »Bis später, im Stiegl!« in alle Winde zerstreuten.

Wenige Augenblicke später kam schließlich auch noch die Thimig herbeigeschritten.

»Johanna!«, rief sie. »Großartig, ganz, ganz wundervoll!« Küsschen, links, Küsschen rechts.

»Danke«, sagte Johanna, »es war schon wirklich ein aufregendes …«

Da wurde sie jäh von Georg unterbrochen, der seine Ehefrau einfach beiseiteschob, seine Hand ausstreckte und sich der Thimig vorstellte: »Georg Neuendorff, sehr erfreut.«

»Oh«, sagte die Thimig, »dann sind Sie der Ehemann unserer lieben Buhlschaft?«

»Ja, das bin ich. Und ist Ihnen bekannt, dass meine Frau erst vor zwei Wochen eine Fehlgeburt hatte und dass sie heute Abend gar nicht hätte auftreten dürfen?«

Da war es, das böse Wort. Er hatte es ausgesprochen, ganz offen. Als wäre irgendetwas daran ihr »Fehler« gewesen. Doch natürlich entfaltete es seine Wirkung, denn Johanna konnte sehen, wie die Thimig plötzlich um Atem und Fassung rang.

»Ich hatte ja keine Ahnung«, sagte sie mehr hilflos eingestehend als sich verteidigend und ließ ihren Blick über Johannas Bauch wandern, als wäre sie ihr nicht vor wenigen Wochen noch im Theater begegnet und hätte es besser wissen müssen.

Doch jetzt gab sie sich gänzlich ahnungslos, so wie alle anderen. Und Georg legte nach.

»Sie können von Glück reden, dass ich von arbeitsrechtlichen Maßnahmen absehen werde. Und nun entschuldigen Sie uns bitte, meine Frau braucht Ruhe und Erholung, so wie das für Frauen in ihrer Lage eigentlich angemessen ist«, sagte er und zog Johanna mit sich, ließ die Thimig stehen, wo sie war, und brachte seine Frau, die ihm plötzlich widerstandslos folgte, schließlich mit dem geliehenen Auto heim nach Wien.

1961

»Da, schau genau hin!«, forderte Johanna ihre Mutter auf.

Die verbog sich fast den Hals, um tief in den Rachen ihres einzigen Enkelkinds zu starren, das die Untersuchung nur widerwillig über sich ergehen ließ, konnte aber nichts entdecken.

»Ich seh nichts«, gab sie ehrlich zu.

»Da! Der rechte Eckzahn unten, der wird dunkel. Der Doktor sagt, er fängt an zu faulen.«

Die Mutter tat, als ließe sie das völlig unbeeindruckt, und fragte: »Und was soll ich da jetzt machen?«

»Dem Kind keinen Grießbrei mehr kochen«, forderte Johanna, »sonst wird es fett und bekommt schlechte Zähne.«

Es hatte Johanna durchaus einige Zeit gekostet, aus ihrer Mutter herauszubekommen, was mit dem vielen Gemüse geschehen war, das sie stets zur Fütterung des Kindes mitgegeben hatte, und in welchem Topf es gelandet war. Dann hatte sie still und mit vorwurfsvollem Gesichtsausdruck den Küchenschrank der Eltern durchwühlt und war schnell auf die enorme Packung Grieß gestoßen. Sie zählte eins und eins zusammen und verbot ihrer Mutter im Anschluss nicht nur, das Kind weiter mit zuckerhaltigem Brei zu schoppen, sondern auch, je mit Lore darüber zu reden, falls sie eines Tages Fragen zur Gesundheit ihrer Zähne stellen sollte.

»Das sagen wir niemandem!«, wurde zum geflügelten Wort in der Familie Jedlicka und Neuendorff und es schloss sehr schnell mehr ein als nur schlechte Milchzähne. Gleichfalls niemandem erzählt wurde, dass das neue Gebiss der Tante ohne Georgs Wissen von seinem Gehalt bezahlt wurde, dass Tante Mitzi versucht hatte, einen Teddybären im Spielwarengeschäft zu stehlen und dabei erwischt wurde und es nur deshalb keinen Ärger gab, weil die Ladenbesitzerin die Familie Jedlicka kannte und kurzerhand für eine halbe Stunde das Geschäft dichtmachte, um die Tante freundlich an der Hand nach Hause zu führen, wo sie sie der entsetzten Schwester übergab. Und ganz besonders wurde nicht erwähnt, dass Johanna dieser Tage ans Burgtheater zurückgekehrt war, weil man sich das Gerede der Nachbarn und das der weitläufigeren Verwandtschaft ersparen wollte. Sie würde schon früh genug davon erfahren. Dass das Enkelkind jetzt so viel Zeit im Hause Jedlicka verbrachte, begründete die Familie nach außen hin einfach mit einer frei erfundenen Geschichte über ein kriminelles Kindermädchen, das Johanna beinahe all ihren Schmuck gestohlen habe, und bevor nicht neues und zuverlässiges Personal gefunden worden sei, kümmere sich nun die Großmutter um das Kindchen, während Lore tatsächlich die meiste Zeit von der stummen, verrückten Tante gehütet wurde.

Es waren eine ganze Menge kleinerer und größerer Ausreden, die da zusammenkamen. Aber keine dieser wohlfeilen Lügen nahm es mit der auf, die sich Georg leistete.

1950

Während der Rückfahrt nach Wien redeten die beiden kaum ein Wort miteinander, vornehmlich weil Johanna sich nicht die Blöße geben wollte, ihn kreischend und fluchend mit scharfen Fingernägeln zu attackieren, weil er sie um den Genuss ihres größten Triumphs gebracht hatte. Im Wagen war es daher außergewöhnlich still. Die Straßen waren dunkel und dank des einsetzenden Regens schlecht zu fahren und Georg konzentrierte sich darauf, den Wagen seines Chefs, den er sich mit dem Hinweis, es handle sich um einen Notfall, erschlichen hatte, nicht zu Schrott zu fahren. Johanna dagegen versuchte, ihren Zorn unter Kontrolle zu bekommen, weil sie sonst Gefahr gelaufen wäre, ihrem Ehemann in sein verdammtes Lenkrad zu greifen und den nagelneuen hellblauen Fiat 1100 E mit Vollgas in den Graben zu steuern.

Irgendwann wurde das Schweigen im Wageninneren unerträglich und Johanna griff zu ihrer Handtasche, zog den Rest eines Kipferls, dessen eine Hälfte sie zu Mittag schnell verschlungen hatte, mitsamt dem Papiersackerl hervor, kippte den Rest des Kipferls achtlos aus, hielt das Sackerl an den Mund, blies es auf und ließ es mit einem ohrenbetäubenden Knall zerplatzen. Georg verriss den Wagen und stieg gleichzeitig auf die Bremse.

»Bist du völlig wahnsinnig geworden?«, schrie er. »Ich hätte uns um ein Haar gegen den Baum gefahren!«

»Soll mir recht sein«, antwortete Johanna. »Ich war die Buhlschaft auf dem Domplatz – was soll da jetzt noch kommen?«

Georg schaltete den Motor aus, riss die Fahrertür auf, stieg aus dem Wagen und begann zu schreien. Und weil dies offenbar nicht ausreichte, schlug er mit der flachen Hand auf die Motorhaube, immer und immer wieder, bis er schließlich genug hatte und erschöpft neben dem Auto zu Boden sank.

Johanna blieb, schockiert und gleichzeitig erleichtert über den unerwarteten Gefühlsausbruch ihres Mannes, vorerst im Wagen sitzen. Doch als Georg keine Anstalten machte, wieder einzusteigen, öffnete sie die Beifahrertür, ging um den Wagen herum und setzte sich neben ihn auf den Boden. Das Gras fühlte sich feucht an. Es musste ungefähr Mitternacht sein.

»Und nun?«, fragte sie.

»Du warst nicht dort«, sagte Georg leise.

Johanna verstand ihn nicht. »Wo war ich nicht?«

»Du stellst dich auf die Bühne auf dem Domplatz, aber du warst bisher nicht ein einziges Mal am Grab unseres Sohnes.«

Das saß. All die mühsam aufgebaute Selbstbeherrschung brach in sich zusammen und sie begann zu schluchzen.

»Ich stell mich lieber tausendmal auf eine Bühne und spiel die nichtssagende Rolle eines Dienstmädchens, als dass ich *dort* hingehe.«

»Gratuliere, Frau Buhle«, antwortete Georg, »vom Dienstmädchen bist du weit entfernt.«

»Danke für die Blumen«, sagte sie leise.

Dann saßen sie eine Weile schweigend nebeneinander in der Dunkelheit. In der Nähe konnten sie ein paar Kühe leise muhen hören.

»Wo sind wir hier überhaupt?«, fragte Johanna.

»Irgendwo kurz vor Krems.«

Sie konnte Georgs Wärme spüren und hätte sich gerne an ihn geschmiegt, aber das ging nicht. Da war zu viel, was zwischen ihnen stand. Schließlich war es Georg, der die Frage stellte, die sie sich nicht zu stellen traute.

»Willst du die Scheidung?«

Johanna überlegte kurz. »Nein«, sagte sie schließlich. »Du?«

»Nein«, sagte nun auch er und beide waren von der Antwort des anderen überrascht. »Und was sollen wir jetzt tun?«, wollte Georg wissen.

Johanna konnte immer noch seine Wärme spüren, die durch sein Hemd bis zu ihr drang, obwohl sie gut zwei Fuß breit von ihm entfernt saß. Sie spürte auch das nasse, feuchte Gras und die kühle Sommerluft. Es kostete sie viel, aber schließlich streckte sie die Hand aus und berührte ihn sanft an der Schulter.

»Es tut mir leid«, sagte sie leise. »Ich konnte einfach nicht ablehnen. Ich hab das so gebraucht.«

»Danke«, antwortete er ebenso leise und fügte hinzu: »Ich hab mir einfach Sorgen gemacht.«

»Um mich?«, fragte Johanna.

»Natürlich um dich, du Wahnsinnige«, sagte Georg. Und nun streckte auch er seine Hand nach ihr aus und es dauerte nicht lange, bis sich der Rest fand und sie sich küssten. Wortlos schob er ihren Rock hoch und Johanna, die so gerne alles ungeschehen machen wollte, was nun einmal geschehen war, biss sich auf die Lippen und verbot es sich, ihren Mann darauf hinzuweisen, dass ihr der Arzt Sex vorerst verboten hatte. Aber wenn man auf dem Domplatz die Buhlschaft spielen konnte, dann, so dachte Johanna, konnte man auch mit seinem Mann schlafen. Und wie ein Bett fühlte sich das feuchte, kühle Gras unter ihrem nackten Hintern ohnehin nicht an.

Es dauerte nur ein paar Augenblicke, bis Georg so weit war. Danach zog sie sich den Rock ihres Kleides wieder herunter, setzte sich auf, gab ihm einen Kuss und stieg ins Auto ein. Georg ließ den Motor aufheulen und sie setzten ihre Fahrt nach Wien fort. Sie hatten Krems noch nicht erreicht, da war Johanna schon eingeschlafen. Als sie unterwegs an einer Tankstelle vorbeikamen, klingelte Georg den Tankwart wach, um den Wagen vollzutanken. Georg bedankte sich und gab ihm ein saftiges Trinkgeld.

»Dankeschön, der Herr!«, sagte der Mann und tippte sich zum Gruß an die Schiebermütze. »War aber nicht nötig.«

»Na ja, wenn wir Sie schon so spät in der Nacht aus Ihrem wohlverdienten Schlaf reißen …«, begann Georg, doch der Tankwart winkte ab.

»Ich hätt ja eh gleich aufstehen müssen. Um drei Uhr kommen immer die Zeitungen, wissen S'.«

»Ah«, machte Georg. Dann fiel ihm etwas ein. »Sind da auch die *Salzburger Nachrichten* darunter?«

»Ja, sicher.«

Da beschloss Georg zu warten. Ob sie ein, zwei Stunden früher oder später in Wien ankamen, war nun auch nicht mehr von Belang. Er setzte sich ins Auto, deckte Johanna mit seinem Sakko zu und schloss für einen Augenblick die Augen. Als der Zeitungswagen auf den Hof rumpelte, wachte er auf, kaufte eine druckfrische Ausgabe der *Salzburger Nachrichten,* stieg wieder ins Auto und fuhr nun endgültig nach Wien, stolz und froh darüber, Johanna, kaum dass sie daheim angekommen waren, mit der aktuellen Titelseite vor ihrer Nase wecken zu können. Die Schlagzeile lautete: »Leidenschaftliche Buhlschaft. Einspringerin Neuendorff zieht alle Register ihres Könnens und überzeugt auf ganzer Linie.«

1961

Natürlich hatte er seine Adresse angegeben. So war er eben, nämlich überaus korrekt. Georg hätte auf einem amtlichen Formular niemals falsche Angaben gemacht. Stattdessen gab er seinen richtigen Namen, sein Alter und seinen Beruf bekannt und, wie gesagt, seine richtige Adresse, weshalb es dem Hotel auch nicht weiter schwerfiel, die Besitzerin der Perlenohrringe ausfindig zu machen, die das Zimmermädchen auf der Ablagefläche im Bad gefunden hatte, als sie das Zimmer reinigen sollte. Und weil es in Gold gefasste Perlen waren, bemühte man sich, sie der Besitzerin schnellstmöglich zukommen zu lassen. Man war ja schließlich ein seriöses Etablissement.

Nun starrte Johanna auf die Ohrringe, die ihr ein Bote überbracht hatte und die sie in der Hand hielt, um abzuschätzen, wie schwer Georgs Schuld wog, denn: Johanna trug keine Perlenohrringe, schon gar keine goldenen. Sie mochte Perlen nicht besonders. Aber die Frau, die Georg letzte Woche ins Hotel begleitet hatte, hatte offensichtlich einen anderen Modegeschmack als Johanna. Herr und Frau Neuendorff stand auf dem Kuvert, darin ein kleiner Zettel mit der Notiz: »Was Sie bei uns vergessen haben … Mit freundlichen Grüßen, Ihr Hotel Adler.« Daneben lagen die Ohrringe.

Ihr erster Gedanke war, eine große Szene zu machen. Wozu war sie sonst Schauspielerin, wenn sie Momente wie diesen nicht zu nutzen wüsste? Doch bei näherer Betrachtung musste sie sich eingestehen, dass es sie nicht sonderlich überraschte. So etwas war ja zu erwarten gewesen. Sie hatten sich in den letzten Monaten so sehr voneinander entfremdet, dass es nur eine Frage der Zeit gewesen war, wann einer von ihnen beiden sich in die Arme eines anderen Partners oder einer anderen Partnerin werfen würde. Nun war es Georg gewesen, der den ersten Schritt getan hatte. Es hätte genauso gut sie selbst sein können, wenn sie in letzter Zeit auch nur einen Gedanken an Sex verschwendet hätte. Es war ihr nur einfach nicht wichtig gewesen, ein Bedürfnis nach körperlicher Nähe hatte sie nicht gespürt. Und nun kam ihr ihre Wut darüber, dass er dies offensichtlich sehr wohl hatte, beinahe unfair vor.

Jedoch – die Rolle der Ehefrau, die sie immer noch spielte, erforderte wohl ein gerüttelt Maß an Entrüstung, Eifersucht und Wut und so füllte sie diese Rolle aus, indem sie bei Georgs Sekretärin anrief, sich berichten ließ, wann er zum Mittagessen außer Haus weilen würde, sich die Nase puderte und mit dem Taxi zum Hotel Adler fuhr.

Dort angekommen fragte sie den Portier, ob Herr Neuendorff, ihr Mann, schon oben auf dem Zimmer sei, und dieser antwortete mit: »Ja, gnä' Frau, Zimmer 33.« Johanna bestieg also den Lift, fuhr in den dritten Stock und klopfte an die Tür mit der Nummer 33. Georg öffnete, während die junge Dame, die Johanna nicht kannte, mit vor Schreck geweiteten Augen, noch im Kleid aber bereits ohne Schuhe, auf dem Bett saß, von dem sie in dem Moment aufsprang, in dem Johanna das Zimmer betrat. Sie müsse augenblicklich gehen, murmelte die junge Frau, schnappte sich Schuhe und Cape und wollte sich schon an Johanna vorbeidrängeln, als diese sie am Arm festhielt und ihr den Umschlag mit der Nachricht des Hotels an »Herrn und Frau Neuendorff« übergab.

»Ach, seien Sie doch so gut, und nehmen Sie das hier mit. Und wenn Sie mir eine Bemerkung erlauben: Ich finde, Gold und Perlen wirken billig, wenn man sie kombiniert.«

Dann schmiss sie geräuschvoll die Tür hinter ihrer Konkurrentin zu und blickte gespannt auf ihren Mann, der auf dem mit einer Goldbrokatdecke bezogenen Bett saß und gerade dabei war, die Fassung zu verlieren.

Mit allem hatte Johanna gerechnet, nur nicht mit einem Mann, der plötzlich weinend die Hände vor das Gesicht schlagen würde, damit sie seine Tränen nicht sah. Auf dem Weg hierher, im Taxi, hatte sie sich ausgemalt, wie Georg sie beschimpfen oder sie sich gegenseitig mit Gegenständen bewerfen würden und wie sie ihm genüsslich mit Scheidung drohen würde. Aber nun musste sie erkennen, dass die Ehe kein Theaterstück war und dass ihr Spiel, mochte es auch noch so superb sein, hier nichts mehr verloren hatte. Denn vor ihr saß ein verzweifelter Mann, der weinte. Ihr Mann.

Langsam, ganz langsam, schritt Johanna auf das riesige Bett zu und ließ sich darauf nieder. Sie begann, den Raum um sich herum wahrzunehmen, und stellte mit Entsetzen fest, dass hier anscheinend alles vergoldet war. Die Tapete war golden, die Messinggriffe an den Schranktüren waren golden, die Lampen, die Decke und sogar der Teppich. Der ganze Raum war mit einer so ausgesuchten Geschmacklosigkeit eingerichtet worden, dass es einen grauste. Es war ihr ganz persönlicher goldfarbener Albtraum.

Endlich wagte Johanna es, nicht nur dem Raum, sondern auch dem Mann neben sich ihre Aufmerksamkeit zu widmen und sie musste erstaunt feststellen, dass er so viel kleiner wirkte als noch vor ein paar Stunden. Auch konnte sie plötzlich Geheimratsecken erkennen, die ihr an ihm bis jetzt nicht aufgefallen waren. Der Mann wirkte plötzlich kleiner, schmächtiger und irgendwie auch älter als zuvor, obwohl er vom Vierziger noch weit entfernt war.

Durch das geschlossene Fenster drang gedämpft der Straßenlärm herauf und ein paar Sonnenstrahlen verirrten sich durch die schweren goldfarbenen Samtvorhänge ins Zimmer. Georg wischte sich mit der Hand die Tränen aus dem Gesicht. Es dauerte eine Zeit, aber dann fasste er sich und brach schließlich das Schweigen.

»Es tut mir leid«, sagte er leise und Johanna konnte hören, dass er seine Stimme noch nicht wieder im Griff hatte. »Es tut mir so leid, Johanna.«

»Ist schon gut«, hörte sich Johanna sagen, »wäre ja nicht das erste Mal, dass ein Mann seine Frau betrügt mit seiner … Was ist sie noch gleich?«

»Sie arbeitet in der Buchhaltung«, sagte Georg leise.

»Und hat *sie* auch einen Namen?«, fragte Johanna.

»Emma«, antwortete er.

»Wie passend«, stellte Johanna fest, »wie die Bovary.«

Es war alles so lächerlich. Dieses Zimmer, dieses riesige Bett, der heulende Mann neben ihr – lächerlich. So hätte sie sich selbst in einem Stück niemals besetzt: als gehörnte Ehefrau. Das war ja geradezu erschreckend banal. Und nun kam ihr auch noch die Beantwortung der Frage zu, die er nicht zu stellen wagte, die aber zwischen ihnen stand: Was sollte nun geschehen?

Johanna seufzte und dachte daran, dass sie in einer halben Stunde im Theater sein musste und dass sie das Kind heute bei der Haushälterin gelassen hatte, weil sie wie mechanisch dem Pfad der betrogenen Ehefrau bis in dieses vermaledeite Hotelzimmer gefolgt war, und dass die Haushälterin doch schon um drei Uhr gehen musste und sie das Kind bis dahin übernehmen sollte … Das Kind. Richtig, der Mann neben ihr war ja nicht nur ihr Ehemann, der sie auf so lächerliche Weise betrogen hatte, er war auch der Vater ihres Kindes. Und bei dem Gedanken daran, zukünftig allein mit Kind, Haushalt und Schauspielerei dazustehen, schüttelte es sie plötzlich.

»Ich muss jetzt los«, sagte Johanna und stand abrupt vom Bett auf.

Georg räusperte sich, um wieder die Beherrschung über seine Stimme zu erlangen. Er hatte das Gefühl, er müsse etwas sagen, aber dann schaute er doch nur fragend und verzweifelt zu seiner Frau auf.

»Lore ist bei der Haushälterin und die muss heute um drei Uhr gehen. Kannst du dir den Nachmittag freinehmen? Ich hab Probe.«

Zögerlich nickte Georg und erhob sich dann gleichfalls vom Bett, während Johanna mit schnellen Schritten auf die Zimmertür zuging. Endlich wagte er es, sie zu fragen: »Und was wird nun werden?«

Da zögerte Johanna kurz, drückte den Rücken durch, ließ die Schultern sinken und sagte: »Ich bin gegen sechs Uhr zurück. Essen wir dann gemeinsam zu Abend?«

»Ja«, antwortete Georg.

»Gut, dann bis später.«

Als sie im Lift des Hotels stand und ihre Hand achtlos in die Manteltasche gleiten ließ, fiel Johanna auf, dass sie immer noch die goldenen Ohrringe von Georgs Geliebter eingesteckt hatte. Sie hatte ihr unbeabsichtigt einen leeren Umschlag übergeben. Unten angekommen durchquerte sie die Lobby und warf den goldenen Perlenschmuck angewidert in einen kleinen Mistkübel neben dem Ausgang.

1950

Sie schafften einen Hund an. Nach längerer Überlegung entschieden sie sich für eine Rauhaardackeldame, der sie den Namen Toni gaben, als Kurzform für Antonella, und die sich recht schnell als schwer erziehbar herausstellte. Sie pinkelte mit Vorliebe in den Hausflur und zerkaute gleich am ersten Tag Johannas edle Lederhandschuhe, die Georg ihr damals in Salzburg gekauft hatte. Doch Johanna störte sich kaum daran. Eigentlich war es ihr mehr oder weniger egal. Hundeerziehung war etwas, mit dem sie sich nicht näher befassen wollte. Ja, es kam ihr gar nicht erst in den Sinn, dass man ein Tier zu Sauberkeit und Gehorsam erziehen konnte.

»Sauber und gehorsam waren wir lange genug in diesem Land«, entgegnete sie auf Georgs Hinweis, dass sie sich früher oder später einigen Ärger einhandeln würden, sollten sie Toni nicht ein Minimum an Erziehung angedeihen lassen, »und das ist uns nicht sonderlich gut bekommen. Probieren wir es doch lieber mal mit etwas anderem.«

Damit war das Thema für Johanna erledigt. Und so roch es zwar in den kommenden Wochen oft recht streng auf dem Gang vor Johannas und Georgs Wohnung, wenn sich jedoch einer der Nachbarn oder gar die Hausmeisterin darüber beschwerte, ließ Johanna Toni einfach mit ihren riesengroßen Hundeaugen blinzeln. Das erweichte selbst hartgesottene Hausbesorgerinnengemüter und verhinderte fürs Erste, dass Tonis Verhalten Konsequenzen nach sich zog.

Als Johanna physisch so weit wiederhergestellt war, dass sie nun auch offiziell wieder am Probenbetrieb teilnehmen konnte, fehlte eine Aufsichtsperson für die Hundedame, die, nachdem sie den ganzen Tag im Schlafzimmer eingesperrt worden war, alles vollgekackt hatte und nunmehr Georg ins Büro begleitete, wo sich seine Sekretärin dankenswerterweise des Tieres annahm. Also lungerte Toni fortan unter dem Schreibtisch von Georgs Vorzimmerdame herum und biss zuweilen die herein- und hinausgehenden Herren und Damen des Justizministeriums in die Schuhspitzen. Nach ein paar Monaten zog Toni gänzlich bei der Sekretärin ein. Weder Johanna noch Georg vermissten das Tier sonderlich. Nur manchmal kam es Johanna in den Folgemonaten so vor, als hätte sie etwas Wichtiges vergessen. Dann fiel ihr Toni wieder ein und sie war jedes Mal aufs Neue darüber erleichtert, dass das Tier wohlbehalten bei der Sekretärin weilte und sie es nicht einfach nur vergessen hatte zu füttern, sodass seine kleine Hundeleiche irgendwo vor sich hin verweste.

Die erste Rolle, die Johanna nach ihrem Auftritt als Buhlschaft in Salzburg auf der Bühne des Ronachers verkörperte, war die des Kammermädchens Fanny aus Nestroys *Zu ebener Erde und erster Stock oder Die Launen des Glücks*. Keine große Rolle, dazu ein Fachwechsel und im Vergleich zur Buhlschaft ein eindeutiger Rückschritt, aber vom Publikum wohlwollend aufgenommen. Auch die Kritik sparte nicht mit Lob.

Das sah auch der Herr Direktor so, der ihr auf Nachfrage und Beschwerde das alte Sprichwort »Es gibt keine kleinen Rollen am Theater, schon gar nicht an der Burg« um die Ohren haute. Da musste Johanna schon sehr an sich halten, um mit zuckersüßem Lächeln das Büro des sauberen Herrn zu verlassen, nur um dann gleich im Anschluss im Treppenhaus des Theaters das Gerücht zu verbreiten, der Herr Direktor Gielen habe im argentinischen Exil wohl eine Vorliebe für besonders billige »Tangotänzerinnen« entwickelt, wobei sie das Wort »Tänzerinnen« so betonte, dass ohne Zweifel jeder wusste, was respektive wer damit gemeint war. Das schadete seinem Ansehen im Hause empfindlich. Da Gielen jedoch nicht nachweisen konnte, wer das Gerücht in die Welt gesetzt hatte, genoss Johanna ihre Rache im Stillen und ohne auch nur einen Gedanken an die Konsequenzen dieser ungeheuerlichen Behauptung zu verschwenden.

Drei Monate später stand sie dann als Johanna von Orleans in Schillers *Jungfrau* auf der Bühne und das war schon wieder eine ganz andere Nummer, wie ihr eine Kollegin bei den Proben zuraunte, die eigentlich selbst gerne die Rolle der Jungfrau übernommen hätte und nun hinter Johannas Rücken das Gerücht verbreitete, sie habe die Salzburger Buhlschaft nur deshalb spielen dürfen, weil sie ja auch im wahren Leben die Geliebte eines großen Burgtheatermimen sei. Daraufhin kam es auf der Seitenbühne des Ronacher zu einer ziemlich seltsamen Begegnung zwischen Johanna und Paula Wessely, die in der *Jungfrau* die Königin Isabeau gab. Die Wessely, an und für sich schon eine enorm einschüchternde Person, musterte Johanna von oben bis unten mit ihren strengen Augen und sagte dann zu ihr: »Na ja, ich wüsste nicht warum! Keine Persönlichkeit und Busen hat sie auch keinen.« Denn natürlich hatte die Wessely das Gerücht sofort auf ihren Mann Attila bezogen, den sie als einzigen großen Burgmimen gelten ließ. Dass eigentlich der Josef Meinrad damit gemeint gewesen war, war nicht bis zur Wessely vorgedrungen.

Josef Meinrad selbst äußerte sich selbstverständlich nicht zu diesem Thema, jedenfalls nicht öffentlich, aber Johanna konnte eines Mittags, als sie an der Kantine vorbeiging, seinen zuständigen Garderober sagen hören: »Alles gelogen! Was sollte er denn auch mit dem Mädel anfangen? Der macht sich doch nichts aus den Weibsbildern!«

Das hatte sich Johanna zwar schon oft gedacht, es aber noch

nie so explizit ausgesprochen gehört, schon gar nicht von einem der Garderober, die einem Schauspieler ja oft näher auf den Leib rückten als so mancher Ehepartner oder manche Ehepartnerin. In diesem Fall sogar ganz offensichtlich näher als jede Partnerin.

Nichtsdestotrotz nahm Johannas Ruf kaum Schaden durch die gezielte Verbreitung von Bösartigkeiten durch ihre Kolleginnen, weil Gerüchte wie dieses kaum einmal nach außen drangen. Das gemeine Wiener Publikum feierte sie weiterhin als aufsteigenden Star am Theaterhimmel, und auch die Kritiker waren von Johannas Leistung auf der Bühne so beeindruckt, dass sie jeglichen Tratsch und Klatsch zunächst ins Positive verklärten. Statt dass es hieß »Junge Schauspielerin erschleicht sich Vorzüge durch Gefälligkeiten«, konnte man hin und wieder Zeilen lesen wie »Ein helles Licht erstrahlt in Wien: Darum lieben alle Johanna Neuendorff«. Das wurmte die Kollegenschaft zwar, dagegen machen konnte sie jedoch wenig. Man hatte sich im Blätterwald vorerst dafür entschieden, Johanna zur jungen, begabten Unschuld zu erklären, deren Ruf durch Skandale nicht getrübt werden sollte und wenn, dann entschied die Presse immer noch selbst, wann sie jemanden in den Olymp hinauflobte und wann sie ihn oder sie wieder hinunterschrieb. Aber dass sie es eines Tages tun würden, daran bestand kein Zweifel. So viel wusste auch Johanna, die diesen Tag zu fürchten begann. Dass sie den Zeitpunkt eines Tages noch herbeisehnen würde, an dem der große Knall erfolgen sollte, wäre ihr nicht in den Sinn gekommen. Aber nichts, kein Skandal der Welt, konnte so schlimm sein wie der Umstand, still und leise in der zweiten Reihe des Schauspielensembles wieder zu verschwinden, bis von dem Starruhm nur noch ein längst verglühter Funken übrig war.

1961

Er war jetzt wieder häufiger zu Gast in der Villa am Stadtrand. Es war ein altes Stück, aber die Wiederaufnahme war hervorragend gelungen. Meinrad brachte oft Blumen mit, obwohl ja der Garten der Villa voller Blumen war, aber es schien ihm Freude zu machen, sie zu kaufen und zu verschenken. Entweder das, oder er hatte *andere Pläne*, wie Johanna ihre Mutter sagen hörte, als sie ihr eines Tages einen der Sträuße mitbrachte, weil das schlechte Gewissen an ihr nagte. Sie lud Lore bereits zum vierten Mal in der Woche bei ihr ab. Außerdem kaufte der Meinrad immer Gerbera. Johanna mochte Gerbera nicht. War es nicht schon schlimm genug, die Blumen einfach abzuschneiden und das tote Grün in die Vase zu stellen, musste man Gerbera auch noch mit einem Draht durchstechen, um sie davon abzuhalten, ihre Blüten hängen zu lassen. Das war ja gerade so, als würde man ihnen nach dem Gang aufs Schafott die Köpfe wieder anmontieren. Als könnte man Blumen nicht einfach nur tot sein lassen!

»Aber eine schöne Farbe haben sie«, sagte die Mutter und stellte die Blumen gleich in die einzige Vase, die sie besaß. Die grüne Keramik schien sich mit dem Orange der Gerbera regelrecht zu beißen. »Und teuer waren sie sicher auch«, fügte sie hinzu. Es klang wie ein Vorwurf.

»Na hoffentlich«, antwortete Johanna.

»Und was sagt dein Mann dazu, dass dir der Meinrad ständig Blumen mitbringt?«, hakte die Mutter nach.

»Was soll er schon sagen?« Johanna schnappte sich ihr Töchterlein und ließ es auf und ab hopsen, bis Lore vor Freude quietschte und ihre dicken Patschhände in die Luft hob.

»Nichts sagt der Papa dazu, gell Lorelei? Nichts!« Sie pustete Lore auf den Bauch. »Und wenn er was sagt, dann reicht ein einziges Wort und die Mami bringt ihn im Nu zum Schweigen, gell mein Schatz? Da muss die Mami nur einmal Hotel Adler sagen und schon herrscht Ruhe im Karton!«

»Das sind zwei Wörter«, stellte ihre Mutter fest.

Da blickte Johanna auf und sagte: »Seit wann bist du denn so spitzfindig?«

Die Mutter schnaufte leise, griff dann beherzt nach ihrer Enkeltochter und antwortete: »Solche Dinge passieren nun einmal, Johanna.«

Johanna sah ihre Mutter mit bösem Blick an. »Was für Dinge, Mutter? Dass ein Mann seine Frau betrügt? Mit einer Schlampen aus der Buchhaltung?«

»Dass es in einer Ehe auch einmal nicht so gut läuft«, antwortete Johannas Mutter.

»Oh, aber es läuft ja«, sagte Johanna und versuchte, ihrer Tochter die dicke Winterhaube vom Kopf zu knoten, »um nicht zu sagen: Er läuft! Ganz schnell läuft er, mein Mann und möglichst weit weg von mir!«

Es sollte böse klingen, aber Johanna traf den falschen Ton und so hörte sie sich nur verbittert an.

»Ach, Kind«, sagte ihre Mutter leise und legte ihre Hand auf Johannas Arm, die immer noch mit der viel zu warmen Haube ihrer Tochter kämpfte, sodass die überhitzte Lore ihren Unmut lautstark in die Welt hinausschrie, bis Tante Mitzi, die schon aufgeregt hinter der Küchentür gewartet hatte, hervorschoss, ihr das quengelnde Kind beinahe entriss und im Nu die Strickmütze vom Kopf knotete. Johanna, ob der unerwarteten Zuneigungsbekundung ihrer Mutter überrascht, zuckte zurück, richtete sich abrupt auf und schüttelte ihren Mantel aus.

»Ich hol sie dann so gegen sechs.«

Sie warf einen letzten Blick auf die stumme Tante, die das pummelige Baby mit Küssen übersäte, was Lore, jetzt von allem kratzigen Strickzeug befreit, sichtlich zufrieden hinnahm, und flüchtete aus der Wohnung in der Quellenstraße 112.

1961

Die erste halbe Stunde der Stellprobe lief gar nicht einmal so schlecht. Johanna hatte keine Mühe sich zu merken, wo sie auftreten, abgehen und dazwischen stehen respektive liegen sollte, weil der Regisseur auf die Idee gekommen war, eine nach eigenen Worten »Freud'sche Situation herbeizuführen«, indem er Johanna in der Rolle der Cora schlicht auf die Couch legte, wo Anatol sie hypnotisieren sollte. Was sich zunächst als gute Idee dargestellt hatte, brachte sie nach etwa dreißig Minuten um ihren Hauptdarsteller, denn Obonya stolperte über das geschwungene Bein des Möbelstücks und brach sich den Mittelfußknochen.

Damit begann ein wahrer Reigen aus Unglücken und Missgeschicken, der in etwas gipfelte, das man mit Fug und Recht den »Fluch des Anatol« nennen sollte, denn ähnlich wie beim Fluch, der auf dem schottischen Shakespeare-Stück lag, reihte sich Unfall an Unfall. Nach Obonya erwischte es die Darstellerin der Bianca, die tatsächlich von einem Fiakerpferd unweit des Theaters gebissen wurde, als sie, ganz entgegen der Anweisung des strengen Kutschers, ihren Mittagsapfel mit dem Tier teilen wollte. Die Folge war ein heftiger Biss in den Oberarm, der ihr ein Trauma und eine lebensgefährliche Blutvergiftung bescherte. Zum Glück waren Arm und Schauspielerin zu retten, jedoch musste die Rolle neu besetzt werden. Bis man für die Bianca Ersatz gefunden hatte, dauerte es jedoch und so übernahm Johanna ganz unverhofft eine zweite Rolle neben ihrer Cora, die sie, bis man Ersatz für Obonya gefunden hatte, mit Haeusserman als Anatol zusammen probte.

Als Nächstes fiel ein Scheinwerfer vom Schnürboden hinab

auf die Bühne und traf beim Aufprall eine Requisite, genauer gesagt den Esstisch, an dem Annie im Akt *Abschiedssouper* ihr opulentes letztes Mal serviert werden sollte, bis Anatol sie in die Wüste schicken würde. Nun war der Tisch zerstört, dazu der Scheinwerfer und die Nerven der Darstellerin. Diese kam zwar mit dem Schrecken davon, der jedoch saß so tief, dass sie sich wochenlang daheim ins Bett legte und sich weigerte, »dieses Höllenstück« noch ein weiteres Mal zu proben. Auch hier sprang Johanna kurzfristig ein, bis Ersatz gefunden worden war. Allerdings stand es auch um die Ersatzdarstellerin der Emilie nicht gut, weil ihr eine unverhoffte Schwangerschaftsübelkeit zu schaffen machte und sich ihr regelmäßig der Magen umdrehte. Als sie das zweite Mal hintereinander bei der Probe in den Kamin kotzte, gab ihr Haeusserman zu verstehen, dass sie besser heimgehen und sich ins Bett legen sollte, bis der Spuk vorbei war, hoffend, die Übelkeit würde mit dem ersten Drittel der Schwangerschaft enden. Sie endete dann aber leider erst mit der Geburt des Kindes.

Doch damit nicht genug, erhielt die Darstellerin der Gabriele aus den *Weihnachtseinkäufen* plötzlich ein lukratives Filmangebot, dass es ihr »leider, leider« unmöglich machte, weiter bei den Proben dabei zu sein. Haeusserman tobte, aber letztlich ließ er sie gehen, mit dem Hinweis darauf, dass sie bitteschön nicht wiederzukommen brauchte. Keine Sorge, versicherte ihm die Darstellerin, sie wolle ohnehin lieber mit kompetenten Menschen arbeiten als mit ihm. Kein Problem, versicherte ihr Haeusserman, beim Film sei man überaus kompetent darin, schlechte Schauspielleistungen mit geschickten Filmschnitten zu kaschieren. Ja, das habe sie auch schon gehört, antwortete die Darstellerin, und letztlich werde ja viel zu selten geschnitten, vor allem bei den Männern. Was das jetzt zu bedeuten habe, fragte Haeusserman, und die Dame antwortete nichts, rein gar nichts habe das zu bedeuten, nur seien ihr Eunuchen schon immer als die besseren Männer vorgekommen, woraufhin Haeusserman, sonst kein leicht erzürnbarer Charakter, der Dame die Tür aufhielt und sie aufforderte zu gehen, aber ein bisschen plötzlich, was sie dann auch tat.

Den krönenden Abschluss bildete eine heftige Magen-Darm-Grippe, die beinahe das gesamte restliche Ensemble ereilte, mit Ausnahme von Johanna, die, einem weisen Rat ihres Hausarztes folgend, stets eine kleine Flasche Marillenschnaps mit sich führte, mit dem sie sich täglich etwa alle zwei Stunden die Hände reinigte und von dem sie hin und wieder auch etwas einnahm, quasi zur inneren Reinigung. So war Johanna die Einzige aus dem Ensemble, die stets gesund, fröhlich und beschwingt zu den Proben erschien, was sich letztlich auszahlen sollte.

1951

Er vergrub sich unter Aktenbergen. Aus dem lebenslustigen, wissbegierigen, interessierten jungen Mann war ein todernster Mensch geworden. Georg, das fiel selbst Johanna irgendwann einmal auf, lächelte kaum mehr. Stand er morgens auf, sah er bereits so aus, als ob man ihn besser nicht ansprechen sollte, weshalb Johanna, die vornehmlich mit sich selbst beschäftigt war, jedes Mal erschreckt zusammenzuckte, wenn Georg doch einmal das Wort an sie richtete, und sei es auch nur, dass er ihr einen guten Tag wünschte, bevor er aus dem Haus eilte. Nahm er sein Mittagessen ein, schaute Georg ernst auf seinen Teller. Saß er im Ministerium hinter seinem Schreibtisch, wirkte er ernsthaft beschäftigt, ging er abends nach Hause, war er ernst und müde, legte er sich zu Bett, war er ernst und gottverlassen. Schlief er, hatte er ernste Träume.

Bei so viel Ernsthaftigkeit blieb eine Beförderung nicht aus und so konnte Georg, als er eines Abends nach Hause in die kleine Wohnung in der Nähe des Ministeriums kam, Johanna verkünden, dass er ab sofort mehr Geld verdienen würde, sogar mehr als *sie*, und dass er gedenke, dieses Geld in eine Immobilie zu investieren.

»Na bravo«, sagte Johanna, die nach einer anstrengenden Aufführung mit ihr als Jungfrau von Orleans versuchte, sich im Küchenspülbecken die Reste des Kunstbluts vom Rücken zu waschen, das sie in ihrer dunklen Garderobe im Ronacher übersehen hatte.

»Wir hätten dann auch ein anständiges Bad«, fügte Georg hinzu, während er Johannas Verrenkungen zusah, die eine rote Stelle auf ihrem Rücken mit dem Schwamm partout nicht erreichte.

»Bekomme ich eine Badewanne?«, fragte Johanna, den rechten Arm ganz weit hinter die Schulterblätter gekrümmt.

»Ja.«

»Und lässt du mich dann auch mindestens drei Stunden am Tag dort baden? So lange würde es nämlich dauern, diese verdammte Farbe abzukriegen.«

»Habt ihr für so etwas keine Theaterschminke, mit der das schneller geht?«, fragte Georg erstaunt.

»Doch, aber bei dem Licht in den Garderoben sieht man dort ja nichts und die blöde Farbe hat sich über mein Büßerhemd verteilt und nun pickt sie überall auf mir drauf.«

Es war einer dieser Momente, in denen Georg seine Frau vorkam wie ein Wesen von einem anderen Stern. Niemand im Ministerium trug Büßerhemden oder wusch sich am Abend Kunstblut vom Rücken.

»Kannst du nicht mal den Schwamm nehmen und mich damit abreiben?«, bat Johanna.

Georg zögerte kurz, weil ihm der Anblick der halb nackten, sich verrenkenden Johanna nicht schlecht gefiel, nickte dann, griff nach dem Schwamm und rieb damit auf Johannas Rücken herum.

»Stärker«, befahl diese, »sonst wird das nie was!«

Georg begann fester zu reiben und im Nu ging die Farbe runter, Johannas Haut färbte sich rot und Georg starrte fasziniert auf den schmalen Rücken seiner Frau. Ihm war nie aufgefallen, dass sie von hinten genauso schön war wie von vorne. Er ließ den Arm sinken, den Schwamm fallen und stellte sich ganz nah hinter Johanna. Dann schlang er seine Arme um sie und zog sie eng an sich heran.

»Aber ich bin doch noch ganz nass«, protestierte Johanna, ließ sich dann jedoch bereitwillig darauf ein.

Sie hatten lange keinen Sex in ihrer eigenen Küche gehabt.

Sie blieben halb angezogen, machten es im Stehen und von hinten und es fühlte sich so an wie zu der Zeit, als sie sich gerade erst kennengelernt hatten. Georg, den die plötzliche Nähe zu Johanna sehr aufwühlte, fühlte sich, als wäre er aus einem bösen Traum erwacht und nun zum ersten Mal seit Monaten wieder wach.

»Gehen wir aus?«, fragte er Johanna danach, während er sich eine Zigarette anzündete, was er eigentlich nie in der eigenen Wohnung tat.

Johanna, die gerade dabei war, ihren Rock zu richten, den sie angelassen hatte, stand mit entblößter Brust vor ihm und sah ihn schräg von unten an.

»Was ist denn heute los mit dir?«, wollte sie wissen. »Erst führst du eine wilde Küchenakrobatik auf und nun willst du auch noch ausgehen?«

Georg blies einen Ring in die Luft. »Man soll die Feste feiern, wie sie fallen, oder nicht?«

Da stimmte ihm Johanna eindeutig zu, zog kurz entschlossen ihre beste Bluse aus dem Schrank, schmiss sich in ihren warmen Mantel und schon waren die beiden aus der Tür hinaus.

Im ersten Beisl tranken sie jeder zwei Gläser Veltliner, im zweiten Beisl waren es je zwei Achterl Blauer Portugieser und ein Glas Slibowitz, im dritten Lokal wollte man sie schon gar nicht mehr einlassen, weil bald Sperrstunde war, aber dann erbettelten sie sich vom Ober zwei Marillenschnäpse und einen doppelten Cognac, den sie sich aus einem Glas teilten. Als sie das Etablissement verließen, schwankte Georg bereits ein wenig und Johannas Lachen wurde immer lauter. Sie erzählten sich die ordinärsten Witze, die sie kannten, und irgendwann zog Georg seine Frau erneut an sich und begann sie im Schein einer Laterne wild zu küssen, bis ein vorbeigehender Passant ihnen zurief: »Habt's ka Wohnung?«

»Doch!«, rief ihm Johanna zu. »Und bald haben wir sogar eine Villa! Und da treiben wir's dann in jedem Zimmer miteinander!«

»Na, wenn's glaubts«, sagte der Herr nur und verschwand um die Ecke.

»Du, ich weiß aber nicht, ob sich gleich eine Villa ausgeht«, lallte Georg mit schon reichlich schwerer Zunge.

»Oh doch!«, mahnte Johanna ihn. »Ich bin eine brave Ehefrau und verdiene eine große Villa! Mit Badewanne!«

»Mit Badewanne!«, stimmte ihr Georg zu.

»Dann treiben wir es da auch drin!«, beschloss Johanna.

»Abgemacht«, sagte er. Georg lehnte sich vor, griff nach Johannas Hand, zog seine Frau zu sich heran und küsste sie erneut. »Machen wir es doch gleich hier!«, schlug er vor, doch Johanna protestierte.

»Georg Neuendorff«, sagte sie, »du kannst nicht beides haben, Schlampen und Ehefrau!«

»Wieso nicht?«, fragte er leichthin. Johanna jedoch schlug seine Hand weg, sah ihm tief in die Augen und antwortete sehr ernst: »Schlampen kauft man keine Villa.«

1951

Das Haus war riesig. Für sie beide allein war es im Grunde genommen viel zu groß und hätten sie es kaufen müssen, dann wäre es auch viel zu teuer gewesen. Niemals hätten sie sich ein solches Anwesen leisten können. Doch das Glück ereilte sie in Form eines Schlaganfalls mit tödlichem Ausgang, just ein paar Tage nachdem Georg von seiner Beförderung erfahren hatte und sie sich den Kopf darüber zerbrachen, wie und wo sie sich wohntechnisch vergrößern sollten. Sein kinderloser Patenonkel fiel einfach tot vom Küchenstuhl. Es ging alles sehr schnell. Und die Trauer über seinen Tod wurde von der Neuigkeit, dass der Onkel ihm sein Haus in der Paradisgasse im 19. Wiener Gemeindebezirk hinterlassen hatte, dann doch sehr gemildert. Kaum war der Verwandte mit Anstand und Würde unter die Erde des Döblinger Friedhofs gebracht, spazierten Johanna und Georg auch schon durch ihre neue Nachbarschaft und warfen einen Blick auf ihre zukünftige Wohnstätte.

Das Grundstück wirkte seltsam kahl, stand vor dem Haus doch eine gigantische Pinie, die alles Licht und Leben aus dem Grün, das sich ums Haus herum einst angesiedelt hatte, in sich aufsaugte und nun nichts als Schatten und Nadeln spendete. Der Rasen war tot und das Haus wirkte hinter dem riesigen Baum äußerst düster. Doch für Johanna und Georg erstrahlte es im hellsten Licht. Zwar sahen sie die grau verputzten Wände, die schäbigen grünen Fensterläden und den verwilderten Garten, aber das alles ließ dennoch keinen Zweifel daran aufkommen, dass dies hier das Paradies war.

»Mit etwas Farbe …«, sagte Georg.

»… und ein paar Blumen im Garten …«, ergänzte Johanna.

»Neue Fenster.«
»Neuer Zaun.«
»Neuer Rasen.«
»Ohne Baum!«
»Oh ja«, pflichtete ihr Georg bei, »definitiv ohne diesen Baum!«

Sie lachten, beide. Einen Baum zu fällen würde ja wohl nicht so schwer werden, »ein Lercherlschas«, wie sich Johanna ausdrückte, und verglichen mit dem, was sie hinter sich hatten, war es das auch. Allerdings hatten die zwei keine Ahnung, worauf sie sich einließen, was die Renovierungsarbeiten betraf. Dennoch – ein Haus war ein Haus.

Das Erste, was sie in Angriff nahmen, als die Formalitäten geregelt waren, war das Bad. Georg schwebte etwas in Lindgrün vor, aber Johanna bestand auf schwarz-weiße Fliesen. Wann immer also Johanna mit den Proben fertig war, schwang sie sich in die nächste Straßenbahn und gondelte den Weg hinaus nach Döbling. Dort schlüpfte sie in eine alte Hose ihres Vaters, die sie, weil viel zu groß, mit einer dicken Kordel um den Bauch festzurrte. Dazu trug sie ein altes Hemd des Erbonkels, das sie im Schrank gefunden hatte und dessen Ärmel sie bis zu den Ellenbogen aufkrempelte. Das Ensemble wurde von einem alten Taschentuch abgerundet, das Johanna sich um den Kopf band, um ihre Haare vor Staub zu schützen. Dann griff sie zu Hammer und Meißel und klopfte mit Verve und Enthusiasmus Fliesen von der Wand. Zunächst im Bad, dann in der Küche, im Klo und zuletzt auch im Kellerabgang. Es dauerte gar nicht lange und der Schutt füllte die bereitgestellten Kübel, sodass Johanna und Georg dazu übergingen, alles, was sie aus dem Haus hinaustrugen, im Wirtschaftshof abzuladen.

Wann immer es ging, verließ Georg das Ministerium noch vor sechs Uhr abends und folgte Johanna nach. Dann räumte auch er kaputtes Inventar nach draußen oder kümmerte sich um die marode Elektrik, indem er sich von einem versierten Freund aus dem Ministerium zeigen ließ, wie man Stromleitungen verlegte. Mehr als einmal bekam er dabei einen elektrischen Schlag versetzt. Das eine Mal sackte er für mehrere Minuten ohnmächtig in sich zusammen und Johanna sah sich kurzzeitig schon auf der Beerdigung ihres viel zu jung verstorbenen Gatten an dessen Grab stehen, weil sie den bewusstlos auf dem Boden liegenden Georg nicht wach bekam, sodass sie glaubte, er sei tatsächlich tot. Als er dann, leicht verwirrt und mit einem vom Aufschlag auf dem Boden brummenden Schädel wieder erwachte, war ihre Erleichterung groß und ganz entgegen ihrer Art schmiss sie sich mit Tränen in den Augen an seine Brust, nahm sein Gesicht in ihre staubigen Hände und küsste es von oben bis unten ab.

»Was ist denn geschehen?«, fragte Georg ganz verwirrt.

»Dich hat der Schlag getroffen!«, informierte sie ihn freudestrahlend, während sie sich erleichtert über die deutlichen Lebenszeichen ihres Mannes neben ihm auf den Boden sinken ließ.

»Aha«, stellte Georg fest, setzte sich auf und ließ seinen schmerzenden Kopf gegen die Wand hinter sich sinken. »Das war das wievielte Mal in dieser Woche?«

»Ich glaube, das vierte«, sagte Johanna und wischte mit ihrer dreckigen Hand eine Spur durch ihr nicht minder schmutziges Gesicht.

»Dann hab ich meine sieben Leben ja bald aufgebraucht«, antwortete Georg.

»Du bist doch keine Katze!«, protestierte Johanna.

»Miau«, sagte Georg, lachte kurz auf, stöhnte dann, weil jeder Laut seinem Kopf wehtat, und schloss die Augen.

»Du, wehe du stirbst mir weg!«, sagte Johanna leise, beugte sich vor und griff sanft nach Georgs Hand.

»Keine Sorge«, sagte dieser mit geschlossenen Augen. »Aber vielleicht sollten wir jemand anderen die Elektrik machen lassen. Was meinst du?«

»Das halte ich für eine gute Idee!«, stimmte sie ihm zu.

Einen Arzt zu sehen lehnte Georg ab, dennoch hielt er die nächsten Tage Abstand von jeglichem Werkzeug. So kam es, dass Johanna ganz allein in der Villa vor sich hin arbeitete, was ihr nicht schlecht gefiel. Natürlich hatte Georg sie ermahnt, nichts Schweres zu heben oder Gefährliches anzufassen, und er sah der handwerklichen Tätigkeit seiner Frau mit äußerst gemischten Gefühlen zu, aber er ließ sie gewähren, weil es ohnehin unmöglich war, Johanna von etwas abzuhalten, das sie sich einmal in den Kopf gesetzt hatte. Also zertrümmerte sie hemmungslos Waschbecken und stemmte weiter Fliesen weg, schliff unnötigerweise ein kleines Stockerl ab, einfach weil es ihr so gut gefiel und sie einmal etwas schöner und nicht hässlicher machen wollte, wie das bei Umbauarbeiten nun einmal so der Fall ist. Sie zog auf alten Teppichen Schutt aus dem Haus, der fast halb so schwer war wie sie selbst, hustete und wusch sich mit Stolz den Dreck von ihren Wangen, zitierte laut und nur für sich Schnitzler über Shakespeare über Schiller und war so glücklich wie seit Monaten nicht mehr. Mit jedem Meter, den sie sich von ihrem zukünftigen Heim zu eigen machte, wichen die Schatten der Vergangenheit weiter zurück. In diesem Haus würde, wenn sie erst einmal damit fertig war, kein Platz mehr sein für Dunkelheit und Trübsinn. Gegen alle Dunkelheit in ihr selbst setzte sie Rot, so wie eine ganze Generation das Braun aus ihren Seelen vertrieb mit einer Palette an Farbtönen. Dazu pflanzte sie Gardenien und schrubbte den Küchenfußboden. Sie sang die dreckigsten Lieder, die sie kannte, und das so laut es nur ging. Zumindest so laut, dass sie sicher sein konnte, dass die Nachbarn sie hörten. Wenn ihr nichts mehr einfiel, dann brüllte sie Mozart und fluchte Goethe und es klang geradeso, als kämen beide aus der Gosse. Und wann immer Georg seiner jungen Frau dabei zusah, wie sie ihr gemeinsames Zuhause weiter verschandelte, indem sie selbst vor dem Zertrümmern der Küchenschränke nicht mehr haltmachte, war er glücklich und dankbar. Es waren die besten drei Wochen ihrer Ehe, in denen es nach Schutt, Asche und Neubeginn roch. So, dachte Georg, hätte es von Anfang an sein sollen. Es fehlte ihnen an nichts mehr – abgesehen von einer funktionierenden Elektrik oder einem Eiskasten oder Warmwasser. Aber wenn sie hier saßen, mitten in ihrer zerstörten Küche, auf alten Obstkisten aus dem Keller und bei Kerzenschein mitgebrachte Wurstsemmeln verzehrten und billigen Wein vom Heurigen ums Eck tranken, der Doppelliter einen Schilling fünfzig, dann war alles gut. Und natürlich wünschte er sich, dass es genau so bleiben würde, wie es jetzt war, und wusste doch sehr gut, dass sich alles änderte, in guten wie in schlechten Zeiten.

1961

»Der Herr Direktor ist nicht da«, sagte Fräulein Schmid, seine Sekretärin. Das sagte sie jedem, der nach ihm fragte. Nicht mehr, aber auch nicht weniger. Warum er nicht da war, nun, darüber schwieg sich Fräulein Schmid mit großer Vehemenz aus, denn: Ein Burgtheaterdirektor war nicht einfach krank oder machte Urlaub. Ein Burgtheaterdirektor war vor allem anderen immer, überall und zu jeder Zeit Burgtheaterdirektor und als solcher durfte er nie und unter keinen Umständen Schwäche zeigen. Das war Fräulein Schmids feste Überzeugung. Ein solcher Mann bekam nicht einfach eine schwere Magen-Darm-Grippe, jedenfalls nicht offiziell. Krankheiten konnte man sich in dieser Position nicht erlauben, sonst tanzten bald die Theatermäuse auf dem Direktionstisch Cha-Cha-Cha. Und die Mäuse machten sich schon jetzt lautstark bemerkbar.

»Was hat er denn?«

»Wann kommt er wieder?«

»Ich muss dringend mit ihm über meine Rolle sprechen! So geht das auf keinen Fall! Man vergeudet mein Talent!«

Fräulein Schmid konnte das alles nichts anhaben. Sie ignorierte die aufbrausenden Emporkömmlinge und Primadonnen und die Sorgen der Bühnenarbeiter und schob sie wieder aus ihrem Vorzimmer hinaus. Ein Theater war kein Ringelspiel. Auch so eine von Fräulein Schmids Lebensweisheiten.

Als Johanna das Vorzimmer betrat, wusste sie schon, dass man auch ihr keine Auskunft über den Verbleib von Haeusserman erteilen würde. Versuchen würde sie es dennoch.

»Wie geht es Ihnen, Fräulein Schmid?«, fragte Johanna freundlich.

»Sie sehen's ja«, war die Antwort der Sekretärin. »Jeden Augenblick kommt irgendein Wahnsinniger hier hereingeschneit und verlangt nach Geld oder Beachtung oder einfach nur nach einer kräftigen Watschen.«

»Wirklich?«, fragte Johanna verblüfft. »Wer will denn eine Watsche von Ihnen?«

»Oh, wollen tut es vielleicht keiner, aber brauchen täten es eine ganze Menge Leute. Und wenn sie dann eine von mir bekommen, sind sie hinterher immer ganz dankbar.« Sie sah Johanna streng durch ihre konkaven Brillengläser an. »Also, was brauchen Sie von mir? Zuckerbrot oder Peitsche? Und fassen Sie sich kurz, ich hab alle Hände voll zu tun.«

»Ich will Sie auch gar nicht lange aufhalten«, versprach Johanna, »ich wollte nur wissen, wann der Herr Direktor wieder …«

»Keine Ahnung, kann ich nicht sagen, werden Sie schon früh genug erfahren. Aufwiedersehendanke!«

»Und wann werden die Proben zu *Anatol* fortgesetzt?«

»Ich sagte doch schon, ich habe keine Ahnung«, wiederholte Fräulein Schmid.

Aber so schnell ließ sich Johanna nicht abspeisen. Das wäre ja noch schöner! Fräulein Schmid war ohne Zweifel ein harter Brocken, aber sie war immerhin Johanna Neuendorff!

»Dann werde ich fahren!«, sagte Johanna laut.

»Fahren? Wohin?«, wollte das Fräulein wissen.

»Ich verreise.« Das war gelogen. Johanna hatte nie vorgehabt zu verreisen, aber es war das Erste, was ihr eingefallen war und sie wusste, dass es ihr verboten war, sich außerhalb der physischen Reichweite des Theaters aufzuhalten. Man konnte ja schließlich nie wissen, wann man eine Ersatzvorstellung anberaumen musste. Johanna fuhr fort: »Wenn man mich nicht proben lässt, kann ich genauso gut etwas Sinnvolles mit meiner Zeit anfangen«, antwortete Johanna bewusst provokant.

»Sie werden nirgendwohin reisen!«, sagte Fräulein Schmid streng. »Nicht Sie! Wir haben schon eine kotzende Bianca und einen erkrankten Hauptdarsteller, ganz zu schweigen vom Regisseur, der …« Sie unterbrach sich – nur nicht zu viele Details verraten. »Sie bleiben!«, befahl das Fräulein.

In dem Moment klingelte das Telefon auf ihrem Schreibtisch und Johanna konnte hören, wie eine sehr schwache Männerstimme am anderen Ende der Leitung etwas von Verschieben aller Termine auf unbestimmte Zeit sagte. Als Fräulein Schmid wenige Augenblicke später den Hörer auf die Gabel legte, wirkte sie etwas blasser als sonst unter ihrer Brille. Sie ließ sich müde in den Schreibtischsessel sinken.

»Um noch einmal auf meine Frage zurückzukommen …«, begann Johanna erneut. Fräulein Schmid holte einen Urlaubsschein aus der Schublade ihres Schreibtischs und hielt ihn Johanna hin: »Eine Woche! Nur eine, verstanden? Und Sie bleiben telefonisch erreichbar. In Gottes Namen, fahren Sie!«

Sie konnte einem schon fast leidtun. Aber letztlich war dieses Zugeständnis weit mehr, als Johanna zu hoffen gewagt hatte. Nun musste sie sich nur noch überlegen, wohin die Reise gehen würde.

1961

»Du willst fort?«, fragte Georg, als er heimkam und Johanna beim Packen vorfand.

»Ja«, antwortete sie knapp.

»Und wohin, wenn ich fragen darf?«

Johanna stopfte einen leichten Pullover in ihre Reisetasche.

»Keine Ahnung«, sagte sie ausweichend.

»Du hast keine Ahnung, wohin du reisen willst, aber du packst einen Pullover ein, weil es dort, wo du hinfährst, wahrscheinlich kühl sein wird«, stellte Georg nüchtern fest.

»Gratulation, Herr Inspektor!« Sie ließ von ihrem Koffer ab und applaudierte.

»Willst du mir nicht erzählen, wo du hinfährst?«

»Nein«, sagte Johanna. »Ich brauche ein paar Tage Ruhe und werde Wien zu diesem Zweck verlassen. Ich muss einmal etwas anderes sehen als immer nur dieses Haus und das Theater und …«

»Mich«, vervollständigte Georg den Satz. »Dir ist hoffentlich klar, dass du unsere Tochter wirst mitnehmen müssen.«

»Lore?«, fragte Johanna.

»Haben wir noch eine andere Tochter? Ja, natürlich Lore!«

»Ich werde sie zu meiner Mutter bringen«, informierte ihn Johanna ungerührt.

»Damit sie von deiner schwachsinnigen, stummen Tante betreut wird? Ganz sicher nicht! Das verbiete ich!«

Das ging zu weit. »Du verbietest mir, mein Kind bei meiner Familie zu lassen?«, fragte Johanna und der Unterton in ihrer Stimme verriet deutlich, dass sie kurz davor stand, die Geduld zu verlieren und einen Mordswutausbruch hinzulegen.

»In der Tat!«, sagte Georg. »Ein Kind gehört zur Mutter und das bist, sehen wir den Tatsachen ins Auge, nun einmal du.«

»Leider, wolltest du sagen, stimmt's?«, rief Johanna.

»Von leider kann nicht die Rede sein. Ich wollte dich lediglich an deine Mutterpflichten erinnern. Du bist nämlich nicht nur die Burgschauspielerin Neuendorff, sondern auch Lores Mutter. Und ich denke, es ist an der Zeit, dass du dich auch wie eine solche verhältst.«

»Ach, und das tue ich nicht? Nun, Georg Neuendorff, wo du doch anscheinend der Experte fürs Mutterdasein bist, sage mir: Was ist in deinen Augen eine gute Mutter?«, fragte Johanna mit drohendem Unterton in der Stimme.

»Eine, die Zeit mit ihrem Kind verbringt«, antwortete Georg, drehte sich auf dem Absatz um und verschwand aus Johannas Zimmer.

Johanna kochte vor Wut, weil sie wusste, dass sie verloren hatte. Er hatte die Gewissenskarte ausgespielt und hatte gewonnen. Ihr Blick fiel auf die Schmuckschatulle neben dem Bett und sie versetzte ihr einen kräftigen Schubs, sodass ihr Inhalt sich am Boden verteilte. Überall flogen Ringe und Ketten herum – ein wahrer Goldregen. Sie griff nach ihrer Reisetasche, ging hinüber ins Kinderzimmer, stopfte wahllos Strampler und Jäckchen hinein, legte noch einen fetten Stoffhasen oben drauf und verließ dann bald das Haus. Sie würde Georg von unterwegs anrufen, um ihm zu sagen, wo sie und Lore hingefahren waren. Vielleicht. Vielleicht aber auch nicht.

1961

»Du verreist?«, fragte ihre Mutter, als sie etwa eine Stunde später in der Wohnung in Favoriten stand, die Tasche in der Hand und bereit, ihr Kind abzuholen.

»Ja«, sagte Johanna.

Tante Mitzi schaukelte gerade Lore auf dem Schoß und verfütterte Backerbsen an sie. Das Kind hatte zwar erst acht Zähne, aber dank der anderen zwölf, die anscheinend alle gleichzeitig durchzubrechen versuchten, war Lore in den letzten Wochen nicht nur äußerst schlecht gelaunt, die Kleine sabberte auch nahezu ununterbrochen und das weichte die Backerbsen quasi von selbst auf, sodass sie sie runterschlucken konnte, ohne daran zu ersticken. Lores Wangen glänzten demzufolge vor Fett und Speichel und sie wirkte auf dem Schoß der stummen Tante, die bei jeder verschluckten Erbse in die faltigen Hände klatschte, sogar recht vergnügt. Klappte es einmal nicht mit dem Runterschlucken der kleinen Teigbällchen und verschluckte sich das Kind gar daran, klopfte die Tante einfach flach auf den Rücken des Kindes und Lore spuckte die Backerbse in hohem Bogen wieder aus. Dem mit Backerbsenspeibe übersäten Boden zufolge waren sie mit diesem Spiel wohl schon eine ganze Weile beschäftigt.

»Komm, Lorelei, wir gehen auf Reisen«, sagte Johanna und wollte das Kind hochnehmen, doch es klammerte sich an Tante Mitzis Bluse fest, die gleichfalls voller Kinderspucke und zermanschten Backerbsen war. Der Mangel an Hygiene in diesem Haushalt war geradezu erschreckend, dachte Johanna.

»Komm schon, Lore, wir gehen!«

»Wozu die Eile?«, fragte die Mutter. »Magst du nicht vielleicht noch einen Tee trinken?«

»Nein, keinen Tee!« Sie wollte alles lieber als Nahrung in diesem Hause zu sich zu nehmen, und sei es auch nur eine Tasse Tee.

»Aber ich wollte gerade welchen machen.«

»Wir müssen gehen.«

»Ich hab auch Kekse!«

»Komm schon, Lore. Komm zu Mami!«

»Wenigstens eine Tasse!«

»Nein!«

Die Mutter ließ vom Tee ab und musterte sie streng. »Läufst du weg?«, fragte sie ganz unvermittelt.

»Ich laufe niemals weg«, sagte Johanna und klang dabei forscher, als sie es beabsichtigt hatte. Sie konnte im Gesicht ihrer Mutter lesen, dass sie sich angegriffen fühlte.

»Deshalb brauchst du mich ja nicht so anzugehen«, erwiderte diese beleidigt, als sie Lore vom Schoß der Tante herunternahm und ihr in den Arm drückte. »Sie hat gerade etwas gegessen, musst sie also nicht füttern«, informierte sie die Mutter. »Soll ich sie noch einmal wickeln?«

»Nein, nicht nötig«, befand Johanna, die so schnell wie möglich von hier fortwollte und schon halb bei der Tür war, doch ihre Mutter hielt sie zurück.

»Wenn es dir zu viel wird, gib Bescheid«, sagte sie.

Das gab Johanna den Rest. Sie streckte den Rücken durch, wodurch sie die Mutter um gut einen Kopf überragte, und antwortete: »Ich bin die Mutter. Ich! Nicht du, nicht Tante Mitzi. Ich allein! Und ich werde ja wohl noch ein paar Tage mit meinem Kind wegfahren können. Also bild dir nichts ein!«

Und damit war sie aus der Tür hinaus.

1951

Nach gut drei Wochen ließ der Enthusiasmus nach und der Alltag holte sie wieder ein. Die *Jungfrau von Orleans* beanspruchte sie sehr. Johanna probte ständig und starb demzufolge oft mehr als einmal am Tag den Bühnentod. Außerdem hatte sie mindestens dreimal in der Woche abends Vorstellung. Das zehrte an ihren Kräften. Das – und der kaputte Warmwasserboiler im Badezimmer, dessen Reparatur sie nicht bezahlen konnten, weshalb Johanna, wollte sie sich nach den Renovierungsarbeiten säubern, dies oft mit kaltem Wasser tun musste, was sie nur im Notfall tat, weil sie leicht fror. Daher kam sie nachts oft komplett erschöpft und zudem leicht unterkühlt in Georgs und ihrer gemeinsamen Wohnung an und kroch, nicht selten von Theaterblut und Hausstaub gleichermaßen verschmiert, unter die Decke und schlief sofort ein.

Georg sah sich das eine Weile lang an, bis er eines Tages eine Entscheidung fällte.

»Das geht so nicht weiter«, sagte er beim Frühstück, das die beiden aus Zeitmangel im Stehen einnahmen.

»Was geht so nicht?«, wollte Johanna geistesabwesend wissen. In Gedanken beschäftigte sie sich gerade mit der Frage, ob sie nicht jemanden vom Theater anheuern sollte, den Boiler schwarz zu reparieren. Nur wen? Den Meyerle von der Requisite? Oder doch besser den Kopitzky von der Bühnentechnik?

»Das alles hier!«, sagte Georg und wedelte mit den Händen herum, wobei er etwas Kaffee auf dem Fußboden verschüttete. »Du und ich und diese Wohnung. Johanna, du kannst nicht gleichzeitig proben, Vorstellung geben und dann noch am Haus herumdoktern.«

»Ich doktere nicht, ich renoviere!«, entgegnete Johanna, ein halbes Kipferl vom Vortag im Mund.

»Was ich sagen wollte«, fuhr Georg unbeirrt fort, »war, dass ich denke, wir sollten hier ausziehen.«

Johanna ließ die Hand mit dem halben, trockenen Kipferl sinken.

»Ausziehen?«

»Ja«, sagte Georg, »oder besser gesagt umziehen. Wir lösen diese Wohnung auf und gehen nach Döbling.« Und er fügte hinzu: »Ist doch wurscht, wie das Haus aussieht und ob es eine Baustelle ist. So kann es jedenfalls nicht weitergehen. Du pendelst ja nur noch durch die Stadt. Am Ende verkommst du mir noch.«

»Jawohl, Herr Nowak«, antwortete Johanna und salutierte spielerisch vor ihrem Mann.

»Ich meine das vollkommen ernst, Johanna«, sagte er.

»Oh«, hob diese an, »wenn du Johanna sagst, dann muss es dir ernst sein. Nix Schatzi, nix Mausi, nein, Johanna heißt das Weibsbild. Also gut, dann sage mir, geliebter Mann: Willst du allen Ernstes mit mir auf eine Baustelle ziehen, in ein Haus ohne funktionierende Heizung, ohne Warmwasser, dafür aber mit einem Hornissennest unterm Dach, das ich erst gestern dort gefunden habe und von dem ich nicht weiß, ob es wirklich verlassen ist?«

»Ja, ich will«, antwortete Georg.

»Ich frage dich weiter«, fuhr Johanna fort, »ob du mit mir an einem Ort ohne anständige Betten, dafür aber mit einem hässlichen Baum im Vorgarten leben willst, mit einem uralten Herd und einem morschen Parkett im Vorraum?«

»Ja, ich will«, wiederholte Georg sehr ernsthaft.

»Dann«, stellte Johanna fest, »bist du nicht zu retten, Georg Neuendorff. Drum lass uns ziehen hinaus in das vorstädtische

Döbling und fortan als Mann und Frau in Dreck und Staub zusammenleben, bis dass der Installateur endlich den Abfluss in der Badewanne repariert hat.«

Und so war es beschlossene Sache. Sie kündigten ihren Mietvertrag. Zwei Wochen später zogen die beiden mit Sack und Pack hinaus nach Döbling.

1961

Schon als sie am Bahnhof ankam, war sie vom Tragen des Kindes auf der einen Seite und vom Schleppen der Reisetasche auf der anderen völlig erschöpft. Johanna schwitzte und Lore brüllte schon seit zehn Minuten, weil ihre Windel komplett vollgenässt war und ihr der kalte, feuchte Stoff am Po klebte.

»Eine Fahrkarte bitte«, sagte Johanna zum Fahrkartenverkäufer.

»Wohin?«, fragte dieser.

Erst da fiel Johanna auf, dass sie nicht den blassesten Schimmer hatte, wohin sie fahren wollte. Irgendwo, weit hinten in ihrem Kopf, hatte sie an so etwas wie Venedig gedacht, aber jetzt, verschwitzt und mit dem vollgebrunzten, kreischenden Kind auf dem Arm, schien ihr St. Pölten schon beinahe zu weit zu sein.

»Semmering«, sagte sie kurz entschlossen.

»Wohin am Semmering, gnä' Frau?«

Das »gnä' Frau« kam dem Mann auch nur deshalb über die Lippen, weil er glaubte, Johanna von irgendwoher zu kennen.

»Wo die großen Hotels sind«, schlug sie vor.

Der Mann sah sie an, als habe sie ihren Verstand verloren. Mindestens.

»Also, ich bin kein Reisebüro«, sagte er.

»Das verstehe ich«, gab Johanna zu, während Lore sich in ihren Haaren festkrallte und kurz davor stand, ein Büschel davon auszureißen.

»Autsch, verdammt!«, entfuhr es Johanna.

Da gab der Fahrkartenverkäufer auf. Irre oder nicht, berühmt oder nicht oder vielleicht beides – der Frau konnte geholfen werden.

»Ich stelle Ihnen ein Ticket bis Wolfsbergkogel aus«, informierte sie der Mann.

»Danke, sehr liebenswürdig.«

Er nannte einen Betrag, Johanna reichte ihm zwei Geldscheine und bekam ihre Fahrkarte.

»Gute Reise«, wünschte der Herr.

Johanna hätte sich gerne bedankt, aber in diesem Moment riss der Griff ihrer Reisetasche, weil Lore sich mit ihrem kleinen dicken Fuß darin verfangen hatte, und statt eines »Danke« entfuhr ihr nur ein derber Fluch. Offensichtlich konnte sie Favoriten nicht einfach so zurücklassen, ganz gleich in wie vielen noblen Hotels am Semmering sie gedachte zu urlauben.

Im Abteil legte sie Lore erst einmal auf dem gepolsterten Sitz ab und wechselte ihr die Windeln. Zum Glück war niemand sonst im Abteil, denn inzwischen war das Kind ausgelaufen und Johanna musste ihre Tochter komplett umziehen. Die dreckige Windel, die mehr enthalten hatte als nur Lulu, stank zum Gotterbarmen und weil sie sie nicht zwischen ihr Gepäck mischen wollte, warf Johanna sie kurzerhand unbemerkt aus dem Fenster, als sie schon hinter Wiener Neustadt waren. Sie ließ das Fenster noch eine Weile offen, damit frische Luft hereinkam, und schaukelte dann Lore auf dem Schoß, bis sie eingeschlafen war. Als das Kind erwachte, stopfte sie es mit den letzten Stücken Kuchen voll, den die Haushälterin vorgestern gebacken hatte und den sie schon hatte wegwerfen wollen, dann aber geistesgegenwärtig mitgenommen hatte. Sich selbst gönnte sie dazu eine Zigarette.

Als sie in Wolfsbergkogel ankamen, war es schon dunkel. Johanna wollte ein Taxi bestellen, aber der Stationsvorsteher gab ihr zu verstehen, dass es hier keine Taxis gebe, er könne allerdings im Hotel anrufen und jemanden kommen lassen. Johanna, glücklich darüber, nicht wieder Kind und Gepäck tragen zu müssen, willigte ein und keine fünfzehn Minuten später stand ein junger Mann mit talgiger Haut und kratzender Stimme vor ihr, der sich als Herbert vorstellte, »ganz zu Diensten, gnä' Frau«. Herbert trug Gepäck und Handtasche zum Wagen und Johanna schulterte die müde Lore, legte sie dann auf dem Rücksitz des Steyr-Babys ab und ließ sich von dem Jungen, von dem sie kaum glauben konnte, dass er älter als fünfzehn war, der ihr aber versicherte, erst letzten Monat zweiundzwanzig geworden zu sein, bis vor den Eingang des Panhans kutschieren.

»Willkommen, gnädige Frau«, sagte der Concierge und warf einen leicht irritierten Blick auf das quengelnde, übermüdete Kind, das Johanna auf ihrer Hüfte abgesetzt hatte. »Gnädige Frau haben reserviert?«

»Nein, das haben gnädige Frau vergessen«, sagte Johanna und fügte hinzu: »Ich war zu sehr mit den Proben beschäftigt. So ein Schnitzler spielt sich ja nicht von allein, wissen Sie?!«

»Sehr wohl«, sagte der Concierge und Johanna konnte ihm an der Nasenspitze ansehen, dass er keine Ahnung hatte, wer hier vor ihm stand. Da musste sie wohl etwas deutlicher werden.

»Der Haeusserman ist natürlich ein Genie, keine Frage, aber man kommt daneben ja zu gar nichts!«, sagte Johanna.

»Verstehe«, antwortete der Concierge und Johanna hatte nicht den Eindruck, dass er irgendetwas verstanden hatte.

»Aber so ist das nun einmal an der Burg!«, fügte sie daher hinzu, ergänzt durch ein aufgesetztes Lachen. Johanna konnte hervorragend aufgesetzt lachen. Das hatte sie bei Tschechow gelernt. Da trank man enorm viel Tee während der Vorstellung und lachte viel und unecht. Eine ältere Kollegin hatte es einmal so formuliert: »Wenn du Tschechow spielst, brauchst du einen gewissen gelangweilten Wahnsinn in der Stimme und eine starke Blase.« Johanna hatte beides.

Endlich schien nun auch beim Hotelpersonal der Groschen gefallen zu sein.

»Frau Kammerschauspielerin«, rief der Concierge nun aus, glücklich, endlich einen der Hinweise verstanden zu haben, »es freut uns ungemein, Sie in unserem Hause begrüßen zu dürfen! Darf ich Ihnen eines unserer besten Zimmer anbieten, mit Blick auf die Berge?«

Nun ging es ans Verhandeln. Das mit dem besten Zimmer war natürlich frech! Als wüsste der Mann nicht, welche Gagen man beim Theater verdiente. Und natürlich war sie keine Kammerschauspielerin – noch nicht. Johanna lächelte süffisant. Das hatte sie erst kürzlich gelernt, süffisant zu lächeln, bei einem Raimund-Stück. Raimund-Figuren lächelten oft süffisant, im Gegensatz zu Tschechow.

»Aber ich bitte Sie! Ich bin doch noch gar keine Kammerschauspielerin! Ich bin ja nur ein einfaches Ensemblemitglied! Drum reicht dann auch ein einfaches Zimmer für meine Tochter und mich. Bleiben wir doch bescheiden.«

»Sehr gerne«, antwortete der Concierge. »Zimmer Nummer 456, im vierten Stock. Gitterbettchen stellen wir Ihnen gerne dazu. Wie lange gedenken gnä' Frau zu bleiben?«

Johanna überlegte kurz. »Ein paar Tage, vielleicht eine Woche.«

»Dann werden wir das Zimmer so lange für Sie frei halten. Haben Sie noch einen Wunsch?«

»Ja«, gestand Johanna, »wenn Sie so liebenswürdig wären, und im Burgtheater anrufen, um mitzuteilen, wo ich mich aufhalte. Nur für den Fall der Fälle.«

»Natürlich, sehr gerne. Sollen wir sonst noch jemanden verständigen?«, fragte der Concierge.

Johanna machte den Mund auf und gleich darauf wieder zu. Sollte sie Georg verständigen lassen, wo sie und Lore sich aufhielten?

»Nein, danke, das ist nicht nötig«, antwortete sie.

Herbert mit der ungesunden Haut trug ihr das Gepäck bis aufs Zimmer und Johanna setzte Lore auf dem Fußboden ab. Die Kleine begann sofort, die mit Kordeln verschnürten Vorhänge zu untersuchen. Beim Blick aus dem Fenster konnte Johanna die Berggipfel erahnen, die das helle Mondlicht reflektierten.

1951

Die Premiere ging problemlos über die Bühne. Man applaudierte, mehr höflich als enthusiastisch, weil das viele Schiller'sche vaterländische Moralisieren dem Wiener Publikum 1951 dann doch noch eine Spur zu gegenwärtig erschien, aber sei's drum. Es wurde gelitten, es wurde geweint, es wurde sogar geliebt und am Ende wurde gestorben, ganz so, wie es sich gehörte. Was wollte man mehr?

Georg für seinen Teil, der es sich natürlich nicht hatte nehmen lassen und in der zweiten Reihe seiner Frau zusah, hätte auf die Liebe allerdings auch gerne verzichten können. Was da zwischen seiner Jungfrau von Orleans und dem Meinrad alias Lionel auf der Bühne vor sich ging, trübte seine Stimmung etwas. Doch als sich die Premierenfeier am frühen Morgen schließlich auf Johannas Betreiben in ihr Haus nach Döbling verlagerte, wohin ihnen etwa die Hälfte der Besetzung sowie einige Bühnenarbeiter und die Assistentin der Maske gefolgt waren, kam Meinrad nicht mit. Somit saß das Theatervolk mit etwa fünfzehn Frauen und Männern in ihrer völlig verqualmten eiskalten Küche und brüllte ein Lied Hermann Leopoldis nach dem anderen, bis die Nachbarn sich beschwerten. Und Georg hockte still mittendrin und war so glücklich wie schon lange nicht mehr, weil er Teil all dieses Irrsinns sein durfte. Mehr noch – er war der ruhende Pol der irren Gesellschaft und Johanna, die sich irgendwann lauthals lachend auf seinen Schoß gesetzt hatte, übersäte ihn in ihrem Zustand völliger Postpremierenekstase anfallsartig mit Küssen oder ließ sich von ihm Feuer geben. Plötzlich ergab für ihn alles einen Sinn: Die Frau, das Haus, ja selbst das Singen und die vielen lauten, trinkenden und rauchenden Menschen in seiner Küche gaben ihm ein Gefühl von Lebendigkeit.

Am Ende sanken einige der Darsteller, vorwiegend die kleineren Rollen, komplett betrunken auf ihren Küchenstühlen und Holzkisten zusammen, während die Bühnenarbeiter sich beim Heurigen von nebenan Krautfleckerln besorgten, ein Morgenbier tranken und sich dann daran machten, die gesamte Elektrik des Hauses zu reparieren. Um zehn Uhr hatten sie in allen Zimmern Strom, um zwölf Uhr Mittag funktionierte der Warmwasserboiler wieder und als die Herren um zwei Uhr endlich gingen, da floss das Wasser sauber und warm aus allen Rohren. Völlig übernächtigt und noch immer betrunken ließen sich die zwei jungen Eheleute ein heißes Bad ein, stiegen gemeinsam in die Wanne und Georg begann damit, sanft Johannas Rücken zu waschen. Johanna, die Augen vor Müdigkeit und Erschöpfung schon geschlossen, sagte leise: »Ein Mann ist viel wert in so teurer Zeit.« Dann jedoch fiel ihr etwas auf. »Wonach riecht es denn hier?«, fragte sie.

»Kernseife«, erklärte Georg. »Es war das Einzige, was ich finden konnte.«

»Kernseife«, wiederholte Johanna leise. »Da opfert man sein Leben für ein freies Frankreich und dann das: Kernseife.«

Ihre Atemzüge wurden ruhiger und schließlich konnte Georg nur noch ein leises Schnarchen hören. Als das Badewasser kalt war, weckte er sie sanft, trocknete sie ab und trug Jeanne d'Arc nackt in ihr gemeinsames Schlafzimmer, in dem noch das alte Bett des Onkels stand. Er legte sie hin, deckte sie zu, strich ihr übers Haar und ging nach unten, um die Küche aufzuräumen.

Als Johanna erwachte, war es schon beinahe dunkel. Sie spazierte, nur in ein Leintuch gehüllt, nach unten in die Küche und fand dort ihren Mann, wie er, leise schnarchend, mit dem

Kopf gegen die Wand gelehnt, auf einer der alten Kisten saß. Auf dem Tisch stand ein Topf mit lauwarmer Suppe, daneben zwei Teller, von denen der eine mit Blumen umrankt war, die verdächtig nach den Blumen aussahen, die Georg ihr gestern zur Premiere geschenkt hatte. Auf dem Tisch lag außerdem ein Zettel, auf dem Georg etwas notiert hatte. Johanna schritt näher heran, um ihn zu lesen. Es war eine Reihe von Zahlen, die wohl die Kosten des Umbaus auflisteten. Ganz unten drunter hatte Georg notiert: »Edles Badesalz für J.«

1961

Es begann damit, dass das Kind etwas essen musste. Das war an und für sich ja nichts Ungewöhnliches – Kinder aßen die ganze Zeit. Johanna hatte nur nicht damit gerechnet, dass das so sehr ins Geld gehen würde. Das Hotel war schon teuer genug, aber ihr Töchterchen mit Grießnockerlsuppe am Leben zu erhalten verschlang im Panhans Unsummen, da sie mindestens fünf Mahlzeiten am Tag zu brauchen schien, sonst wurde sie quengelig. Und ein hungriges, quengeliges Kind auf Reisen war ganz und gar nicht hilfreich, wenn man versuchte Urlaub zu machen.

Da das Kind recht pummelig war, überlegte Johanna kurze Zeit, ob dies nicht die passende Gelegenheit war, sie auf Diät zu setzen, aber nach gut drei Stunden mit einer von ihrer Mutter und Tante Mitzi überfütterten und verwöhnten Lore gab sie das Vorhaben schnell wieder auf. Also stopfte sie Grieß in jeglicher Form in das Kind hinein, als Nockerl, als Brei, als Polenta und so weiter und die Kellner im Hotelrestaurant überschlugen sich fast darin, ihr goldgelocktes Kind mit Attributen wie »engelsgleich«, »herzig«, »allerliebst« zu überschütten, während sie Teller mit überteuerten Vorspeisen und Beilagen auf der weißen Tischdecke abstellten, die Johanna dann wiederum an ihr Kind verfütterte.

Wenn sie Lore nicht gerade zu essen gab oder sie wickelte, versuchte Johanna sie zum Spazierengehen anzuhalten, aber das klappte nur mäßig, denn das Kind konnte mit seinen pummeligen Beinchen nur ein paar Schritte an der Hand gehen und hangelte sich ansonsten an den Möbeln entlang. Auf den ersten selbständigen Schritt ihres Kindes würde sie, gelangweilt und unausgelastet, warten müssen.

Also setzte Johanna Lore in das Gitterbettchen, reichte ihr einen Schminkspiegel aus ihrer Handtasche und zog sich auf das Bett zurück, von wo aus sie einen guten Blick auf die Berge und das Kind hinter seinen Holzstäben hatte. Johanna griff nach einem Feuerzeug und einem Päckchen Zigaretten, nahm eine heraus und zündete sie an. Lore schaute kurz auf, als die Flamme zischend das Ende der Zigarette berührte und widmete sich dann wieder dem Spiegel, steckte ihn in den Mund und speichelte ihn mit Hingabe ein.

Johanna blies Wolken über das Bett hinweg und betrachtete das Kind. Natürlich war das Mädchen herzig mit seinen Lockerln und den Wangen zum Hineinzwicken, aber abgesehen davon, dass Lore Ähnlichkeit mit einem lebendigen Putto hatte, wusste Johanna nicht recht, was sie in ihr sehen sollte. Sie war ihre Tochter, sicher, aber abgesehen davon war sie eigentlich ein fremdes Wesen. Und ein überaus langweiliges noch dazu. Wie konnte man allen Ernstes von den Frauen erwarten, Gefallen am Umgang mit Kleinkindern zu haben? Sie sprachen nicht, sie taten im Grunde auch nichts und interessierten sich einen Dreck dafür, was in ihrem Gegenüber gerade vor sich ging. Dachte Johanna über die Entwicklung ihrer Rolle im nächsten Stück nach, spielte das Kind mit seinen Zehen. Kunst war ihm fremd. Kinder, das stand ganz außer Zweifel, spielten kein Theater. Noch schlimmer – sie lehnten es ab. Wenn Johanna ihre Stimme verstellte, um sie der Rolle der Cora besser anzupassen und den richtigen Ton der Figur zu treffen, fing Lore an zu weinen. Wenn es nach ihrer kleinen Tochter ging, würde sie einzig und allein dumme Kinderlieder singen und das noch dazu mit ihrer ganz eigenen Stimme. Alles andere brachte das Kind an den Rande des Nervenzusammenbruchs.

Johanna tat einen tiefen Zug von ihrer Zigarette und fing an zu singen: »Oh, du lieber Augustin.« Aber sie sang es nicht mit ihrer eigenen Stimme, nein, sie sang es als Shakespeares Julia – leise, wispernd, devot, flehend, unschuldig. Es dauerte den Bruchteil einer Sekunde und Lore fing an zu weinen, ließ den Spiegel sinken und klammerte sich mit ihrer pummeligen Hand an den Gitterstäben fest, ihre singende Mutter aus tränennassen Augen fixierend. Die änderte plötzlich den Ton und sang nun »Der Mond ist aufgegangen« mit der Stimme von Lady Macbeth, einer Rolle, die sie hoffte, eines Tages spielen zu dürfen, und das Kind ließ den Spiegel fahren, richtete sich im Bettchen auf und begann verzweifelt zu brüllen. Doch Johanna war noch nicht an dem Punkt angelangt, an dem sie ihr kleines Experiment aufzugeben bereit war. Sie nahm einen weiteren Zug von ihrer Zigarette, schraubte ihre Stimme drei Lagen höher und sang »Ein Männlein steht im Walde«. Das war nicht einmal mehr irgendeiner Rolle geschuldet, es war einfach nur eine hohe Stimme, hoch und böse. Das Kind schrie. Da hörte sie auf, drückte die Zigarette im Aschenbecher neben ihrem Bett aus, stand auf, ging zum Bettchen hin und hob das Kind heraus. Lore wischte ihren Rotz und ihre Tränen in Johannas Cardigan und dieses eine Mal ließ Johanna es geschehen.

Am nächsten Morgen fragte sie den Concierge nach einem passenden Vehikel zum Herumkutschieren ihrer Tochter, weil sie die traute Zweisamkeit von Mutter und Kind in dem engen Hotelzimmer keine Minute länger mehr ertragen konnte und weil sie ihren Radius rund ums Hotel zu erweitern suchte, was der Concierge gehörig missverstand. Erst als Johanna bei der Frage stutzig wurde, ob sie als »Leihwagen« einen Steyr oder gar einen Daimler bevorzugen würde und ob sie etwa selbst einen Führerschein besaß (man konnte bei diesem Theatervolk ja nie wissen) oder einen Chauffeur benötigte, klärte sich das Ganze auf. Sie habe wirklich nur einen Kinderwagen gemeint, sagte Johanna und erntete einen strengen Blick des Mannes und die Antwort, so etwas verleihe man hier nicht. Als ob noch nie jemand am Semmering auf die Idee gekommen wäre, ein Kind zu transportieren.

Schließlich beobachtete Johanna einen der anderen Gäste dabei, wie er mit einem riesigen Wanderrucksack auf dem Rücken vom Hotel aufbrach, um die Berge zu erkunden, und da kam sie auf die Idee, nach einem Rucksack zu fragen.

»Durchaus«, sagte der Concierge, »wir verleihen in der Tat Wanderrucksäcke an unsere Gäste.«

»Dann hätte ich gerne den größten, den sie haben!«, sagte Johanna und bekam sogleich aufs Zimmer geliefert, wonach sie verlangte. Sie stopfte zwei Handtücher hinein, um den Rucksack auszupolstern, eine kleine Packung mit Keksen (eigentlich waren es Eiswaffeln, die sie aus dem Restaurant heimlich hatte mitgehen lassen) und dann ihr Kind, schnürte alles unter Lores Ärmchen fest zusammen und setzte sich das Kind so auf den Rücken, was Lore zunächst bereitwillig mit sich geschehen ließ. So ausgestattet brach Johanna zu einer kleinen Bergtour mit ihrem Kind auf, begleitet von den irritierten Blicken der Hotelbelegschaft.

Nach etwa einer halben Stunde begann Lore mit den Beinchen im Rucksack zu strampeln, weil sie sie nicht ausstrecken konnte und ihr der erzwungene Schneidersitz das Blut in den fetten Füßchen abschnürte. Kurz darauf fing sie zu brüllen an und Johanna unterbrach die Wanderung, schon willens, das ganze Unternehmen abzublasen, als eine kleine Gruppe junger Wanderer hinter ihr des Weges kam und einer der jungen Männer Johannas Dilemma mit nur einem Blick erfasste.

»Da gehören Löcher hinein«, sagte er und deutete auf den Rucksack.

»Wo hinein?«, fragte Johanna, die die sich windende und heulende Lore aus ihrem Sackgefängnis befreite.

»Da, wo die ledernen Ecken sind. Sie müssten rechts und links je ein Loch in den Stoff schneiden, wo sie die Beine durchfädeln kann«, erklärte ihr der junge Wanderer, der sich als Peter aus Linz vorstellte.

»Ja, aber ich hab ja gar kein Messer dabei«, sagte Johanna.

Sogleich zückte der junge Mann sein großes Taschenmesser und schnitt, mit Johannas Erlaubnis, zwei Löcher in das Tragegerät, die nun Platz für Lores kleine Beinchen boten. Das Kind wurde hineingesetzt und machte im Nu ein äußerst zufriedenes Gesicht.

»Bestens!«, stellte Peter aus Linz zufrieden fest.

Johanna bedankte sich artig, kam aber nicht umhin daran zu denken, dass sie dem Hotel den Rucksack würde ersetzen müssen und dass dies ihr Budget bei Weitem überstieg. Sie zog daher die Stirn in sorgenvolle Falten.

»Dürfen wir Sie ein Stück begleiten?«, fragte Peter freundlich und seine drei Wandererkollegen, eine Frau und zwei Männer, die etwas abseits standen, lächelten Johanna nun freundlich zu.

Ja, warum eigentlich nicht, dachte sie und willigte ein.

So verbrachten Mutter und Tochter einen wunderbaren Tag in den Bergen mit viel frischer Luft. Die vier Linzer, die sich als Studenten der Medizin herausstellten, teilten mit ihnen Jause und Wasser und unterhielten Lore auf das Beste, als sie nach einem ausgedehnten Schläfchen wieder wach war. Man tauchte ihre Händchen in eine eiskalte Quelle, nur um sie im Anschluss zum Aufwärmen in dicke Socken zu stecken, ließ sie an ein paar wilden Heidelbeeren lutschen und deutete für das staunende Kind auf Gämsen und Adler. Und bergab trug Peter Lore sogar auf seinem Rücken, während Johanna im Gegenzug seinen nunmehr leer gefressenen Rucksack umschnallte. Man unterhielt sich, lachte, genoss die Aussicht und kehrte am Ende der Wanderung in ein kleines Gasthaus ein, wo das Essen nur ein Fünftel von dem kostete, was man im Panhans dafür verlangte. Lore bekam ihr erstes Frankfurter Würstel, das Johanna ihr in winzig kleine Stücke zerschnitt, die das Kind mit seinem kräftigen Kiefer genüsslich zermalmte. Am Ende brachte Peter die zwei bis vor die Eingangstür des Hotels.

»Es war sehr schön«, sagte er und sah Johanna mit einem strahlenden Lächeln aus erstaunlich blauen Augen an. So hat mich schon lange niemand mehr angesehen, musste Johanna denken. Offensichtlich hatte ihm nicht nur der gemeinsame Wandertag gut gefallen.

»Ja, es war sehr schön«, sagte Johanna, die nicht ganz sicher war, wie sie auf diese offensichtliche Schwärmerei des einige Jahre jüngeren Mannes adäquat reagieren sollte.

»Gute Nacht, Lorelei!«, sagte Peter, griff um Johanna herum und kitzelte das Kind, das schon wieder im Tragerucksack eingeschlafen war, an der Wange. Lore seufzte zufrieden im Schlaf. »Gute Nacht, Johanna«, wünschte er nun, griff schüchtern nach ihrer Hand und hauchte einen Kuss darüber.

Da fasste sich diese ein Herz, zog mit beiden Händen Peters Gesicht zu sich hinab und küsste ihn lang und leidenschaftlich auf den Mund. Er schmeckte nach Bier und Würsteln und etwas, das Johanna schon fast vergessen hatte.

Sie konnte beobachten wie er, ganz überwältigt von so viel plötzlicher Nähe, schwer schlucken musste, um dann mit heiserer Stimme zu fragen: »Sehen wir uns morgen wieder?«

Sie lächelte. »Gute Nacht, Peter«, sagte sie leise, wandte sich zum Gehen, drehte sich noch einmal um, um ihm kurz zuzuwinken, wie er da in einer kalten Nacht vor dem Panhans stand und nicht wusste, wie ihm geschah, die arme junge Seele, und betrat schließlich das Hotel.

Als sie an der Rezeption vorbeiging, sprach sie der Nachtportier an. »Frau Neuendorff?«

»Ja?«

»Sie hatten heute einen Anruf.«

Der Portier überreichte ihr kommentarlos einen Zettel, den Johanna sogleich auseinanderfaltete. Es war das Burgtheater. Die Nachricht lautete: »Haeusserman spontan genesen. Morgen um neun Uhr Probe. Bitte sofort abreisen!!!«

Eine Stunde später bestieg Johanna den letzten Zug, der an diesem Tag noch nach Wien ging.

1951

Ihr Vater sah schlecht aus. Das war das Erste, was Johanna auffiel, als die Eltern am Heiligen Abend in ihrer provisorischen Wohnzimmereinrichtung im neuen Haus Platz nahmen, während Tante Mitzi in die Hände klatschend die Räume von unten nach oben und wieder zurück durchschritt. Dem Klatschen nach zu urteilen, gefiel es ihr, denn sie applaudierte für die alte Badewanne und freute sich aufrichtig über eine Johannas Empfinden nach hässliche Blumentapete in einem der oberen Schlafzimmer.

»Da schläfst wohl du heute Nacht, Mitzi«, sagte Johanna und die Tante schlug die Handflächen gegeneinander, was das Zeug hielt.

Die Mutter okkupierte sogleich die Küche, aus der sie den restlichen Abend hindurch beinahe nicht mehr herauszubekommen war. Sie kochte nicht, denn das hatte Johanna ihr verboten, weil sie der Mutter in einem Anfall töchterlicher Zuneigung und ungewohnter Scham nicht zumuten wollte, in ihren zwei Töpfen und der verbeulten Pfanne, die sie besaßen, ein Weihnachtsessen zuzubereiten. Stattdessen wärmte die Mutter, kaum hatte sie einen Fuß über die Schwelle des Hauses gesetzt, unermüdlich Speisen auf, die sie vorab in ihrer kleinen Favoritener Küche zubereitet und dann, per Handkarren, nach Döbling transportiert hatte.

»Aber Mama!«, hatte Johanna ausgerufen und müde Protest eingelegt, gab es dann aber schnell auf und überließ der Mutter einfach das Feld.

»Ach, ist doch nicht der Rede wert«, beschwichtigte die Mutter und rührte munter weiter in ihrem Rindsgulasch herum.

Doch der Vater bot ein gänzlich anderes Bild. Grau war er geworden in den letzten Monaten, grauer als zuvor. Das Atmen schien ihm schwerzufallen und obwohl er Georg beim Herrichten des Christbaums gerne geholfen hätte und auch einige Anstalten machte, Kerzen in Ständer zu stecken und Glaskugeln aus Papierschachteln zu befreien, gab er doch schnell auf. Ein kleines Glas Likör vor sich verstummte er bald und nickte in all dem Trubel um sich herum ein. Zur Bescherung war er kaum wachzubekommen, zeigte sich dann allerdings gerührt über Johannas Geschenk, eine silberne Taschenuhr.

»Aber Hannerl!«, flüsterte er leise. »Die ist doch viel zu … Hannerl, mein Kind!«

»Hab ich bezahlt«, antwortete Johanna nicht ohne Stolz und legte ungewohnt sanft ihren Arm um den vergreisenden Mann, dem ein paar Tränen das Gesicht hinabrannen, die er schnell mit einem fleckigen grau-rot karierten Taschentuch wegzuwischen suchte, das er aus seiner Hosentasche zog.

Am Christtag saß der Vater, der es nicht gewohnt war, außer Haus zu nächtigen (das hatte er, wie er gern erzählte, das letzte Mal im Krieg getan), schon ab sechs Uhr Früh wieder auf dem Sofa, diesmal in Hut und Mantel. Als ihn die Mutter wiederholt darauf hinwies, dass er doch bitte keine solche Hektik verbreiten solle, man habe ja noch nicht einmal gefrühstückt, da sagte er nur, das sei ja kein Problem, so lange wolle er gerne warten. Die Mutter verschluckte sich fast an ihrem Frühstücksei, so sehr beeilte sie sich und entschuldigte sich nicht weniger als elfmal (!) bei Georg und Johanna dafür, dass man schon so früh aufbrechen müsse.

»Aber der Vater muss heim«, sagte sie zu Johanna.

»Ja, ich versteh schon.«

»Er ist halt so«, sagte die Mutter.

»Ich hab doch gesagt, ich versteh das schon.«

Bei der Tür umarmte Johanna ihren Vater länger als sonst und dieser drückte Georgs Hand mit beiden Händen.

»Du machst das schon«, hatte er leise gesagt und Georg, dem nicht klar war, was sein Schwiegervater damit meinte, hatte genickt und ihm kameradschaftlich auf die Schulter geklopft.

Schließlich waren die drei, Vater, Mutter und Tante, wieder davongezuckelt, der Vater auf seinen eineinhalb Beinen und den zwei Krücken, die Mutter den kleinen Handkarren hinter sich herziehend, zurück nach Favoriten, zurück in eine Welt, in die Johanna nicht mehr zu gehören schien.

Es war das erste und einzige Mal, dass der Vater die Villa in Döbling betreten hatte. Acht Wochen später war er tot.

1961

Es begann mit einem Paukenschlag. Haeusserman, sonst nicht als Choleriker bekannt, brüllte erst seine Darsteller an, dann den Requisiteur und zum Schluss sogar Fräulein Schmid, obwohl die nun wirklich nichts dafür konnte, dass sich partout keine Chaiselongue mit rosa Samtbezug auftreiben ließ. Die hatte sich der Regisseur so in den Kopf gesetzt, als Dreh- und Angelpunkt der Inszenierung. Auf eben dieser Chaiselongue sollte geliebt, gelegen und getrennt werden, und nun fand sich bloß ein rosafarbenes Sofa. Das war ja wirklich das Letzte vom Letzten!

Aber, hatte der verzweifelte Requisiteur gestammelt, er habe halt gedacht, es komme dem Herrn Direktor auf die Farbe an. Woher solle er denn wissen, dass es in Wahrheit um den Aspekt des Liegemöbels ginge?

Das, so Haeusserman, erkläre sich doch von selbst! Und was er denn nun, verdammte Scheiße, mit diesem widerlichen lachsfarbenen Sofa anfangen solle?

Das wisse er auch nicht, rief der Requisiteur.

Na, dann solle er das hässliche Trum eben verbrennen, befahl der Herr Burgtheaterdirektor.

Das tat der Requisiteur natürlich nicht, sondern er schaffte das üppige Möbelstück ins Depot, wo es gut zwanzig Jahre vor sich hin stauben sollte, bis man es für eine Aufführung von Shaws *Helden* wieder hervorzerrte.

Weit schwerwiegender war allerdings die Tatsache, dass Haeusserman einzelne Rollen nicht nachbesetzt hatte, darunter die Titelrolle. Obonya war noch immer nicht einsatzbereit und Haeusserman verbrachte Stunden am Telefon, bis er endlich mit der Nachricht aufwartete, dass er nun alles gerettet habe, quasi im Alleingang.

»Der Meinrad wird's richten!«

Das wird Georg nicht gefallen, war Johannas erster Gedanke. Ihr zweiter Gedanke war, dass es ihn gar nichts anging, mit wem sie auf der Bühne stand – und sei es eben der Meinrad. Und der dritte Gedanke war, dass da irgendetwas nicht mit rechten Dingen zugehen konnte, hatte der Meinrad doch, wie er ihr erst letzte Woche in einer stillen Minute anvertraut hatte, ein Filmangebot angenommen: *Kaiserliche Hoheit* sollte der Streifen heißen. Drehbeginn in Kürze.

»Aber ich dachte, der Meinrad steht vor der Kamera?«, warf Johanna ein.

Da rieb sich Haeusserman die Hände und sagte: »Ich hab den von Ambesser überzeugt, dass ich den Meinrad brauche.«

»Wie?«, wollte Johanna wissen.

»Ich hab ihm gesagt, dass es ganz sicher dreizehn schlägt, wenn er den Meinrad nicht gehen lässt.«

»Und was hat er geantwortet?«

»Dass das ein anderer Film war«, sagte Haeusserman und lachte schallend. Dann wischte er sich mit dem Taschentuch über die schweißnasse Stirn. Offenbar hatte ihn der Anruf bei Axel von Ambesser einige Nerven gekostet und noch etwas mehr Geld. Und es ging munter so weiter. Nun brauchte es einen adäquaten Ersatz für die schwangere Bianca-Darstellerin. Doch während Haeusserman damit beschäftigt war, eine neue junge Schauspielerin zu finden, sprang ihm die Ilona ab. Diesmal war es ein Auslandsengagement und Haeussermans Flüche und Verwünschungen waren bis zum Portier hinunter zu hören.

»Na, was hat denn unser Herr Direktor heute?«, wollte der von Johanna wissen, als diese sich für eine schnelle Zigarette einmal kurz an die frische Luft begab. »Probt ihr nicht den *Anatol?*«

»Theoretisch schon«, sagte Johanna.

»Ja, und praktisch?«

»Praktisch nicht«, antwortete Johanna.

Da nickte der Portier, sodass sein Kopf bedächtig vor und zurück kippte und sagte: »Das ist der Fluch.«

Johanna nahm einen tiefen Zug von ihrer Zigarette, bevor sie fragte: »Welcher Fluch?«

»Der Fluch des Anatol«, klärte sie der Portier auf. »Kennen Sie den nicht?«

Sie schüttelte den Kopf. »Ich kenne nur den des schottischen Königs.«

»Den gibt es auch, aber der *Anatol* ist genauso verflucht. Wer immer den aufführen will, muss mit großen Hindernissen rechnen.«

Johanna kam nicht umhin zu denken, dass da womöglich etwas dran war. Doch bevor sie fragen konnte, woher denn dieser Fluch rühre, klärte sie der Portier bereits auf.

»Das ist wegen Schnitzler und Herrn Freud und dem seinen schweinischen Sachen«, sagte der Portier. »Wenn man sich einmal mit der Psychoanalyse ins Bett gelegt hat, dann wird man vom Wahnsinn heimgesucht – früher oder später! Denken Sie an meine Worte, Frau Neuendorff!«

Gerne hätte Johanna dem schrulligen Portier gesagt, er solle mit seinen merkwürdigen Ansichten über Schnitzler und Freud hinterm Berg halten, da ging just in diesem Augenblick die Tür auf und Fräulein Schmid kam herausgestürmt, rannte mit aufgelöstem Dutt und entschlossener Miene an Johanna vorbei und auf die Straße, wo sie gerade noch einem herannahenden Fiaker auswich, der sie beinahe niedergefahren hätte.

»Was ist denn in die gefahren?«, fragte Johanna erstaunt.

»Ui«, sagte der Portier, »jetzt hat er's geschafft.«

»Was hat wer geschafft?«

Der Portier sah Johanna durchdringend an. »Cognac«, sagte der Mann. »Wenn er sie ärgert, dann holt sie sich was Süßes. Wenn er sie so richtig stresst, dann sind es Zigaretten. Aber wenn der Herr Direktor durchdreht, dann braucht sie was Stärkeres.«

Die Arme, dachte Johanna. Sie hätte Fräulein Schmid nicht unbedingt für eine Alkoholikerin gehalten.

»Wirklich?«, fragte sie ungläubig. »Cognac? Das halte ich für ein Gerücht.«

»Oh doch«, sagte der Portier. »Damit massiert sie sich die Schläfen. Hilft angeblich Wunder bei Kopfschmerzen.«

Sicher, dachte Johanna und konnte sich ein Grinsen nicht verkneifen, sie massierte sich mit dem Cognac die Schläfen! Wer glaubte denn so etwas?

Als sie jedoch kurz darauf oben im Vorzimmer zu Haeussermans Büro stand, konnte sie das Fräulein dabei beobachten, wie sie nicht nur beherzt die Schläfen, sondern auch die Wangen, den Hals, das Dekolleté und sogar ihre Waden mit Cognac einrieb. Zum Schluss verspritzte sie noch ein wenig des teuren Alkohols über ihrem Schreibtisch.

»Ja, Fräulein Schmid«, sagte Johanna erstaunt, »was tun Sie denn da?«

Das Fräulein knallte mit Schwung die Flasche auf den Tisch. »Das werde ich Ihnen verraten: Je mehr ich nach Cognac rieche, desto größer die Lust des Herrn Direktors, selbigen zu trinken. Sie werden sehen, in gut einer halben Stunde rennt er ins Café Landtmann, um selbst einen zu heben, und ich hab dann endlich meine Ruhe!«

»Aber er könnte doch auch gleich hier einen trinken«, gab Johanna zu bedenken und deutete auf die angebrochene Flasche auf dem Schreibtisch.

»Aber nein«, sagte das Fräulein und grinste hinter ihren konkaven Brillengläsern diabolisch, »mein Cognac schmeckt dem Herrn Direktor nicht.«

Johanna betrachtete das Etikett. Es war ein ganz handelsübliches Getränk. »Wieso denn nicht?«, fragte Johanna.

Da winkte sie das Fräulein nah zu sich heran und deutete in ihre oberste Schreibtischschublade. »Deswegen«, antwortete sie.

In der Lade konnte Johanna ein kleines Fläschchen mit Nagellackentferner sehen.

»Das kippen sie dort hinein?«, fragte sie ungläubig. Sie konnte nicht fassen, dass das Fräulein bereit war, den Herrn Direktor gezielt zu vergiften, nur um endlich ihre Ruhe zu haben.

»Ein einziger Tropfen genügt! Genug, um den Geschmack zu verfälschen, aber zu wenig, um den Geruch zu verändern.« Das Fräulein schubste geräuschvoll die Lade zu. »Die Dosis macht das Gift. Mein Cognac schmeckt dem Herrn Direktor nicht, aber warum das so ist, bleibt unter uns.«

Eine halbe Stunde später teilte man den Schauspielern mit, dass die Probe für heute abgesagt war. Der Herr Direktor habe das Haus verlassen.

1952

Die beiden Frauen saßen auf der alten Couch wie zwei verlassene Kinder. Blass wirkten sie, das Gesicht der Mutter noch schmaler als sonst, sodass die Wangenknochen deutlich hervortraten, die Tante dagegen aufgequollen vom Weinen und ihre Hände suchten immerzu nach einer Beschäftigung. Sie zupften an Säumen, kneteten Wangen und Finger, zerrissen Papier und als das alles nicht mehr half, hielt die Mutter sie einfach fest. So fand Johanna sie vor, als sie die elterliche Wohnung betrat, um die Beerdigung des Vaters zu besprechen: zwei hilflose Frauen, die ihren Halt im Leben verloren hatten und sich nun aneinanderklammerten.

»Hast du mit dem Priester gesprochen?«, fragte Johanna ihre Mutter, während sie ihr in der kleinen Küche einen Tee kochte.

»Ach Kind, welcher Priester denn? Dein Vater war doch gar nicht religiös.«

»Na gut«, sagte Johanna, »hast du mit den Genossen gesprochen?«

Da fiel der Mutter vor Schreck die Teetasse aus der Hand.

»Er war doch gar nicht in der Partei!«, sagte sie entsetzt.

»Aber er hat die Kommunisten doch gewählt«, stellte Johanna klar.

»Ja, schon. Aber erst später.«

Später hieß: nach den Nazis.

»Na gut. Was ist mit seinen Tarockbrüdern?«

»Du meinst Willi und Hubert?«

»Ja. Was ist mit dem Willi?«

»Der ist letzten Monat gestorben.«

Johanna rang um Beherrschung.

»Und der Hubert?«

»Ach …«

Dieses »Ach« verhieß nichts Gutes, weder für Hubert noch für die Planung der Beerdigung ihres Vaters. Offenbar gab es niemanden, der den Mann, der sie aufgezogen hatte, mit Anstand, Würde und einer Grabrede unter die Erde bringen konnte. Dann, dachte Johanna und seufzte tief, würde wohl ihr diese Rolle zukommen.

»Ich mach's«, sagte sie und setzte sich Mutter und Tante gegenüber auf das alte Stockerl, das der Vater immer zum Abstellen für sein im Krieg zerschossenes halbes Bein benutzt hatte, das wie ein ganzes Bein schmerzte, besonders der Teil, der gar nicht mehr da war.

»Was machst du?«, fragte die Mutter.

»Ich werde die Grabrede auf Vater halten.«

»Aber Kind, das schickt sich doch nicht«, sagte die Mutter entrüstet, so als spielte das noch irgendeine Rolle.

»Ob sich das schickt oder nicht ist mir, ehrlich gesagt, blunzn. Mein Vater soll eine vernünftige Grabrede kriegen. Wir verscharren ihn ganz sicher nicht einfach so am Zentralfriedhof, ohne Zeremonie und ohne Rede!« Dann schlug sie einen etwas sanfteren Ton an. »Mama, ich bin Schauspielerin. Ich kann das! Vertrau mir.«

Da ließ die Tante die Finger der Mutter los, sprang auf und lief aus dem Raum, nur um Sekunden später mit dem alten Mantel des Vaters zurückzukommen und ihn Johanna in die Hand zu drücken.

»Danke, Mitzi«, sagte sie und nahm den Mantel entgegen. »Aber den braucht er jetzt nicht mehr.«

Doch die Tante ließ nicht von Johanna ab. Sie deutete auf die Manteltasche und Johanna fand darin die abgegriffene Geldbörse des Vaters.

»Was soll ich damit?«, wollte sie von Mitzi wissen und war schon drauf und dran, ihr die Börse zurückzugeben, doch Mitzi bestand darauf, dass Johanna sie behielt.

»Ist gut jetzt«, beschwichtigte die Mutter ihre aufgebrachte Schwester und versuchte, die Börse an sich zu nehmen, doch Mitzi entriss sie ihr kurzerhand wieder und streckte sie ihrer Nichte entgegen. Johanna, die annahm, Mitzi wolle sie dazu anstiften, mit dem Geld des Vaters die Beerdigungskosten zu begleichen, stand von ihrem Stockerl auf, nahm die Börse in Empfang, drückte die stumme Tante kurz und sagte dann an ihre Mutter gewandt: »Ich muss gleich los. Mach dir keine Sorgen um die Beerdigung, Mama, das regeln Georg und ich schon. Ich bring jetzt einmal Mitzi ins Bett und dann muss ich ins Theater.«

Johannas Mutter, ganz in sich zusammengesunken, nickte kurz und Johanna geleitete die Tante ins kleine Schlafzimmer. Dort zog sie Mitzi bis auf das Unterkleid aus, ließ sie sich hinlegen, deckte sie zu und küsste sie kurz auf die Stirn.

»Schlaf ein wenig«, sagte sie leise. »Ich komm morgen Vormittag wieder.«

Mitzi nickte und zog schließlich die Decke über den Kopf. Beim Hinausgehen aus der Wohnung steckte Johanna die alte Geldbörse des Vaters achtlos in ihre Handtasche. Hätte sie einen einzigen Blick hineingeworfen, wäre ihr vielleicht ein Foto aufgefallen, auf dem er selbst, die Mutter und Mitzi abgebildet waren. Und wenn sie es genau betrachtet hätte, wäre ihr vielleicht aufgefallen, dass mit dem Foto etwas nicht stimmen konnte. Doch als sie schließlich den Irrtum bemerkte, war es beinahe zu spät.

1952

Sie schrieb bis spät in die Nacht an der Rede. Vor Müdigkeit und Erschöpfung sank ihr ein ums andere Mal der Kopf nach vorne aufs Papier, aber Johanna schreckte dann gleich wieder hoch und machte weiter. Gegen vier Uhr Früh war sie fertig und kroch zu Georg unter die Decke. Doch noch bevor ihr Mann am nächsten Morgen wach wurde, war Johanna schon wieder auf den Beinen und notierte lange Listen mit all den Dingen, die es ihrer Meinung nach für eine Beerdigung brauchte. Vom Blumenschmuck über eine Tischreservierung für den Leichenschmaus bis hin zu schwarzen Nylonstrumpfhosen für die Mutter, Mitzi und sie selbst war alles dabei.

Johanna legte eine ihr sonst völlig uneigene Akribie an den Tag. Sie sprach mit der Bestattung, suchte ohne die Mutter, von der ohnehin kein Einwand zu erwarten war, den Sarg aus, benachrichtigte ein paar alte Freunde des Vaters und einige weitläufige Verwandte und bestellte die Partezettel in der Druckerei. Darauf ließ sie die Worte drucken: »Anton Jedlicka, 18.2.1889 bis 17.2.1951. Es ist immer zu früh. In Dankbarkeit und Liebe, Deine Alma, Johanna und Mitzi.« Daneben hatte sie sich einen Strauß mit Osterglocken gewünscht, weil das die Lieblingsblumen ihres Vaters gewesen waren, auch wenn es zu früh im Jahr war, um damit auch das Grab zu schmücken. Nicht, dass sie es nicht versucht hatte (und dem Floristen Tickets in der ersten Reihe im Theater angeboten hatte, wenn er das Unmögliche möglich machen sollte), aber für Osterglocken war einfach noch nicht die Zeit gekommen.

»Aber ich kann Ihnen ja gelbe Schleifen um den Kranz binden«, bot der Mann ihr an, »die haben dann wenigstens die richtige Farbe.«

An alles hatte sie gedacht, jede Überraschung hatte sie ausgeschlossen. Als sie sich zusammen mit Georg in ihrem neuen Haus in Döbling für die Beerdigung fertig machte und in ein eigens dafür dem Kostümfundus des Theaters entwendetes schwarzes Kleid mit passendem Mantel stieg, war für Johanna klar, dass die Beerdigung ihres Vaters zu einer würdevollen Verabschiedung werden würde. Und dann sagte Georg diesen einen Satz.

Die kurze Andacht war schon vorbei, Johanna hatte ihre Rede in der Aufbahrungshalle neben dem Sarg des Vaters gehalten und alle zu Tränen gerührt, ohne selbst in Tränen auszubrechen, der Sarg wurde auf den Schultern sechs großer, starker Pompfüneberer zum Grab getragen und die Familie schritt andächtig hinterher, da beugte sich Georg plötzlich zu ihr hinunter und flüsterte: »Unser Sohn liegt zwei Reihen weiter. Nur falls du den Wunsch verspüren solltest, auch einmal das Grab deines eigenen Kindes zu besuchen.«

Zunächst war sie nur schockiert. Damit hatte sie nun wirklich nicht gerechnet, dass ihr Ehemann ihr am Tag der Beerdigung ihres Vaters plötzlich mit Vorwürfen dieser Art kommen würde. Aber kaum war der Sarg in der Erde versenkt und das Händeschütteln vorbei, war sie nur noch wütend. Wie konnte er es wagen, sie heute damit zu belasten? Genau jetzt, genau in diesem Augenblick? Als Johanna sich jedoch zu Georg umdrehen wollte, um ihm so dezent wie möglich (immerhin war dies eine Trauerfeier) den Marsch zu blasen, hatte er sich zu seiner Schwiegermutter gestellt und bot ihr, ganz der galante Gentleman, seinen Arm an. Jeder Möglichkeit des Protests beraubt, begann sich in Johanna etwas aufzustauen, das in nicht allzu ferner Zukunft und unter genügend angestautem Druck sicher explodieren würde. Und während es sich in ihr staute, drückte sie Hände, teilte Erinnerungen, reichte der Mutter Hustenzuckerl und Taschentücher und bugsierte schließlich alle einschließlich der Tante zum Friedhofstor hinaus und in ein Beisl gegenüber von Tor Nummer 1, wo der Leichenschmaus stattfinden sollte und wo sie einen Tisch für rund dreißig Personen bestellt hatte, obgleich am Ende nur zwölf gekommen waren.

Johanna hatte an alles gedacht: Die Tischdekoration, das Menü, sogar ein gerahmtes Foto ihres verstorbenen Vaters war zugegen. Doch statt Liebe oder wenigstens Anerkennung für ihr sichtliches Bemühen lag über allem der ausgesprochene Vorwurf Georgs, dass ihr der Tod des Vaters mehr bedeutete als der Tod ihres eigenen Kindes.

Irgendwann stahl sich Johanna, die sich in den letzten Tagen mit einiger Leidenschaft ihrer Rolle als trauernde Tochter hingegeben hatte, davon.

»Ich verschwinde kurz«, hatte sie der Mutter zugeflüstert und diese hatte angenommen, Johanna müsse sich nur kurz frisch machen. In Wahrheit aber schnappte sich diese ihren Mantel und stahl sich davon, ging den ganzen langen Weg im Halbdunkel zurück zum Friedhof, bahnte sich ihren Weg durch die Reihen der Toten und landete schließlich wieder vor der Grabstätte des Vaters, neben der zwei Friedhofsgärtner auf ihre Spaten gelehnt standen und das Grab etwa bis zur Hälfte zugeschaufelt hatten. Jetzt ruhten sie sich aus, plauderten und rauchten. Als der Größere der beiden Johanna bemerkte, zog er sich die Schiebermütze vom Kopf, grüßte stumm und zog sich zusammen mit seinem Kollegen etwas zurück, damit Johanna in Ruhe trauern konnte. Also tat sie anstandshalber so, als wäre sie genau deswegen zurückgekommen und nicht nur um das Grab des Vaters als Anhaltspunkt zur Suche nach der anderen Grabstätte zu nehmen. Dann nickte sie gleichfalls den

Totengräbern zu und machte sich daran, zu suchen, was sie zu sehen bislang so vehement abgelehnt hatte.

Es dauerte eine Weile, aber schließlich fand sie das kleine Holzkreuz, auf dem in schmalen Buchstaben der Name stand und ein einziges Datum: Georg, 17.7.1950. Johanna zog ihren Mantel enger um sich und starrte auf den kleinen Flecken Erde, unter dem angeblich ihr Kind lag, das sie nie im Arm gehalten hatte. Wind kam auf, pfiff durch alle Ritzen ihrer Kleider und die Kälte kroch in sie hinein, setzte sich fest, so als wäre da nichts mehr, was sich ihr entgegenstellen konnte.

Johanna begann zu zittern. Sie hätte auch gerne geweint, aber sie konnte nicht. Wie sollte sie um etwas trauern, das nie gewesen war? Den Vater hatte sie gekannt. Er hatte sie gehalten und sie auf seinen Knien geschaukelt, als sie ein kleines Mädchen gewesen war, und ihr abends manchmal etwas vorgelesen. Und an Sonntagen, wenn das Wetter gut war, hatte er sie in den Böhmischen Prater mitgenommen. »Komm«, hatte er gesagt, »gemma Ringelgspü fahrn.« Stets hatte er das schönste Karussellpferd für sie ausgesucht, sie draufgehoben und mit breitem Grinsen dabei zugeschaut, wie das Kind sich Runde um Runde in der Drehung verlor, bis ihr ganz schwindelig geworden war. Jetzt war sie selbst eine Mutter und würde doch nie ihr Kind in den Böhmischen Prater ausführen können und sein wirres Haar glatt streichen, wenn der Wind es zerzauste. Das Kind hatte keine Stimme, kein Gesicht, keinen Duft. Wie sollte sie da trauern?

Irgendwann drehte sie sich um, bereit zu gehen. Da sah sie aus dem Augenwinkel unter einer der Laternen einen Mann stehen, der sie beobachtete – ihren Mann. Johanna blieb für einen Augenblick lang wie angewurzelt stehen, marschierte schließlich los, machte dann, schon halb auf dem Weg zum Tor, kehrt, ging auf ihn zu, nahm wenige Meter von ihm entfernt Aufstellung und rief ihm schließlich zu: »Na, jetzt zufrieden?«

Dann drehte sie sich um und ging mit schnellen Schritten zum Friedhofstor hinaus, ohne sich auch nur noch ein einziges Mal umzudrehen.

1961

Jetzt also der Meinrad. Der hatte, natürlich, den Text komplett parat, war also bestens vorbereitet und hatte sich die Rolle des Anatol zu eigen gemacht. Wo Meinrad draufstand, da war auch Meinrad drin. Kein Regisseur, kein Dramaturg – nur purer Meinrad.

»Ein Genie muss man gewähren lassen«, ließ Haeusserman vernehmen und hob abwehrend die Hände, wenn er nach früheren Regieanweisungen gefragt wurde, die mit dem Eintritt Meinrads in den Probenprozess ihre Gültigkeit plötzlich verloren zu haben schienen.

»Ja, aber was ist mit uns?«, fragte Otto Kerry, der Darsteller des Max.

»Du, mein Lieber, bist ein guter Schauspieler«, antwortete Haeusserman so diplomatisch, wie er nur konnte. Was er damit eigentlich meinte, war: Du bist leider kein Genie.

Genial oder nicht – der Probenverlauf nahm zum allerersten Mal wirklich Fahrt auf. Meinrad bahnte sich gekonnt den Weg durch den Schnitzler'schen Text und die anderen folgten. Mit jedem Satz wurde er größer und besser und die Bühne schrumpfte zusammen auf den einen Meter, der ihn umgab. Irgendwann, mitten in den *Weihnachtseinkäufen*, war die Luft aufgebraucht, so sehr, dass da nichts mehr zwischen Meinrad und Schnitzler zu passen schien, und folgerichtig fiel die Darstellerin der Gabriele fast von der Bühne. Im letzten Moment fing sie sich, strauchelte aber und setzte sich schließlich auf den eigenen Hintern. Meinrad hatte sie wortwörtlich umgespielt.

»Aus«, rief Haeusserman. Irgendetwas war schiefgegangen. Die Schauspieler hörten auf zu spielen und standen, nun zu

Statisten in einem Stück degradiert, dessen Text sie nicht kannten, verloren auf der Bühne herum. Der Rest saß stumm und auf den Kanten ihrer Sitze im Publikum. Johanna konnte an Haeussermans Gesicht sehen, dass er äußerst unzufrieden war, und an der Brille, die er nervös von der Nasenspitze zur Nasenwurzel schob, vor und zurück, vor und zurück, bis er sie irgendwann abnahm und darauf herumkaute. So verließ er wortlos den Raum.

Während die anderen zu tuscheln begannen, stand Johanna leise von ihrem Sitz auf und folgte Haeusserman unauffällig hinaus. Sie fand ihn vor dem Bühneneingang, in den Himmel starrend.

Eine ganze Weile standen die beiden so still nebeneinander und betrachteten den blauen Vormittagshimmel. Irgendwann drehte sich Haeusserman zu Johanna um und sah ihr direkt ins Gesicht.

»Eigentlich interessiert mich die Meinung meiner Schauspieler nicht.«

»Gut«, sagte sie, wartend, fast lauernd auf das, was dem folgen sollte.

»Aber das«, er zeigte auf den Bühneneingang, »wird nichts.«

»Nein«, stimmte sie ihm zu.

»Verdammt«, fluchte er leise.

»Es liegt nicht an ihm«, sagte Johanna.

»Ich weiß«, antwortete Haeusserman. »Die anderen kommen dagegen nicht an.«

Johanna nickte.

»Keine.«

Wieder nickte sie zustimmend.

»Nur du.«

Das war es. Jetzt hatte er ausgesprochen, was Johanna längst wusste. Das hier war der entscheidende Augenblick ihrer Karriere. Wie seltsam, dass dieser Moment nicht auf der Bühne stattfand, sondern auf den Treppenstufen neben dem Theater.

Haeusserman atmete einmal tief durch, legte seine Hand auf Johannas Schulter und schaute sie dann ernst durch die dicken Brillengläser an.

»Es war mein Fehler, ihn zu besetzen. Es liegt also auch an mir, das Ganze nicht in einem Desaster enden zu lassen.«

»Ja«, stimmte ihm Johanna zu.

Alles umsonst. Die Kämpfe mit Georg, die vielen Proben, das ständige Herumgeschubse von Lore, die vielen ermüdenden Fahrten in den zehnten Bezirk. Es tat so weh sich vorzustellen, dass dies alles gewesen sein sollte. Haeusserman würde die Proben abbrechen, ein Ersatzstück ansetzen und sie würde zurückgehen nach Hause, heim zu Mann und Kind in ihre Villa in Döbling, als Hausfrau und Mutter. Sie kämpfte mit den Tränen.

»Deshalb wirst du sie spielen.«

»Natürlich«, antwortete Johanna geistesabwesend.

»Alle.«

Da wachte sie auf, wie aus einem bösen Traum. »Wen alle?«, fragte sie.

»Alle Frauen. Du wirst sie *alle* spielen. Nur du, Johanna, kannst das Stück noch retten. Nur du.«

Er klang dabei nicht unbedingt enthusiastisch, sondern mehr so, als hätte er resigniert. Dass er einfach so zum vertrauten Du übergegangen war, hatte Haeusserman nicht einmal bemerkt. Er klopfte ihr ein weiteres Mal auf die Schulter und ging durch den Bühneneingang zurück ins Haus, während Johanna, die nicht begreifen konnte, was gerade geschehen war, erst Tage später realisierte, dass dies gerade eben tatsächlich der entscheidende Augenblick ihrer Karriere gewesen war.

1952

Es dauerte Monate, aber als der Sommer sich dem Ende zuneigte, war die Villa so weit wiederhergestellt, dass man sie als repräsentabel bezeichnen konnte. Also mähte Johanna, Nestroy deklamierend, den Rasen, zog sich ein neues karminrotes Kleid an und machte sich daran, die Gäste, die Georg aus dem Ministerium eingeladen hatte, mit ihrem Charme und Zigarettenrauch einzunebeln, damit niemandem auffiel, dass das Essen mäßig bis schlecht war.

Sie hatte sich ja alle Mühe gegeben, ein anständiges Gulasch zu kochen, aber, wie Georg treffend feststellen musste, da war wohl nicht viel zu retten. Zum Glück war es an diesem späten Augustabend so unfassbar heiß, dass die Lust der Gäste nach heißen Speisen sich in Grenzen hielt. Sie servierten einfach nur kellerkalten Veltliner in Dopplerflaschen und jede Menge Knabbereien. Als alle betrunken waren, brachte Johanna schließlich auch das Mitternachtsgulasch auf den Gartentisch.

Sie hatten unter den großen Bäumen eine weiß eingedeckte Tafel aufgebaut und Georg hatte vom Heurigen nebenan, der heute nicht ausgesteckt hatte, tatsächlich eine Lichterkette ausgeborgt, die nun bunt über ihren Köpfen leuchtete. Johanna schleppte das alte Grammofon des Erbonkels aus dem Haus und legte eine Carusoplatte nach der nächsten auf.

Das alles wäre nicht weiter beeindruckend gewesen, aber natürlich wusste Johanna, wie man einen Abend spektakulär inszenierte, und so gab sie, die Zigarettenspitze in der Hand und stärker geschminkt als üblich, die Femme fatale, von der, wie sie annahm, alle kleineren und größeren Ministeriumsbeamten träumten. Und in der Tat verfehlten das neue Kleid mit dem tiefen V-Ausschnitt am Rücken und Johannas einstudiertes Lachen nicht ihre Wirkung. Georgs Chef war, das ließ sich eindeutig sagen, mehr als nur beeindruckt von »der Neuendorff«.

»Charmant!«, rief er aus und küsste Johannas Hand. »Äußerst charmant!«

»Oh, Sie schmeicheln mir!«, entgegnete Johanna, lachte schrill und warf dabei den Kopf in den Nacken.

»Nein, wirklich, mein lieber Georg! Ich muss schon sagen, du hast wohl die entzückendste Person zur Frau, die man sich nur vorstellen kann!«

Noch ein Handkuss und Johanna hakte sich bereitwillig bei Georgs Vorgesetztem unter, um ihm den Garten zu zeigen.

»Das hier«, Johanna deutete auf ein Gewächs mit rosafarbenen Blüten, »ist ein ganz besonderer Schatz von mir. Diese *calfizie exorditae* hab ich erst kürzlich von meinem lieben Freund und Kollegen Josef Meinrad bekommen.«

Sowohl der lateinische Name wie auch der erwähnte Umstand, sie habe die Pflanze als Geschenk vom Meinrad erhalten, waren falsch. Johanna sprach gar kein Latein und der Meinrad verschenkte viel lieber Schnittblumen, aber Johanna fand großen Gefallen an der Rolle der mondänen Hausfrau mit einem Händchen fürs Gärtnern. Noch größeren Gefallen fand sie daran, wie Georg zu ihr und seinem Chef hinüberspähte, um mit einem sorgenvollen Stirnrunzeln Johannas Vortrag über die Flora Döblings zu verfolgen.

»Ach, und dies hier ist meine gute Freundin, die *urbania externensis gorensis!*«, rief Johanna laut aus. »Die Paula hat mir einen Ableger überlassen.«

»Die Wessely?«, fragte Georgs Chef mit vor Bewunderung weit aufgerissenen Augen.

Johanna nickte nur und freute sich sehr über ihr gelungenes Husarenstück.

»Und zu guter Letzt dieser Baum!«, rief sie aus und deutete auf einen der hässlichen alten Thujenbüsche. »Was glauben Sie, wer den einst gesetzt hat?«

»Sie machen es spannend!«, sagte der Chef, der förmlich an Johannas rot geschminkten Lippen hing.

»Er!«, stieß sie mit zitternder Stimme hervor. »Er selbst: Moissi!«

Da stutzte der Mann kurz und sagte: »Aber ich dachte, das Haus hat Georgs Erbonkel gehört? Hatte der denn auch Verbindungen zum Theater?«

Da legte Johanna sanft ihre Hand auf den Unterarm des Ministerialbeamten, beugte sich leicht vor und raunte: »Der liebe Onkel war ja ein Verehrer von Moissis erster Frau. Wenn ich es mal mit Verehrer umschreiben darf.« Sie zwinkerte vielsagend.

»Ach!«, stieß der Mann hervor.

»Ja, ja. Und die beiden Männer haben sich ja gleichfalls gut verstanden. Der Moissi war da nicht so. Der teilte gerne. In diesem Fall sogar einen Baum.«

»Strauch«, korrigierte sie Georgs Chef, »wenn es erlaubt ist, das zu sagen.«

Über diesen Einwand ging Johanna großzügig hinweg. »Noch etwas zu trinken, mein Lieber?«

Später, als die Gäste alle gegangen waren und Johanna sich das rote Kleid ausgezogen und die unbequemen Schuhe zur Seite gestellt hatte, fläzte sie sich in Unterwäsche auf das alte Sofa im Salon und nippte an einem Glas mit Portwein, den Georgs Chef mitgebracht hatte. Georg, der sie dabei beobachtete, sagte schließlich: »Das war ja heute eine erstklassige Vorstellung, die du da gegeben hast.«

»Was meinst du?«

»Na ja, die lateinischen Blumennamen, das Kleid und so weiter. Nur dass du meinen armen Onkel in einen Nebenbuhler von Moissi verwandelt hast, das fand ich dann doch wieder übertrieben und ich bin mir ziemlich sicher, dass mein Chef dir die Geschichte nicht geglaubt hat.«

Johanna setzte sich aufrecht hin. »Du findest, ich war peinlich?«

Georg goss sich nun selbst einen Port ein und kippte ihn in einem Zug hinunter. »Du musst auch immer übertreiben, Johanna. Weißt du, du bist eine gute Schauspielerin, keine Frage, aber alles hat seine Grenzen.«

»Aha«, sagte sie und stellte das Glas auf dem Couchtisch ab, »und du glaubst, du kennst meine Grenzen?«

»Zumindest deine darstellerischen.«

Da stand Johanna wortlos vom Sofa auf, baute sich vor ihrem Mann auf, sah ihm direkt in die Augen und sagte: »Du wirst dich noch wundern, was ich alles kann!«

Es klang wie eine Kriegserklärung. Und als wollte er das Feuer erwidern, schoss Georg zurück: »Jedenfalls kannst du nicht kochen. Das Gulasch war mies.«

Da holte Johanna aus und wollte ihm schon eine Ohrfeige geben, als dieser blitzschnell reagierte und ihre Hand festhielt. Eine Weile lang blieben sie so voreinander stehen, als hätte man den Film plötzlich angehalten, dann ließ sie die Hand langsam wieder hinabsinken. Schließlich sagte sie leise: »Vielleicht hätte ich mit unserem Kind sterben sollen. Als tote Mutter würdest du mich wenigstens achten.«

Georg ließ vor Schreck ihren Arm los, Johanna schnappte sich ihr rotes Kleid und stolzierte aus dem Raum. Sie wusste, dass sie gewonnen hatte. Aber zu welchem Preis?

1961

Böses Blut war vielleicht nicht der richtige Ausdruck. Blut konnte ja wohl nicht böse sein. Nein, vergiftet traf schon eher zu. Johanna überlegte kurz. Ja, Blutvergiftung war eindeutig das richtige Wort. Zumindest war es das, was ihr ihre Kolleginnen sicher wünschten, nachdem Haeusserman verkündet hatte, dass er sämtliche Frauenrollen mit Johanna zu besetzen gedachte. Otto Kerry sagte daraufhin: »Na, da kann einer ja froh sein, dass er ein Mann ist. Sonst hätt' mich die Johanna am Ende auch noch ersetzt.«

Und nun begegneten ihr die Damen des Ensembles mit ausgesuchter Feindseligkeit, weil Johanna, die ja ursprünglich gar nicht für die Cora vorgesehen gewesen war, nun gleich alle sieben Frauenrollen auf einmal übernehmen sollte. Dabei war dies ja durchaus nicht Johannas Idee gewesen, ebenso wenig wie die Besetzung der Titelrolle mit Josef Meinrad. Aber wenn der Herr Direktor das so ansetzte, da würde sie ja wohl nicht dagegen protestieren.

Dagegen konnte man nichts machen. Außer zu spielen. Mit dem Druck im Nacken, den nur derjenige verspürte, der sich gerade viele Feinde gemacht hatte, die darauf zu warten schienen, dass man strauchelte und fiel.

»Mach dir nichts draus, Johanna«, hatte es der Meinrad formuliert, »man gönnt manch Heiligem die Dornenkrone nicht.«

Johanna hatte nur genickt und gedacht, wie sehr ihr die frommen Sprüche des Meinrad mitunter auf die Nerven gingen. Aber bitte, dann spielte sie eben sieben Frauen anstelle der einen. Den Text lernte sie innerhalb weniger Tage und bei der nächsten Probe war sie schon vollkommen in der Materie drinnen. Nun gab es für sie kein Halten mehr.

Der Probenverlauf war durch die stark zusammengeschrumpfte Besetzung weitaus intensiver, weil ja alle drei Schauspieler, Meinrad, Kerry und Johanna, quasi ständig im Einsatz waren und sie sich so, Szene für Szene, den *Anatol* neu erarbeiten mussten.

Dass man bei Tag so viel zusammen war, brachte es mit sich, dass man sich abends, selbst wenn man keine Vorstellung zu spielen hatte, nur mehr schwer voneinander trennen konnte. So kam es etwa vor, dass der Meinrad Johanna oft noch nach der Probe ein Stück zu Fuß begleitete und mit ihr manchmal eine kurze Szene gemeinsam durchgehen oder einzelne Sätze besprechen wollte. Sie landeten nicht selten im Volksgarten, wo sie auf einer kalten Parkbank zu sitzen kamen und redeten und redeten und kein Ende finden konnten. Zum ersten Mal seit langer Zeit hatte Johanna das Gefühl, wieder ernst genommen zu werden, als Schauspielerin, als Partnerin, die sie ja im Stück für den Meinrad war, als ganzer Mensch. Die Stunden mit Meinrad flogen nur so dahin und sie genoss die Tatsache, dass sie sich hier, mit ihm, nicht zu verstellen brauchte. Sie war in diesen Stunden ganz sie selbst. Und sie war schon so lange nicht mehr sie selbst gewesen, dass sie diesen Umstand nach Kräften auszukosten wusste.

In der Folge wurde es oft spät und immer später, bis sie Lore aus Favoriten abholte, um sie dann, quengelnd und übermüdet, den weiten Weg nach Döbling zu transportieren, nur um sie am kommenden Morgen wieder zurück in die Favoritener Wohnung zu bringen und sie in die Obhut der stummen Tante zu geben. Und obwohl der Meinrad ein teures Auto besaß, war er nie auf die Idee gekommen, Johanna ein Stück weit mitzunehmen.

Nach ein paar Tagen gab Johanna auf und ließ Lore ganz bei Mutter und Tante, ohne das in irgendeiner Art und Weise mit Georg abzusprechen. Als dieser abends spät, so wie immer, aus dem Ministerium kam, fand er nur ein verwaistes Bettchen und eine leere Gehschule vor. Johanna war nicht da. Also nahm er sich ein Bier aus dem Keller, setzte sich auf die Treppe und wartete.

Irgendwann, es war längst dunkel und nach zehn Uhr abends, erschien Johanna und wäre im dunklen Stiegenhaus fast über ihren Mann gestolpert.

»Was tust du denn da?«, fragte sie ganz verblüfft. »Und wieso machst du kein Licht?«

Ohne auf ihre Fragen einzugehen, ging Georg zum Gegenangriff über. »Wo ist sie?«, fragte er.

»Lore?«

»Haben wir noch ein anderes Kind? Ja, natürlich Lore.«

Johanna knipste das Licht an. Im schwachen Schein der Lampe über ihrer beider Köpfe konnte sie die tiefen Ringe unter Georgs Augen erkennen und wie grau sein Gesicht wirkte. Außerdem hatte er, von ihr gänzlich unbemerkt, einige graue Strähnen an den Schläfen bekommen.

»Sie ist bei meiner Mutter«, sagte Johanna.

»Und für wie lange gedenkst du unser Kind nach Favoriten zu deiner kleinbürgerlichen Mutter und deiner schwachsinnigen Tante abzuschieben?«, wollte Georg wissen.

»Ich schiebe sie nicht ab«, wehrte sich Johanna, der die Wut ins Blut schoss.

Da stand Georg auf und schaute Johanna direkt ins Gesicht, sodass sie seinen Bieratem riechen konnte. »Morgen ist sie wieder hier, verstanden?«

»Und wie soll das gehen?«, fragte Johanna entrüstet. »Ich hab Probe! Nächste Woche ist Premiere! Willst du etwa daheimbleiben und auf unser Kind aufpassen?«

»Nein, du wirst das tun!«, donnerte Georg. »Es ist deine Aufgabe. Du hast mir versprochen, du würdest für unser Kind da sein! Erinnerst du dich?«

»Hast du mir nicht zugehört? Ich hab Premiere!«

»Und ich hab die Nase voll!«, rief Georg. »Morgen ist das Kind wieder da, oder ich ziehe hier andere Saiten auf.«

Georg drehte sich auf dem Absatz um und stapfte die Treppe hinauf.

»Mach dich nicht lächerlich!«, rief ihm Johanna hinterher. »Die Rolle des despotischen Ehegatten steht dir gar nicht.«

Doch Johanna beschlich das ungute Gefühl, dass hier das letzte Wort noch nicht gesprochen war.

1961

Als sie am Morgen das Theater betrat, nahm sie der Portier beiseite.

»Hören Sie, Frau Neuendorff, da braut sich was zusammen.«

Der Mann wirkte sehr bedrückt und Johanna konnte ihm ansehen, dass sie ihm offenbar leidtat.

»Was braut sich denn zusammen?«, wollte sie wissen.

Der Portier druckste ein bisschen herum und sagte dann verlegen: »Das wird man Ihnen wohl erzählen, wenn Sie hinaufgehen. Aber ich dachte, ich warne Sie besser mal vor.«

»Ich würde mich ja bedanken, wenn ich wüsste wofür«, gab Johanna zurück.

»Gehen Sie ruhig«, forderte der Mann sie auf. »Aber von mir wissen S' des net.«

»Was weiß ich denn nicht von Ihnen?«, fragte Johanna, aber jetzt schüttelte der Portier nur noch den Kopf und Johanna machte sich daran, die Treppenstufen zu erklimmen, als sie auf dem Halbstock in ihren eigenen Ehemann hineinrannte.

»Was tust du hier?«, fragte Johanna völlig konsterniert.

»Küss die Hand, gnä' Frau!«, sagte Georg nur, deutete spöttisch eine Verbeugung an und ging einfach an ihr vorbei, so als wäre es das Normalste der Welt, mitten am Tag im Theater vorbeizuschauen und seiner Frau kurz die Hand zu küssen. Noch ehe Johanna ihn fragen konnte, was das alles zu bedeuten hatte, war er schon zur Tür raus.

»Setzen!«, befahl Haeusserman, als Johanna in sein Büro trat.

»Danke, ich stehe lieber«, erwiderte sie. So gern sie sich der kreativen Führung dieses Mannes bei den Proben anvertraute –

befehlen ließ sie sich nichts, von niemandem. Schon gar nicht außerhalb des Probenraums.

»Bitte, wenn du es so willst«, sagte Haeusserman, ließ sich müde in den Sessel hinter seinem Schreibtisch fallen und rückte die Brille auf der Nase gerade.

»Du bist draußen«, sagte er.

»Wo draußen?«, fragte Johanna, obgleich sie schon wusste, was er meinte.

»Ich muss die Aufführung absagen.«

»Du musst was?«, rief Johanna.

»Du hast mich schon gehört. Der *Anatol* ist gestrichen. Stattdessen spielen wir Schiller.«

»Welchen Schiller?«

»Ist doch scheißegal!«, brüllte Haeusserman, ganz entgegen seinem Naturell, plötzlich los. »Irgendeinen beschissenen Schiller, verdammt noch einmal! Sind doch alle gleich gut!«

Johanna faltete die Arme vor der Brust. »Das hat nicht zufällig mit dem Besuch meines Ehemanns hier zu tun?«

Haeusserman nahm seine Brille ab, wischte sich mit der Hand übers Gesicht und sagte dann, leise und bedächtig: »Ich kann dir ja nicht einmal einen Vorwurf machen. Immerhin war ich es, der dir gesagt hat, ich würde nie nach der Einverständniserklärung deines Mannes fragen. Bin ja selbst schuld. Hätte ich mir ja denken können, dass das nicht gut gehen kann. *Anatol!* Wer spielt auch ungestraft *Anatol* an seinem Haus?!«

Doch Johanna hörte nicht mehr zu. In ihren Ohren rauschte es und eine Welle aus Zorn schwappte über sie hinweg. Er hatte es tatsächlich getan. Georg war wirklich und wahrhaftig ins Theater marschiert und hatte ihr ein Auftrittsverbot verpasst, aus keinem anderen Grund, als dass er es konnte – weil er ihr Ehemann war. Oh, aber das würde nicht so bleiben. Nein, gewiss nicht. Jetzt sollte er sie kennenlernen!

»Ich muss los«, sagte sie. »Unternimm bitte nichts«, bat sie Haeusserman, »bis ich zurück bin.«

»Du weißt schon, wer hier der Direktor ist und wer die Schauspielerin?«, gab Haeusserman zu bedenken. Dann aber, als er Johannas wild entschlossene Miene sah, gab er nach. »Gut, ich gebe dir vierundzwanzig Stunden. Stimm ihn um, wenn du kannst. Aber ich brauche es schriftlich. Verstanden?«

Johanna nickte stumm, klopfte dreimal auf den Holztisch des Herrn Direktor und lief dann, so schnell sie ihre Beine in den grünen Wildlederpumps trugen, hinaus. Sie würde ihn umstimmen. Und wenn es ihre Ehe kostete. So wie Johanna die Dinge sah, wäre dieser Preis nicht allzu hoch.

1952

Johannas denkwürdiger Auftritt im roten Kleid hatte seine Wirkung nicht verfehlt. Schon bald wurden sie zum Abendessen bei Georgs Chef eingeladen, wo Johanna sich auffällig zurückhielt und stattdessen die elegante, schweigsame Dame von Welt gab. Wie sie dort in einem blauen Taftkleid aus dem Kostümfundus des Theaters und mit Zigarettenspitze beim Esstisch saß, hatte sie etwas ungemein Mondänes. Das Kleid hatte sie heimlich entwendet, weil sie außer dem roten keines besaß, das dem Anlass angemessen gewesen wäre, es aus einer der wenigen zeitgenössischen Produktionen stammte und ihr tatsächlich halbwegs passte, obwohl es eigentlich einer Kollegin gehörte. Sie hätte natürlich auch die samtblaue Nachtrobe der Julia wählen können, aber da wäre dann womöglich doch einem der anderen Gäste aufgefallen, dass es sich hierbei um ein Kostüm handelte und nicht um ein gewöhnliches Abendkleid. In jedem Fall hatte Johanna sich für diesen Abend in Blau gesehen und voilà, nun saß sie brav bei Tisch, blies den Rauch zwischen ihren tiefrot geschminkten Lippen hervor und zog alle Blicke auf sich. Georg kam nicht umhin anzuerkennen, dass ihn seine Frau eindeutig interessanter machte, als er womöglich war. Hätte er so ein Mäuschen geheiratet wie sein Kollege Müllnerfelder, eine frühere Kindergärtnerin mit Hang zu grauen Wollkostümen, dann hätte ihm sein Chef beim Abschied womöglich nicht die Hand gereicht und ihm, so ganz im Vertrauen, zugeraunt, dass er ihn für einen außergewöhnlichen Mann hielt und ihn für einen leitenden Posten vorschlagen würde. Er tat dies mit einem teils bewundernden, teils ziemlich offen lüsternen Blick auf Johanna, die sich gerade von Müllnerfelder in den Mantel helfen ließ. Eigentlich wäre sein Kollege dran gewesen befördert zu werden. Müllnerfelder war schon ein Jahr länger im Ministerium als er selbst. Georg ahnte also, wem er den Umstand, dass er sich so rasch auf der Karriereleiter nach oben bewegte, zu verdanken hatte.

»Na, das war ja wieder einmal eine Vergeudung von Lebenszeit«, sagte Johanna, als sie wieder zu Hause in Döbling waren.

»Nicht ganz vergeudet«, verbesserte Georg seine Frau. »Mein Chef hat mir hinter vorgehaltener Hand zugesagt, dass ich befördert werde.«

»Aha«, sagte Johanna nur, während sie die ebenfalls aus dem Theaterfundus entwendeten Ohrringe auf dem Küchentisch ablegte. »Hattest du nicht erzählt, dein Kollege sei eigentlich an der Reihe, eine noch langweiligere, aber dafür besser bezahlte Position zu bekommen?«

»Meine Position ist nicht langweilig.«

Das trug ihm einen ironischen Blick Johannas ein.

»Na gut, ein bisschen«, gab er zu. »Es kann ja nicht jeder an der Burg arbeiten.«

»Nein, das ist wahr. Nur arbeite ich nicht an der Burg, sondern in einem Drecksloch mit Namen Ronacher.«

»Das wird schon noch«, tröstete Georg sie halbherzig, während er sich an einem Einmachglas mit Birnen zu schaffen machte, das er nicht aufbekam. Er zog und zog an dem Gummi des Glases, aber es rührte sich nichts. Irgendwann konnte Johanna das Elend nicht mehr mit ansehen und forderte ihn auf: »Gib schon her.«

Sie griff nach dem Glas, das ihr Georg zögernd übergab, zog mit aller Kraft bis es knackte und reichte es ihrem Mann zurück.

»Danke«, sagte er, erstaunt darüber, dass Johanna etwas mühelos zu schaffen schien, woran er gerade gescheitert war.

»Kann ich auch eine Birne haben?«, fragte Johanna.

Georg griff ins Glas, zog eine der halbierten eingelegten Birnen heraus und übergab sie Johanna, die hineinbiss.

»Gott, bin ich hungrig«, gab sie zu.

»Ich auch«, stimmte Georg kauend mit ein. »Die Portionen heute Abend waren winzig!«

»Im Ernst, wer wird davon denn satt?«, fragte Johanna, die bereits nach einem zweiten Stück Obst griff, das Georg ihr mit triefenden Fingern ungefragt hinhielt.

»Keine Ahnung«, gab er zu. »Ich jedenfalls nicht. Haben wir noch Brot im Haus?«

»Voschussblot«, antwortete Johanna mit vollem Mund.

»Bitte was?«, fragte Georg und begann zu lachen, weil seine Frau mit vollem Mund kauend nicht zu verstehen war. Dann öffnete er eine Bierflasche und reichte sie ihr mit den Worten: »Hier, zum Runterspülen.«

Johanna trank einige große Schlucke. »Mah, danke! Das hab ich jetzt gebraucht!«

»Das hab ich gemerkt«, sagte er.

»Vorschussbrot«, sagte sie. Georg schaute sie fragend an. »Die Antwort auf deine Frage, haben wir noch Brot im Haus, lautet: ja, Vorschussbrot.«

»Wunderbar«, sagte er. »Wo?«

»Dort!« Johanna deutete in eine Ecke der Küche. »Unter dem Karton mit dem Schuhputzzeug.«

»Heilige Ordnung«, sagte Georg trocken. »Was macht das Schuhputzzeug in der Küche?«

»Na, ich hab doch vorhin deine Ausgehschuhe geputzt«, erklärte sich Johanna. »Damit du mir bei deinem Chef keine Schande machst.«

»Ach so – danke«, antwortete Georg.

»Manchmal«, fügte Johanna hinzu, »benehme ich mich nämlich so, als wäre ich deine treu sorgende Ehefrau.«

»Manchmal«, ergänzte Georg, »kommt es mir so vor, als hätte ich das nicht unbedingt verdient.« Er schnitt eine Scheibe des Brotes ab und gab sie Johanna.

»Manchmal«, sagte sie, »hast du recht.«

Georg sah sie lange an und leise, ganz leise konnte er sich selbst sagen hören: »Entschuldige bitte. Ich war ein Idiot.«

Sie ließ sich Zeit mit ihrer Antwort. Dann sagte sie, ebenso leise: »Angenommen.«

»Waffenstillstand?«, fragte er.

»Ich wusste nicht, dass wir Krieg führen«, sagte Johanna.

Da ließ Georg Brot, Birnen und Bier stehen, ging auf seine Frau zu, zog sie in seine Arme und hielt sie fest so wie schon lange nicht mehr und Johanna ließ es geschehen. Man musste wissen, wann ein Kampf seinen Sinn verloren hatte.

1961

Sie stieß mit großer Kraft die Gartenpforte auf und ließ sie einfach offen stehen, ganz so, als würde sie nicht beabsichtigen, lange zu bleiben – ein Fluchtweg zurück in eine andere Wirklichkeit, in der ihre Meinung und ihr Können etwas galten. Hinter diesen Mauern lag nichts als Fron. Dennoch steckte sie den Schlüssel in die Haustür, öffnete sie mit Schwung, stand nun mitten im Flur und begann zu rufen. Sie hätte auch geschrien, aber das war nicht mehr nötig – Georg hatte sie offenbar gehört und tauchte am oberen Treppenabsatz auf.

»Oh, gut, du bist zurück«, stellte er fest.

»Und du bist ein mieses Arschloch«, schleuderte sie ihm entgegen.

Georg schritt langsam die Treppe herab. Johanna bebte vor Zorn. Es fehlte nicht viel, und sie hätte ihm direkt mit der flachen Hand ins Gesicht geschlagen.

»Guten Abend, Johanna«, sagte er.

»Mach das rückgängig!«, forderte sie.

»Nein«, antwortete Georg. »Du bist meine Frau, ob dir das jetzt passt oder nicht, und du wirst nicht mehr am Theater auftreten, bis unsere Tochter alt genug ist, dass wir sie in die Hände einer Kinderfrau geben.«

»Dann lass ich mich scheiden!«

Georg nickte. »Tu das. Aber unsere Tochter bekommst du dann nicht mehr zu sehen.«

»Du hast mich betrogen, nicht umgekehrt. Das würde ein Scheidungsrichter sicher genauso sehen!«

»Nicht nachdem ich ihm erzählt habe, was du so am Semmering getrieben hast und mit wem.«

»Ich hab gar nichts getrieben!«, schrie Johanna.

»Da hatte der Portier des Panhans aber einen gänzlich anderen Eindruck.«

»Du hast mir nachspioniert?«, fragte Johanna fassungslos.

»Als hättest du mir eine andere Wahl gelassen!«, erhob nun auch Georg seine Stimme.

»Ausgerechnet du«, sagte Johanna, »der feine Herr, der so gerne im goldenen Hotelzimmer seine Untergebene pudert.«

»Hör dich doch nur an!«, zischte Georg. »So ordinär! Da merkt man endlich, aus welchem Stall du kommst, Johanna Jedlicka aus Favoriten!«

Plötzlich hörten sie Schritte. Da war jemand an der Tür – und stand plötzlich zwischen ihnen. Irritiert sah Johanna in das vom Weinen aufgequollene Gesicht ihrer Mutter.

»Was machst du denn hier?«, fragte Johanna, mehr erstaunt als verärgert. Dann kam ihr ein Gedanke – ein schrecklicher, unheilvoller Gedanke. »Wo ist Lore?«

1961

»Noch einmal von vorne«, sagte Georg. »Wann hast du sie das letzte Mal gesehen?«

»Heute in der Früh«, antwortete Johannas Mutter schluchzend, während sie sich mit zittrigen Fingern an ihrem Wasserglas festhielt.

»Wo?«

»Na ja, daheim natürlich. In der Küche. Da saß die Mitzi mit Lore auf dem Schoß und hat sie gefüttert, als ich zu den Meyers gegangen bin.«

Johanna konnte aus den Augenwinkeln beobachten, wie Georg um seine Beherrschung kämpfte.

»Wusstest du das?«, wollte er von Johanna wissen. »Wusstest du, dass deine Mutter stundenlang putzen geht und unsere Tochter bei Mitzi lässt?«

Den Namen Mitzi spuckte er aus, als schmeckte er nach verdorbenem Fisch.

»Das spielt doch keine Rolle«, sagte Johanna ausweichend. »Wichtig ist nur, dass wir sie jetzt finden. Hast du mit den Nachbarn geredet? Hat irgendjemand die beiden gesehen?«

»Nein«, stieß die Mutter schluchzend hervor. »Ich hab alle gefragt, im ganzen Haus. Ich weiß wirklich nicht, wo sie hingegangen sein könnten.«

In Johanna breitete sich die Angst immer weiter aus, kroch bis in die Fingerspitzen und bis in jedes einzelne Haar auf ihren Armen. Das Kind war weg. Und mit ihm die Tante, die liebe, stumme, schwachsinnige Mitzi.

»Das ist deine Schuld«, sagte Georg und sah dabei Johanna an. »Alles ist deine Schuld.«

»Aber sicher ist es das, weil es ja immer alles meine Schuld ist, nicht wahr mein Göttergatte?«, blaffte Johanna zurück. »Deine lächerliche Affäre mit dieser billigen Büroschlampen und nun das. Ach, und ganz besonders ist es meine Schuld, weil ich Rabenmutter es vorgezogen habe, zu arbeiten, statt auf mein Kind aufzupassen! Was hab ich mir nur dabei gedacht?«

»Gar nichts hast du dir gedacht!«, schrie Georg sie an. »Das tust du ja nie! Du gehst einfach deinen Weg und alle anderen sind dir egal. So war das immer schon und so wird es immer sein. Lore und ich sind dir doch vollkommen blunzn! Alles, was dich interessiert, ist deine verdammte Schauspielerei!«

Die Mutter schluchzte auf. »Kinder, nicht streiten, das bringt doch nichts!«, bat sie, aber die beiden achteten gar nicht auf sie, schrien sich einfach über ihren plötzlich so früh ergrauten Mutterkopf hinweg an.

»Na, wenigstens gibt es noch etwas, das mich innerlich am Leben hält, im Gegensatz zu dir! Du bist doch mit unserem Sohn zusammen gestorben.«

Sie wusste, dass sie zu weit gegangen war. Eine Ohrfeige hätte ihn nicht halb so schlimm treffen können wie das. Und mit einem Mal fühlte sie Mitleid mit ihm. Ihre ganze Wut war plötzlich verpufft.

»Lass Georg aus dem Spiel«, sagte ihr Mann leise, aber es klang nicht mehr zornig, sondern nur noch unendlich müde, sorgenvoll und traurig.

Johanna nickte. Sie hatte verstanden. Sie würde diese Linie kein zweites Mal überschreiten.

»Ja«, sagte sie, nun ebenso leise. Dann wandte sie sich ihrer Mutter zu. »Komm jetzt, Mama. Wir fahren zu euch in die Wohnung. Vielleicht sind sie schon wieder zurück.«

»Und falls nicht?«, fragte die Mutter ängstlich.

1952

Sie gingen ihrer Wege, jeder seiner eigenen. Für Georg führte er in ein neues Büro, mit neuer Sekretärin, mehr Gehalt und noch mehr Überstunden. Johannas Weg führte sie direkt von Schiller zu Shakespeare, allerdings war aus der hochgelobten Julia nun plötzlich eine Hero geworden. Die Rolle war nett, gab aber nicht ganz das her, was eine Beatrice geboten hätte. Dennoch – die Kritik lobte Johannas Darstellung mit den Worten: »Neuendorffs Hero in der Neuinszenierung von Shakespeares *Viel Lärm um nichts* war in ihrem weißen Kostüm hübsch anzusehen und gefühlvoll gespielt.«

»Gefühlvoll!«, redete Johanna sich am Tag nach der Premiere in Rage, wild mit der Zeitung herumwedelnd.

»Was ist schlecht an gefühlvoll?«, fragte Georg beiläufig, als er in seinen Morgenkaffee schaute, ohne den er, dank überhandnehmender Stunden im Ministerium, kaum ein Auge aufbekam.

»Gefühlvoll ist kurz vor rührend und rührend ist der Tod!«, ereiferte sich Johanna weiter. »Rührend ist Heimatfilmniveau!«

»Aber dein Meinrad spielt doch in solchen Heimatfilmen mit«, warf Georg ein. Mehr hatte es nicht gebraucht, schon flog seine Tasse Kaffee an die Küchenwand, die sie zum Glück noch nicht neu gestrichen hatten, einfach weil ihnen bislang die Zeit dazu gefehlt hatte.

»Könntest du ja auch machen«, schlug er todesmutig vor.

Zweite Kaffeetasse, diesmal dicht an seinem Ohr vorbei.

»Sonst noch Vorschläge, Herr Minister?«, fragte Johanna lauernd, ob sein nächster Satz wohl noch einen Teller rechtfertigen würde oder vielleicht einen der vom Erbonkel in ihren Besitz übergegangenen Eierbecher. Mitsamt Frühstücksei.

»Ja, einen«, sagte Georg. »Such dir eine Rolle, bei der du nach der Aufführung das Geschirr behalten darfst. Unseres wird langsam knapp.«

»Das«, sagte Johanna und stach mit ihrem Messer schwungvoll ins Frühstücksei hinein, »dürfen nur die Mädchen, die mit der Requisite schlafen.«

»Und alle anderen müssen sich ihr Geschirr selber kaufen?«, wollte Georg wissen.

»Aber nein, Liebster, wo denkst du hin!« Johanna lachte auf. »Wir anderen stehlen das Geschirr natürlich. Warum, glaubst du, hab ich den zukünftigen Justizminister geheiratet, wenn nicht um mich vor der Justiz zu schützen?«

»Also, ich kann dir nicht versprechen, dass ich einmal Justizminister werde«, warf Georg ein.

Da stand Johanna vom Tisch auf, knallte ihre Zeitung auf den Sessel und sagte: »Vielleicht musst du etwas *gefühlvoller* an dein Karriereziel herangehen, Liebster. Ich beabsichtige nämlich diese Tassen und Eierbecher«, sie deutete auf den Scherbenhaufen hinter Georg, »mittels ausgedehnter Raubzüge durch den Theaterfundus zu ersetzen. Und wenn du nicht willst, dass deine Ehefrau früher oder später im Häfen landet, solltest du dich etwas beeilen, die Karriereleiter weiter hinaufzukraxeln, um mich vor deinesgleichen in Sicherheit zu bringen.«

1961

Die Wohnung war gähnend leer.

»Wir sollten die Polizei rufen«, sagte Georg und war schon drauf und dran, bei den Nachbarn zu klingeln, um von deren Telefon aus die Polizei zu alarmieren.

»Ist das wirklich nötig?«, fragte seine Schwiegermutter angsterfüllt. »Vielleicht kommen sie ja bald zurück.«

»Es ist fast Nacht.« Georg deutete auf die Küchenuhr über dem Esstisch. »Wir haben bald neun Uhr. Wo sollen die zwei denn hin sein?«

»Vielleicht ist Mitzi mit Lore in die Messe gegangen?«, schlug Johannas Mutter vor.

»An einem Freitagabend?«, fragte Georg. »Feiert ihr seit Neuestem den Sabbat in eurer Familie? Abgesehen davon dachte ich, ihr seid alle gottlose Atheisten.«

»Wir sind doch nicht gottlos!«, empörte sich seine Schwiegermutter.

»Dann sag mir doch, wie du gedenkst, unser Kind wiederzufinden, mit oder ohne Gottes Hilfe?!«, schrie er sie an. Er hatte sich lange genug zusammengerissen. Nun war er offensichtlich mit seinen Kräften am Ende.

Da brach Johannas Mutter zusammen und auch wenn Johanna in ihrer Angst und ihrem Zorn ihre Mutter am liebsten geschüttelt hätte, stellte sie sich, fast wider ihren Willen, zwischen sie und Georg.

»Lass sie«, bat Johanna ihn. »Das bringt unser Kind auch nicht zurück.«

»Und was sollen wir deiner Meinung nach tun?«, rief Georg laut und riss dabei die Arme in die Höhe.

Johanna wandte sich ihrer Mutter zu und begann sanft auf sie einzureden. »Mama, ich weiß, du hast Angst, man nimmt uns Tante Mitzi noch einmal weg, wenn herauskommt, dass sie mit dem Kind abgepascht ist, aber ich stimme Georg zu: Es gibt keinen anderen Weg. Wir müssen zur Polizei gehen.«

Weinend schüttelte die Mutter den Kopf, während Georg daneben stand und sich verzweifelt fragte, wie Johanna so ruhig bleiben konnte.

»Bitte, Mama, es hilft doch nichts!«

Noch immer schüttelte die Mutter den schmalen grauen Lockenkopf, bis Johanna diesen zwischen ihre schlanken Finger nahm und festhielt. Ganz dicht führte sie ihr Gesicht an das der Mutter heran und wiederholte eindringlich: »Bitte, Mama! Denk an Lore!«

Da endlich gab diese allen Widerstand auf und Johanna ließ sie los.

»Komm, gehen wir«, forderte Georg sie auf, während er schon nach der Wohnungstür eilte. Doch Johanna fiel etwas ein und sie hielt ihn zurück.

»Mama, haben wir ein Foto von Mitzi, damit die Polizei weiß, nach wem sie suchen soll?«

»Mitzi hat die Fotos bei sich unterm Bett, in dem roten Schuhkarton«, sagte sie mit gebrochener Stimme.

Der alte Schuhkarton, wie lange hatte Johanna nicht mehr an den gedacht! Darin hatte Mitzi schon ihre Schätze aufbewahrt, als sie noch mit Johanna das Zimmer geteilt hatte. Er war über und über mit Blumen beklebt, die die Tante aus Glanzpapier, teilweise auch aus Silberfolie von alten Pralinenverpackungen ausgeschnitten hatte. Als Johanna dieses geheime Schatzkästlein unter dem Bett der Tante hervorholte und öffnete, fiel ihr als Erstes ein Foto von sich selbst entgegen. Es stammte aus einem Programmheft und zeigte sie als Julia. Sie wühlte weiter und stieß schließlich auf dasselbe Foto, das sie schon in der Brieftasche des Vaters gefunden hatte. Darauf war Mitzi zusammen mit dem Vater und der Mutter bei einem Spaziergang abgebildet, offenbar im Prater. Sie sahen alle so wahnsinnig jung aus, es musste also vor dem Krieg aufgenommen worden sein. Johanna nahm es an sich.

»Ich nehme das hier mit, Mama.«

Die Mutter saß, völlig in sich zusammengesunken, auf einem der Küchenstühle und wagte es kaum, den Kopf zu heben. Man konnte sehen, wie sehr sie das alles mitnahm und wie schuldig sie sich fühlte, nicht besser auf ihre Schwester und ihr Enkelkind aufgepasst zu haben. Georg drängte zum Aufbruch, doch Johanna zögerte. Konnte sie ihre Mutter allein lassen?

»Wird es gehen, Mama?«, fragte sie.

Da griff die Mutter stumm nach ihrer Hand und zog sie zu sich. Einen Augenblick lang waren sie sich so nah wie seit Jahren nicht mehr, vielleicht sogar näher als je zuvor. Dann entzog Johanna der Mutter ihre Hand, richtete sich gerade auf und verließ, ohne ein weiteres Wort, die Wohnung, in der sie aufgewachsen war. Georg, der hinter ihr her schritt, drehte sich in der Eingangstür noch einmal um und raunte seiner Schwiegermutter zu: »Du bleibst am besten hier und wartest. Falls sie zurückkommen! Verstanden?«

Ein »Bitte« brachte er nicht über die Lippen und Johannas Mutter schien es auch nicht zu erwarten. Dann schloss er die Tür hinter sich und dort, in dem dunklen Gang des Mietshauses, begann eine Odyssee, an deren Ausgang nichts mehr so sein würde wie zuvor.

Auf »gefühlvoll« folgte »anerkennenswert« und das war nicht gut. Wenn man schon die Zuschauer darauf aufmerksam machen musste, dass man ihre Leistung anerkennen sollte, erklärte Johanna Wochen später bei einem Frühstück ihrem Aktenkoffer und Anzug tragendem Mann, der seinen Morgenkaffee in ihrer Döblinger Küche hinunterstürzte, dann hatte man versagt.

»Mein Spiel muss für sich sprechen«, sagte Johanna niedergeschlagen. »Wenn man erst anerkannt werden muss, dann ist das schlecht.« Sie nahm einen Schluck Kaffee und wirkte dabei entsetzlich deprimiert, wie sie so auf die Zeitung mit der Kritik zum *Zerbrochenen Krug* starrte. Georg hätte sie aufgeheitert, aber er musste los und hatte einen langen Tag im Ministerium vor sich. Sitzung folgte auf Sitzung, ein neues Gesetz musste ausgearbeitet werden und das tat es nicht von alleine. Tick-tack machte die Küchenuhr.

»Anerkennenswert«, wiederholte Johanna stöhnend. »Meine Eve Rull ist *anerkennenswert.*«

Das Schauspiel begann sich zu wiederholen. Monate gingen ins Land, dann Jahre, und während Georg sich aus den untersten Rängen des Ministeriums in die oberen Logen vorarbeitete, wo sich Verantwortung und Arbeit häuften, bis man es irgendwann in die erste Reihe fußfrei schaffte, in der man die Arbeit nur noch zu delegieren hatte, hieß es für Johanna, sich langsam aber unaufhaltsam in die zweite Reihe einzureihen. Die Rollen waren immer noch gut, keine Frage, aber nur noch selten reichte es zu einer der weiblichen Hauptrollen oder gar zur Titelpartie. Aus »anerkennenswert« wurde »gut«, aus »gut« wurde »lobend zu erwähnen« und am Ende hieß es gar »solide gespielt«. Johanna wusste, was das bedeutete, und sie begann sich zu fragen, ob das jetzt schon alles gewesen war. Wie sollten denn ihre großen Träume plötzlich in ein gar so kleines Leben passen?

Niemand hatte Johanna darauf vorbereitet, dass großer Erfolg endlich war und es war ja auch nicht so, dass sie Dienstmädchen oder Ammen spielen musste. Aber die zweite Reihe, deren Namen auf den Programmen ein wenig weiter unten standen, war für eine Neuendorff einfach zu wenig.

»Ich kann mehr«, zischte sie leise hinter zusammengebissenen Zähnen hervor und dabei klang ein »Wehe euch!« mit. Man war doch nicht heute eine Buhlschaft und morgen nur die zweite Geige!

»Du warst allerdings auch nur einen Tag lang die Buhlschaft«, gab der Meinrad, dem sie ihre Karrieresorgen anvertraute, zu bedenken. »Und du spielst doch schöne Rollen, Johanna!«

»Schön ja«, entgegnete sie, »aber mit einer Eve gewinnt man keinen Blumentopf.«

Und sie sollte recht behalten. In den folgenden Jahren wurde sie in den einschlägigen Magazinen nur ganze zweimal erwähnt, das erste Mal, weil sie auf dem Juristenball mit dem Herrn Justizminister persönlich getanzt hatte und das in einem silbrig glitzernden Taftkleid mit tiefem Rückenausschnitt, das zweite Mal, weil sie irrtümlich als Besetzung einer Wirtstochter in einem drittklassigen Heimatfilmchen herhalten sollte. Tatsächlich handelte es sich dabei aber um eine Verwechslung mit ihrer deutschen Kollegin Johanna Neuenhaus. Sehr zu Johannas Genugtuung machte diese Dame dann folgerichtig auch keine große Karriere beim Film. Es blieb über die Jahre die einzige

Verwechslung der zwei schauspielernden Johannas. Und es blieben auf Jahre hinaus die einzigen zwei Erwähnungen ihrer Person in den Klatschspalten österreichischer Zeitungen.

Es war ja nicht der Ruhm, den sie wollte. Oder doch, ja, den Ruhm hätte sie schon gerne mitgenommen, quasi im Vorbeigehen. Und zu einer Rolle auch einmal Nein zu sagen, wenn sie sie definitiv unter ihrer Würde befunden hätte, das wäre es gewesen! Die Großen durften alle einmal Nein sagen. Nicht oft, weil man es sich mit der Direktion ja nicht verscherzen wollte, aber ab und zu schon. Johanna musste nehmen, was da kam. Und was da kam, war eben die Eve Rull – das dumme Weibsbild.

»Du erwartest zu viel«, sagte Georg oft zu ihr, wenn sie sich bei ihm über die Ungerechtigkeit der Welt beklagen wollte. »Du bist an der Burg, das muss dir genügen. Andere kommen nie so weit.«

»Ja, aber …«, wollte sie dann gerne sagen und wusste selbst am besten, dass sie kein Außenstehender verstehen konnte. Sie war die Julia gewesen, die Luise Miller, die verdammte Buhlschaft! Und nun sollte das alles vorbei sein? Sollte sie jetzt auf ewig in der zweiten Reihe tanzen, da, wo die »Talente« zu »vertrauten Gesichtern des Ensembles« wurden? Sie konnte etwas, das wusste sie. Dass die anderen es nicht wussten oder, noch schlimmer, es ihnen egal war, kränkte Johanna sehr. So gern hätte sie ihr Können gezeigt, aber dazu mangelte es schlicht an Gelegenheiten und an dem Willen der Obrigkeit, einmal genauer hinzuschauen. Sie kam nicht von der Stelle. Und über kurz oder lang würde sie ihr »Verfallsdatum« erreichen. Dann hieß es warten auf die Altfrauenrollen. Niemand erwartete Ruhm für das Spielen von Altfrauenrollen. Ihr lief die Zeit davon.

Wer sich tatsächlich immer weiter auf der Karriereleiter emporhangelte war dagegen Georg. Justizminister kamen und gingen, doch Georg blieb und stieg eine Stufe nach der anderen auf. Das brachte ihm mehr Ansehen, mehr Geld und, notgedrungen, auch mehr Arbeit ein, die dann wieder zu mehr Ansehen und Geld führten. Inzwischen war er nur mehr selten vor acht Uhr abends zu Hause, dafür hatte sich dieses Zuhause, ihre Villa, zu einem schicken Anwesen gemausert. Den Plan, die Zimmer selbst zu streichen und herzurichten hatte er angesichts der vielen Arbeit im Ministerium bald aufgegeben. Dafür verdiente er jetzt so viel, dass er alles von Handwerkern herrichten ließ. Die Villa erblühte in neuem Glanz und Georg sonnte sich darin. Über die Jahre kaufte er eine Antiquität nach der nächsten hinzu, teure Gemälde und Teppiche, sodass man den Wohlstand sehen konnte. Für ihn war das Leben in Ordnung. Wenn, ja wenn nur diese schrecklichen Frühstücksgespräche mit Johanna nicht gewesen wären, bei denen sie ihm zu verstehen gab, wie sehr sie nicht die eine Bemerkung der Kollegin oder der andere Kommentar eines Kritikers kränkte. Sie wurde immer mürrischer.

Es war schließlich Johanna, der an einem lauen Sommernachmittag auf dem Weg ins Theater die rettende Idee kam, als sie an einem Ehepaar vorbeimarschierte, das sein Kind, das offensichtlich gerade erst laufen gelernt hatte, voller Stolz an den elterlichen Händen durch Döbling und die Welt geleitete. Da wusste sie, was noch fehlte.

»Wir sollten es noch einmal versuchen«, sagte sie am nächsten Morgen zu Georg.

»Hm«, machte dieser nur, tief in die Lektüre des stinklangweiligen Wirtschaftsteils einer Zeitung vertieft.

»Hörst du mir zu?«, fragte Johanna.

»Aber ja«, entgegnete Georg. »Du willst irgendetwas noch einmal versuchen.«

»Richtig«, sagte sie. »Ich finde, wir sollten ein Kind haben.«

Da senkte Georg die Zeitung, starrte Johanna ungläubig an, faltete schließlich wortlos den Wirtschaftsteil zusammen, stand vom Tisch auf, nahm seine Frau bei der Hand, geleitete sie ins Schlafzimmer, zog sich aus, obgleich er zuvor schon makellos hergerichtet für seinen Arbeitstag im Ministerium gewesen war, mit Anzug, Krawatte und Stecktuch, küsste Johanna kurz, aber leidenschaftlich auf den Mund und kam schließlich sehr schnell zur Sache. Es war geradezu so, als hätte er diesen Akt viele Hundert Male zuvor geprobt, nur um ihn jetzt, endlich, ein erstes Mal richtig aufzuführen.

Die kurze Vormittagsvorstellung wurde ein voller Erfolg. Drei Wochen später erzählte ihm Johanna, dass sie wieder schwanger war.

1961

»Machen Sie sich keine Sorgen«, sagte der Polizist, »das wird schon. Und um diese Zeit können Sie eh nichts anderes mehr tun, als abzuwarten.«

Was er eigentlich meinte war: Die Polizei konnte um diese Zeit nichts anderes tun, als abzuwarten. Was die Eltern des verschwundenen Kindes unternahmen, war ihm eigentlich egal.

»Wie soll man sich denn da keine Sorgen machen?«, fragte Georg entsprechend aufgebracht. »Die schwachsinnige Tante meiner Frau ist mit unserer einjährigen Tochter verschwunden!«

Johanna gab es jedes Mal einen Stich, wenn er so abwertend über Mitzi sprach. Sie war nicht schwachsinnig, sie war einfach nur – anders. Außerdem …

»Sie ist noch gar nicht eins«, sagte Johanna leise.

»Bitte?«, fragte Georg.

»Sie wird erst nächste Woche ein Jahr alt.« Johanna kaute gedankenverloren auf ihrer Oberlippe herum.

»Spielt das jetzt eine Rolle?«, fuhr Georg sie an.

Johanna blickte zu dem Polizisten, so als könnte er ihr eine Antwort geben. Der aber zuckte nur mit den Schultern. Offenbar spielte es keine Rolle.

»Fotos vom Kind und der Tante haben Sie uns gegeben?«, fragte der Mann, als ob er nicht wüsste, dass sie ihm erst wenige Minuten zuvor die Bilder in die Hand gedrückt hatten, das Foto von Mitzi, das im Prater aufgenommen worden war, mit dem Vater und der Mutter neben sich, und dann eines von Lore auf Johannas Arm, das Georg aus seiner Brieftasche gezogen hatte.

»Was hatte das Kind denn an?«, wollte der Polizist noch wissen.

»Das haben wir vorhin schon ihrem Kollegen zu Protokoll gegeben«, antwortete Georg. »Ein weißes Strickwesterl und eine rote Hose.«

»Gut, gut«, sagte dieser, ganz so, als könnte ihn das alles nicht erschüttern. »Wir haben ja Ihre Telefonnummer und die der Nachbarin der werten Frau Schwiegermutter. Sollten wir etwas erfahren, melden wir uns sofort bei Ihnen, versprochen. Bis dahin rate ich Ihnen: Gehen Sie nach Hause, ruhen Sie sich aus und versuchen Sie, nicht in Panik zu verfallen.«

»Danke«, sagte Georg tonlos und man konnte ihm ansehen, dass er den Polizisten am liebsten geohrfeigt hätte, als dieser ihm riet, sich auszuruhen.

»Wissen S'«, versuchte sich der Polizist nun als Tröster, »die meisten Kinder tauchen irgendwann wieder heil und gesund auf.«

»Die meisten?«, fragte Georg und man sah ihm an, wie sein Herz plötzlich aussetzte.

»Na ja …«, sagte der Polizist und sparte sich die Bemerkung über den Kindsmörder, den sie erst im letzten Monat geschnappt hatten. Einerseits weil der in Ottakring sein Unwesen getrieben hatte und Ottakring war nun wirklich nicht sein Revier, andererseits weil er ja eben schon im Gefängnis saß und somit der kleinen Lore Neuendorff nichts getan haben konnte. Außerdem war die ja in Begleitung einer Erwachsenen, wenn auch einer Irren.

»Wir kümmern uns schon!«, versicherte der Beamte Georg daher noch einmal, und auch wenn Georg nicht daran glauben konnte, dass die Polizei imstande war, sein Kind zu finden, so klammerte er sich doch mit aller Macht an diese Vorstellung.

»Komm«, sagte er zu Johanna, die stumm und in sich gekehrt neben ihm stand, ganz so, als wäre sie eigentlich gar nicht da. Er hakte sich bei ihr unter und zusammen verließen sie die Polizeiwache.

»Und jetzt?«, fragte Georg, als er sich draußen erschöpft auf die Stufen zum Wachzimmer setzte.

Johanna, durch die frische Nachtluft aus ihrer Trance erwacht, sagte: »Ich geh nicht nach Hause.«

Georg nickte zustimmend. »Was schlägst du vor?«

1959

Die Begeisterung kannte keine Grenzen, von allen Seiten wurde gratuliert, vornehmlich deshalb, weil Georg es stolz überall erwähnen musste. Die Mutter, die Tante, die Kollegen vom Ministerium, die Kollegen vom Theater, die Nachbarn, der Bäcker und sogar der Rauchfangkehrer: Sie alle gratulierten den zukünftigen Eltern und wünschten ihnen von Herzen alles Gute.

»Ich frage mich ja wirklich«, sagte Johanna, während sie, ganz die Paradeschwangere, ein Glas mit Senfgurken in sich hineinstopfte, »wozu einem da eigentlich gratuliert wird. Herzlichen Glückwunsch zum erfolgreichen Geschlechtsakt? Gut gepudert, der Herr?«

Georg hasste es, wenn Johanna ordinär wurde, aber seit sie ein Kind erwarteten, ließ er ihr so ziemlich alles durchgehen. Zufrieden schraubte er an einem Gitterbettchen herum, das ihnen ein Kollege, dessen Kinder schon herausgewachsen waren, geschenkt hatte.

»Ich meine, warum gratulieren Menschen wirklich zu einer Schwangerschaft? Es wäre doch viel logischer, wenn sie einem zur Geburt gratulieren würden!«, fuhr Johanna fort. »Und der Meinrad ist überhaupt der Schlimmste von allen!«

Da horchte Georg auf. Wenn Johanna vom Meinrad sprach, tat sie dies meist nur in den höchsten Tönen, fast schon schwärmerisch, was ihn jedes Mal mit Wut und Eifersucht erfüllte. Dass sie Kritik an dem »großen Mimen« äußerte, war eigentlich noch nie vorgekommen. Schadenfroh fragte er: »Wieso? Was sagt er denn?«

Johanna nahm Haltung an und antwortete mit salbungsvoller Stimme: »Johanna, aber das ist ja fantastisch! Das Wunder des Lebens! Du bist gesegnet, Johanna! Ich werde heute ein Gebet für dich sprechen.«

Sie faltete die Hände.

»Gegrüßest seist du, Johanna Neuendorff, voller Gnade, der Meinrad ist mit dir. Du bist gebenedeit unter den Schauspielerinnen und gebenedeit ist die Frucht deines Leibes.«

Sie machte ein Geräusch, als wollte sie sich übergeben. Georg konnte ein Grinsen nicht unterdrücken.

»Du wirst mit jeder Schwangerschaftswoche blasphemischer«, befand er.

»Amen«, antwortete Johanna und biss erneut in eine Gurke.

»Mahlzeit«, sagte Georg. Er klang außergewöhnlich gut gelaunt. Für ihn fügte sich alles so zusammen, wie es seiner Ansicht nach gehörte: Er hatte eine Frau, ein Haus, eine gute Arbeit und nun bekamen sie auch noch ein Kind – ein vollkommenes bürgerliches Idyll, abgesehen von der Blasphemie. Außerdem würde das neue Glück sicher den dunklen Fleck auf dieser ansonsten makellosen bürgerlichen Weste verdecken. Keine mitleidigen Blicke mehr, kein Flüstern mehr hinter vorgehaltener Hand, wenn es auf das Thema Kinder kam und er zufällig im Raum war. Alles fügte sich.

Er stand auf, streckte den schmerzenden Rücken durch und sah auf die Uhr. Es war bereits halb acht und sein Magen knurrte.

»Ich hab auch Hunger«, gestand er. »Was isst du da eigentlich?«

Johanna schaute auf das Glas in ihren Händen, so als müsste sie selbst erst einmal nachsehen, was sie sich da gerade in den Mund stopfte.

»Senfgurkerl«, antwortete sie.

»Oh ja, natürlich!« Georgs Gesicht begann zu leuchten. Dass

Frauen in der Schwangerschaft gerne Gurken aßen, war ja bekannt. »Soll ich ein zweites Glas holen? Deines ist fast leer und du isst ja jetzt für zwei.«

»Nein! Du sollst mir etwas Anständiges zu essen bringen!«, forderte ihn Johanna auf. »Ich esse diese Gurken ja nicht zum Spaß. In der Speisekammer war nichts anderes mehr.«

»Ach so? Ich dachte, du warst einkaufen«, sagte Georg.

»Nein.«

»Also isst du nicht gerne Gurken?«, fragte er zur Sicherheit noch einmal nach.

»Mir wäre ein Schnitzel lieber«, antwortete Johanna. »Ein großes Schnitzel mit Erdäpfelsalat und dazu Pudding. Gott, hab ich einen Hunger!«

Sie stellte schwungvoll das leere Gurkenglas ab, sodass sich das Essigwasser mit den Senfkörnern über die Kommode ergoss.

»Dann lass uns ausgehen«, schlug Georg vor.

»Bekomme ich ein Schnitzel?«, fragte Johanna.

»Auch zwei.«

»Und keine Gurken mehr!«

»Keine Gurken, versprochen!«

Als sie das Lokal betraten, informierte Georg den Ober als Erstes darüber, dass seine Frau nicht in der Nähe der Küche sitzen dürfe, weil sie auf starke Gerüche empfindlich reagiere. »Sie ist nämlich schwanger, verstehen Sie?«

»Ich gratuliere!«, sagte der Ober und deutete eine Verbeugung an.

»Herzlichen Dank!«, antwortete Johanna. »Es war eigentlich ganz einfach, das Baby zu machen. Glückwünsche sind nicht notwendig.«

Dann setzte sie sich einfach an irgendeinen Tisch, schlug die Speisekarte auf und ignorierte das dumme Gesicht des Obers, der getrost ohne diese Information zum Sexleben seiner Gäste hätte existieren können.

»Also, manchmal bist du echt unmöglich«, raunte ihr Georg zu.

»Nein, ich bin nur frei von guter Erziehung. Schämst du dich jetzt für mich?«, fragte sie.

»Ein wenig«, gab er zu.

»Gut!«, stellte Johanna klar. Dann beugte sie sich über den Tisch und flüsterte ihrem Mann zu: »Glaub ja nicht, dass ich mich jetzt, wo ich schwanger bin, deinen Vorstellungen einer heilen, bürgerlichen Welt unterwerfen werde. Ich bleibe so, wie ich bin!«

»Und zwar?«, fragte er.

»Wann geht denn das endlich in deinen Juristenschädel hinein? Ich bin Schauspielerin! Gib mir eine Bühne und ich mache eine Szene!« Dann vertiefte sie sich erneut in die Speisekarte. »Glaubst du, die servieren das Wiener Schnitzel auch mit Krautsalat?«

1961

Auf der Straße war es dunkel. Das spärliche Licht der wenigen Straßenlaternen erhellte nicht einmal die Gesichter der wenigen Passanten, die ihnen auf dem Weg begegneten. Sie rannten durch eine Welt aus grauer Anonymität.

»Wohin jetzt?«, fragte Georg, nachdem sie alle näheren Straßen abgesucht hatten.

Johanna hatte keine Ahnung, wohin sie gehen sollten, und allein die Tatsache, dass Georg es offenbar auch nicht wusste, bewirkte, dass sie vor Angst zu zittern begann.

»Da«, sagte sie, deutete in eine beliebige Richtung, ging weiter, nur um nicht stehen zu bleiben. Und er folgte ihr.

So stolperten sie von Gasse zu Gasse und drängten immer weiter durch das nächtliche Favoriten, das um diese Zeit beinahe genauso verlassen, arm und trostlos wirkte wie bei Tag. Das Dunkel kaschierte allerdings die schäbigen Hausfassaden und die Löcher auf den Gehsteigen. Wie hatte sie nur in diese Welt geboren werden können?

»Vielleicht sollten wir in Richtung Böhmischer Prater gehen«, schlug Georg vor, nachdem sie minutenlang schweigend nebeneinander die Straßen abgesucht hatten, nach einem Lebenszeichen ihres Kindes forschend – einem verlorenen Mützchen, vielleicht einem Schnuller, der auf dem Gehsteig lag.

»Der Prater!«, stieß Johanna hervor. »Natürlich! Da ist Vati immer mit mir hingegangen, als ich noch klein war, vor dem Krieg. Und die Mitzi war auch ein-, zweimal mit dabei.«

Jeder Strohhalm war besser als das Verharren im Ungewissen. Also beeilten sie sich, rannten vorbei an der Rückseite der

Ankerbrotfabrik, immer weiter den Hügel hinauf, bis sie am kleinen Vergnügungspark ankamen.

»Könnten sie hier noch irgendwo sein?«, fragte Johanna.

»Unwahrscheinlich, es gibt sicher einen Wachmann.« Georg rüttelte am Gitter, mit dem ein kleines Areal mit Fahrgeschäften eingezäunt war. Es war zwar hoch, aber nicht unmöglich zu überwinden.

»Hallo?«, rief er. »Hallo!«

Nichts und niemand rührte sich.

»Komm«, sagte er und half Johanna über das Gitter, bevor er selbst hinterherkraxelte. Zusammen standen sie im Halbdunkel einer einsamen Laterne und selbst die gab kaum genug Licht, um seine nähere Umgebung wirklich sehen zu können.

»Wo sollen wir anfangen zu suchen?«, fragte Georg.

»Ich weiß es nicht«, antwortete sie.

»Versuchen wir es hier.«

Sie gingen auf das linke Karussell zu, konnten aber kaum etwas erkennen.

»Wieso ist es hier nur so dunkel?«, fragte er.

»Vielleicht ist die Welt ja längst untergegangen und nun, endlich, hat es auch den Böhmischen Prater erreicht?«, fragte Johanna.

»Wie?«

»Na, wenn die Welt untergeht – in Böhmen geht sie hundert Jahre später unter. Womöglich gilt das auch für den Böhmischen Prater und die hundert Jahre sind gerade um?«

Georg starrte fassungslos auf Johannas dunklen Umriss neben sich. »Wie kannst du jetzt Witze machen? Noch dazu wo du weißt, dass meine Mutter aus Böhmen stammte?«

Da fing Johanna an zu lachen.

»Was ist daran denn so lustig?«, wollte er wissen.

»Nichts«, sagte Johanna, die allerdings nicht mehr aufhören

konnte und keuchend hervorstieß: »Dann ist unser Kind ja, rein nach bester Nazirechenart, ein Viertel böhmisch. Nun, dann finden wir hier vielleicht kein ganzes, aber mit Glück ein Viertelkind! Was wäre dir lieber? Kopf oder Fuß?« Sie bekam bald keine Luft mehr vor lachen.

»Jetzt beruhig dich doch! Du drehst ja völlig durch!«, bat sie Georg, aber Johanna steigerte sich ins Hysterische. Immer lauter wurde sie, bis sie plötzlich zu schreien anfing. Es klang nach Todesangst, als wäre sie unter einem Berg aus Schuld verschüttet worden, aus dem sie sich nicht mehr selbst befreien konnte.

»Johanna!«, rief Georg immer wieder. »Johanna!«

In seiner Verzweiflung schlug er ihr mit der flachen Hand ins Gesicht. Wie vom Donner gerührt hörte Johanna auf zu schreien und legte nur zitternd und wimmernd ihre rechte Hand auf die Wange, wo Georg sie getroffen hatte.

»Es tut mir leid«, sagte er leise, »es tut mir so leid! Alles!«

Georg griff nach seiner Frau, zog sie langsam zu sich, barg ihren Kopf an seiner Schulter und hielt sie fest. Er war sich sicher, dass, würde er sie je wieder loslassen, sie beide nie wieder aus dem Dunkel herausfinden würden.

1961

Keinen Laut zu machen ist einfach. Das habe ich geübt. Weil ich gewusst habe, dass der Tag kommen wird, an dem ich leise sein muss. Und jetzt kann ich es!

Für das Kind ist es nicht so leicht. Die Kleine gibt ja ständig Laute von sich: Sie schmatzt, lallt, kräht und patscht mit den Fingern. Aber wenn sie bei mir ist, dann ist sie leise, gibt keinen Mucks von sich. Sie versteht schon warum.

Lore hat auch verstanden, warum ich sie mitnehmen musste. Ich hab sie angeschaut und Lore hat mich angeschaut und beide waren wir uns einig, dass es genug ist. Für Mama und Papa ist das alles zu viel. Mama und Papa sind einander zu viel. Zu viel Arbeit, zu viel Streiten. Das hat Johanna selbst gesagt, gestern erst, ganz leise. Da hat sie ihren Kopf an den Türrahmen gelehnt und die Augen geschlossen und ganz leise gesagt: »Alles zu viel!« Das arme Kind! Das Theater, der Georg – alles zu viel! Da hab ich mir gedacht: Sie soll nicht so traurig sein, die Johanna. Das hab ich Lore erklärt. Mamas, die traurig sind, können sich nicht um ihre Kinder kümmern. Also mach ich das jetzt.

Ich bin ja nicht blöd! Das denken die anderen nur, aber es stimmt nicht! Die Einzige, die das nicht glaubt, ist Johanna. Deshalb hat sie mir auch Lore gebracht. Und jetzt passe ich auf das Kind auf. Weil es alles zu viel ist. Aber wissen darf das niemand, nein. Nicht mal die Schwester. Nein, nicht mal die Schwester. Weil ja immer alle sagen, ich kann das nicht. Die Mitzi kann das nicht, sagen immer alle. Ich kann nicht für mich selbst sorgen. Aber das stimmt nicht. Ich bin ja kein Kind mehr! Ich bin ja schon alt – beinahe jedenfalls. Ich hab in den

Spiegel geschaut und es stimmt. Nun sorge ich für Lore, weil ich das kann. Und ich kenne auch den besten Ort dafür.

Es war gar nicht so einfach, durch den Seiteneingang zu kommen. Die Kleine hat so gezappelt und geweint hat sie auch. Da hab ich ihr den Mund zuhalten müssen. Nur kurz. Und dann waren wir auch schon durch die Tür. Durch die, die sie nie abschließen. Da drinnen ist es warm und riecht gut. Lore hat sich gleich wieder beruhigt. Geschnauft hat sie und rot angelaufen ist sie und ich hab ihr die vielen Zuckerln gezeigt. Ma, das Mäderl hat sich so gefreut! Und weil es so laut ist, da drinnen, macht es nichts. Hier hört sie ja keiner. Und in dem Kammerl hört uns auch niemand.

Ich hab ihr etwas zum Lutschen gegeben und das hat Lore sehr gefallen. Ein rotes Stangerl war es. Nun ist die Lore ganz rot im Gesicht, wie ein Marienkäfer. Nein, der hat ja ein schwarzes Gesicht. Wie in dem Buch mit dem Ameisenprinzen und den Käfern. Aber Lore ist jetzt rot, über und über rot. Das weiße Jopperl, das die Schwester gehäkelt hat, ist ganz rot. Und dicke rote Wangerl hat sie jetzt, wie die Engel in der Kirche. Die, die ich nicht sehen darf, nur weil die Schwester nicht in die Kirche gehen will. Weil sie sich für mich schämt. Das tun sie alle. Nur nicht Johanna. Und Lore, natürlich. Aber ich geh trotzdem in die Kirche, heimlich. Wegen der Engerl.

Na, und nun klebt das Kind. Da habe ich sie abgeleckt und das hat der Kleinen gefallen. Und wie! Wie eine Katzenmama hab ich das gemacht. Die Nachbarin hat mal eine Katzenmama gehabt und die hatte kleine Kätzchen und hat sie genauso abgeschleckt wie ich jetzt die Lore. Das war überhaupt das Schönste, die Katzenmama mit ihren Jungen. Eines war braun getigert, eines schwarz, eines weiß-braun-gelb gefleckt und eines weiß-braun getigert. Das weiß ich noch ganz genau! Aber ich durfte keines haben, weil die Alma gesagt hat, dass die noch das letzte bisserl Fleisch vom Teller stehlen. Genau das hat die Schwester gesagt. Und plötzlich waren dann alle weg – die Bunten verschenkt, das Schwarze ersäuft. Zum Glück kam dann die Lore.

Irgendwann ist sie eingeschlafen. Die Lore hat ja den Stoffhasen bei sich, denn an den hab ich gedacht! Da kann sie gut schlafen, hab ich gedacht. Alles ist ganz ruhig geworden, ruhig und dunkel. Alle Arbeiter sind weg. Da hab ich vorsichtig aus dem Kammerl geschaut und bin dann mit Lore zu dem Band gegangen. Hab sie gekniffen, dass sie aufwacht. Soll das Beste ja nicht verpassen, das Kleinchen. Das Band hab ich gleich gefunden, obwohl das schon eine Weile her ist, dass ich da war. An dem Band schauen sie nach, ob die Zuckerl gut sind, und tun die Schlechten weg. So wie im Märchen. Und Lore hat von den Schlechten probiert, die die nicht rund, sondern irgendwie eckig sind oder bei denen man das Blumenmuster im Inneren nicht sehen kann.

Und Lore hat gejauchzt und danach gegriffen, mit ihren dicken Händchen und sich den Süßkram in den Mund gestopft, nur um ihn dann gleich wieder auszuspucken, weil sie die harten Zuckerln noch nicht kauen kann. Da hab ich geklopft, auf den Rücken, ganz fest, und das eckige Blumenzuckerl flog in hohem Bogen wieder heraus. Zum Glück gibt es dort ja noch andere Dinge. Die Schokoladenmasse, die in den Dragees drin ist oder die weichen weißen Wiener Zuckerln. Die, die so gut nach Ananas schmecken. Ich hab noch nie eine echte Ananas gegessen. Aber die Zuckerlananas, die kenn ich.

Und als das Kind satt war, hab ich sie in dem Kammerl hingelegt, mich auf den Boden und die Kleine auf mich drauf und wir sind eingeschlafen, im Mondlicht. Der Mond hat nämlich auf die Zuckerlfabrik Heller geschienen, dort am Belgradplatz in Favoriten, und das weiße Licht hat den weiten Weg vom

Himmel auf die Erde gefunden, durchs Oberlicht hindurch und bis auf die Lore und mich. Und da pickt es jetzt. So ist das nämlich: Mit Zucker fängt man Mondlicht.

1961

»Geht's wieder?«, fragte Georg.

Sie schüttelte den Kopf.

»Brauchst du ein Sackerl?«

»Wozu könnte ich ein Sackerl brauchen?«, wollte Johanna wissen.

»Zum Speiben. Oder zum hineinatmen.«

»Hast du ein Sackerl dabei?«

»Nein.«

»Warum fragst du dann?«

Sie saß, mit nach vorne gebeugtem Oberkörper, auf dem Kinderkarussell und versuchte, das Kotzgefühl unter Kontrolle zu bringen, indem sie ruhig atmete, so wie ihr das vor mindestens hundert Jahren einmal Oskar Werner beigebracht hatte, als sie, schon halb auf der Bühne, plötzlich das Lampenfieber übermannte. Es half sogar ein wenig, obwohl der liebe Oskar, dieser Teixl, gar nicht wissen konnte, wie es sich anfühlte, wenn man im Böhmischen Prater seine einjährige Tochter suchen musste, mitten in der Nacht, und schon glaubte, sie sei tot, so wie das andere Kind, das man nicht mehr suchen musste, weil es ja auf dem Zentralfriedhof lag. Da fiel das Atmen nun einmal schwer.

»Ich glaub, ich muss speiben«, sagte Johanna, beugte sich wieder nach vorne und übergab sich direkt neben Georgs blank geputzte Schuhe, die von der vielen Schuhpasta, die er gewöhnlich verwendete, sogar im spärlichen Licht des nächtlichen Böhmischen Praters glänzten.

»Geht's besser?«, fragte Georg und rieb seiner Frau sanft den Rücken.

»Ja, danke.«

Johanna richtete sich auf und schaute sich um. Sie zitterte und ihre Zähne klapperten leise.

»Wir sollten nach Hause gehen«, schlug er vor.

Als hätte man sie mit einer Nadel gepikst, fuhr Johanna plötzlich hoch. »Nein!«, rief sie. »Wir gehen nicht, ehe wir Lore und Mitzi gefunden haben!«

Georg fuhr sich mit der Hand übers Gesicht. Ein Tick von ihm, der immer zum Vorschein trat, wenn er nervös war. Früher hatte Johanna das sehr an ihm gemocht, weil es ihm so etwas Kindliches, Verletzliches gab. Mittlerweile machte es sie wahnsinnig.

»Sie sind nicht hier«, sagte er.

»Doch, bestimmt sind sie das!«, protestierte Johanna lautstark und begann erneut zu rufen. »Mitzi! Lore! Wo seid ihr?«

»Johanna, bitte, komm. Das bringt doch nichts. Du weckst nur den Wachmann, falls es hier so jemanden gibt.«

»Der wäre wohl inzwischen aufgetaucht«, stellte sie klar und marschierte einfach drauflos, mitten ins Dunkel hinein. Es dauerte nicht lange und …

»Autsch!«, rief Johanna.

»Was ist passiert?«, fragte Georg.

»Ich hab mir den Fuß verknöchelt.«

»Tut es weh?«, wollte Georg wissen, der seine Frau nur der Stimme nach orten konnte.

»Natürlich nicht. Ich weine nur zum Spaß«, gab Johanna zurück und er konnte ihr anhören, dass sie tatsächlich Schmerzen hatte.

»Ich bin gleich bei dir«, versuchte er sie zu beruhigen und bahnte sich seinen Weg zwischen den Fahrgestellen hindurch, bis …

»Autsch! Verdammt! Hundsarschzwirndepperter!«

Georg war gegen einen Mast gelaufen und hatte sich den Kopf angestoßen.

»Was hast du getroffen?«, fragte Johanna. »Ich hab den Buserer gehört!«

»Ich glaube, einen Laternenmast«, sagte er.

»Wie kann man einen Laternenmast übersehen?«

»Indem die g'schissene Laterne nicht an ist!«, brüllte Georg, dem plötzlich schwindelig wurde, sodass er sich einfach auf den kalten Boden setzen musste, um nicht umzufallen.

Sie waren verloren, ganz offensichtlich. In einer Umgebung aus Dunkelheit und Stolperfallen hatten sie sich verirrt und würden sich ziemlich sicher beide den Hals brechen, wenn sie auch nur einen Schritt weiter gingen.

»Ich glaube«, sagte Georg langsam, »wir sollten bis zum Morgengrauen warten. Dann ist es vielleicht hell genug, dass wir hinaus finden, ohne uns vorher umzubringen.«

Stille. Von Johanna kam keine Antwort mehr.

»Johanna?«, fragte Georg in die Dunkelheit hinein. Und noch einmal: »Johanna?«

Da glomm, gar nicht weit von ihm, ein Streichholz auf und für einen kurzen Augenblick konnte er in die vom Feuerschein erleuchteten Augen seiner Frau sehen, bevor sie wieder verschwanden. Einen Augenblick später entzündete sich ein zweites Streichholz, gleich über ihm. Johanna hatte ihn gefunden.

»Was tust du da auf dem Boden?«, fragte sie und half ihm auf.

»Mir war schwindelig«, gestand Georg. »Wie geht es deinem Fuß?«

»Du wirst mich aus dem Park hinaustragen müssen«, sagte Johanna, »während ich uns mit Streichhölzern den Weg leuchte.«

»Guter Plan«, befand er, griff nach den Hüften seiner Frau,

stemmte sie in die Höhe und ging mit ihr ein paar Schritte, während Johanna das nächste Streichholz entzündete.

»Ich war«, brachte er unter seiner Last stöhnend hervor, »ehrlich gesagt noch nie so glücklich darüber, dass du wieder zu rauchen angefangen hast, wie jetzt.«

»Spar dir deinen Atem, es ist nur mehr ein Streichholz in der Schachtel. Das muss bis zum Ausgang reichen.«

Endlich hatten sie es geschafft. Da war die Laterne beim Eingang. Georg steuerte direkt darauf zu und setzte Johanna vorsichtig vor dem Gitter ab. Dann half er ihr darüberzuklettern und schaffte es schließlich selbst hinüber. Im schwachen Schein über ihren Köpfen betrachtete Johanna ihren Ehemann.

»Du hast ganz schön was abgekriegt«, befand sie und strich ihm vorsichtig über die Beule auf seiner Stirn.

Von dieser unerwartet zärtlichen Geste, der Wärme ihrer Hand und ihrer Nähe überwältigt, brach Georg plötzlich in Tränen aus. Wortlos zog Johanna ihn an sich.

»Ich weiß«, sagte sie leise, »ich weiß.«

1959

Es begann von vorne – alles. Das Stricken, das Häkeln, das Nähen und Stopfen nahm kein Ende mehr. Die Mutter ribbelte jeden alten Pullover des verstorbenen Vaters auf und strickte daraus Säuglingskleidung: Socken, Hosen, Jopperln in allen nur erdenklichen Farben. Johanna bedankte sich artig bei ihrer Mutter, nahm die Sachen entgegen und stopfte sie in einen großen Sack, ganz hinten im Schrank. Sie wegzuwerfen wagte sie nicht, weil sie der Duft der Wolle so sehr an den Vater erinnerte. Aber deswegen musste sie ja noch lange nicht ihrem Kind die kratzigen Jopperln aus der Hand der Großmutter überziehen.

Stattdessen nahm Johanna eines Nachmittags ihr Erspartes in die Hand und ging im ersten Bezirk einkaufen, wo sie weiße Häkelkleidung aus feinster Wolle erstand, Hauben, die so zart waren, dass sie garantiert kein Köpfchen drücken würden und dazu nicht weniger als drei liebevoll bestickte wollweiße Decken. Alles in allem kostete sie das Ganze ein kleines Vermögen, aber alles war besser als kratzige Wolle. Dieses Kind, so hatte Johanna es beschlossen, sollte es schön haben. Ein Vorzeigekind mit Vorzeigesachen in einer Vorzeigevilla voller Licht und Wärme und Freundlichkeit. Nichts, aber auch gar nichts, sollte in diesem Idyll mehr an ihre Herkunft aus Favoriten erinnern. Und an das andere, über das sie nie redeten, das Johanna am liebsten vergessen hätte, was sie jedoch nicht konnte, weil jeder Arztbesuch, jeder Amtsweg, jede zufällige Begegnung auf der Straße es immer wieder und wieder hervorzerrte: »Das erste Kind?« »Nein.«

Sie strichen das Zimmer, sie kauften Windeln, sie taten alles, um sich bestmöglich auf das vorzubereiten, was da kommen sollte. Aber die Wahrheit war, dass man natürlich nie vorbereitet war. Als endlich die Wehen einsetzten, diesmal rund eine Woche nach dem errechneten Geburtstermin, war alles wieder da: die Angst, die Kraft, die Zweifel, die beruhigende Stimme der Hebamme, die unerträglichen Schmerzen, die kühle Hand auf der Stirn, die Schreie, die Stille in den Wehenpausen, in denen lediglich das Blut in Johannas Ohren rauschte und alles ausblendete, was nicht im Hier und Jetzt war.

Auch für Georg wiederholten sich die Szenen. Die Formulare, die es auszufüllen galt, Johannas Stöhnen und die Tür, die sich hinter seiner Frau schloss und durch die sie ihn nicht ließen.

»Gehen Sie doch nach Hause, wir rufen Sie dann an, wenn das Kind da ist«, hatte die Schwester zu ihm gesagt. Er hatte nur stumm den Kopf geschüttelt. Er würde nicht gehen, nicht bevor es hier nicht vorbei war.

»Na los, gehen Sie heim!«, sagte die Schwester erneut und diesmal klang es nicht wie eine Bitte, sondern wie ein Befehl. Also ging er, zögernd und langsam. Fuhr heim, legte sich nieder und schlief ein, schlief tief und gleichzeitig unruhig vor Erschöpfung und wachte erst auf, als das Telefon klingelte.

1961

»Hallo?«

Georg war als Erster zum Apparat geeilt, hatte den Hörer hochgerissen und hielt ihn nun mit zittrigen Fingern an sein Ohr gedrückt.

Wortfetzen drangen an Johannas Ohr: »Ja, verstehe … Nein, wirklich, das ist in Ordnung … Vielen Dank, dass Sie … Selbstverständlich wird sie … Ich danke Ihnen!«

Er legte auf.

»Und?«

Georg sah zu seiner Frau, blickte ihr ins Gesicht, machte den Mund auf und schloss ihn wieder, öffnete ihn erneut und brachte doch keinen Ton hervor. Schließlich räusperte er sich.

»Das war das Theater«, sagte er schließlich gedehnt.

Haeusserman! Johanna hatte das Stück und ihr Ultimatum aufgrund der Ereignisse der letzten Nacht vollkommen vergessen. Sie musste absagen. Kein *Anatol*, kein Schnitzler, sie konnte unter diesen Umständen unmöglich spielen.

»Ich hab zugesagt«, informierte sie Georg.

»Du hast *was* getan?« Johanna konnte es nicht glauben.

»Das war Haeusserman am Telefon und ich hab ihm gesagt, dass du spielen wirst. Generalprobe ist heute, übermorgen ist Premiere.«

Johanna starrte ihn ungläubig an. »Das kann nicht dein Ernst sein!« Sie wollte vom Sofa aufspringen und ihre Fäuste auf ihren Mann niederprasseln lassen, aber ihr Fuß tat zu weh, als sie unabsichtlich ihr ganzes Gewicht darauf stellte, und so sank sie mit schmerzverzerrtem Gesicht zurück in die Kissen. »Ich kann unmöglich auftreten! Nicht so, nicht jetzt!«

»Warum nicht?«, fragte er. »Das wolltest du doch die ganze Zeit. Du spielst den Meinrad doch dreimal an die Wand!«

»Ich will aber nicht!«, schrie sie. »Verstehst du das nicht? Unser Kind ist verschwunden! Wie kann ich da auf der Bühne stehen und spielen? Abgesehen davon, dass mein Fuß so weh tut, dass ich kaum gehen kann«, fügte sie hinzu.

»Du kannst spielen und du wirst«, sagte Georg, der sich, obwohl es erst halb neun in der Früh war, an der kleinen Hausbar einen Weinbrand einschenkte und ihn in einem Zug hinunterkippte.

»Wie?«, fragte Johanna und klang ehrlich verzweifelt. »Wie soll ich das tun?«

»Du bist Johanna Neuendorff«, antwortete Georg. »Wenn es jemand kann, dann du!«

1961

Es wurde schon hell und bald würden die ersten Arbeiter kommen, um in der Süßwarenfabrik Heller ihre Frühschicht anzutreten. Die Zuckerln machten sich ja nicht von alleine und irgendwer musste sie schließlich verpacken und schlichten, damit sie ausgeliefert, in den Zuckerlgeschäften verkauft und von Wiens Kindern gelutscht werden konnten, auf dass sie allesamt Löcher in die Zähne bekamen.

Alois Murrnberger nahm einen großen Schluck Kaffee aus seiner Thermoskanne. Der war zwar nur mehr lauwarm, aber immerhin besser als gar nichts. Er hielt ihn wach, und zwar lang genug, bis er sich daheim nach einem ausgiebigen Frühstück mit Speck und Eiern ins Bett legen konnte. Man sollte ihm bloß nicht mit etwas Süßem kommen, weder zum Frühstück noch zum Nachtmahl. Wem jeden Tag der Geruch von Zucker in der Nase hing, der konnte auf Cremeschnitten getrost verzichten.

Seine Schicht war in einer Dreiviertelstunde zu Ende und Murrnberger erhob sich zu einem letzten Rundgang durchs Fabriksgebäude, bis er um sechs Uhr von seinem Kollegen abgelöst werden würde. Zugegeben, es war auf dieser Schicht auch sein erster Rundgang. Gestern Abend hatte er sich mit dem Kollegen von der Tagschicht verplaudert, dann war es Zeit fürs Abendessen geworden, also hatte er gejausnet: hart gekochte Eier, zwei alte Semmeln, einen Apfel und ein kleines Glaserl Veltliner – merkte ja keiner. Und als er mit seinem Essen fertig war, lief gerade seine Lieblingssendung im Radio. Irgendwann musste er eingeschlafen sein, jedenfalls wachte er erst auf, als es von einer nahe gelegenen Kirchturmuhr halb fünf schlug. Er zog seine Kanne mit dem lauwarmen Kaffee hervor, goss sich eine große Tasse ein, schaute der Sonne beim Aufgehen zu und machte sich dann, etwa gegen Viertel nach fünf, daran, seinen Rundgang anzutreten.

Zunächst entdeckte er nichts Auffälliges, alles schien an seinem Platz zu sein. Aber dann sah er ihn: Mitten auf dem Gang lag ein Stoffhase. Zuerst hatte er ihn für eine Ratte gehalten, eine lebendige natürlich, doch als er näher kam, sah er die zwei langen Ohren und die rosafarbene Nase. Murrnberger hob das Stoffhaserl auf und betrachtete es eingehend. Es war ein teurer Hase, das konnte er auf den ersten Blick feststellen. Sein Bruder arbeitete beim Kober am Graben. Er kannte sich mit Stofftieren aus.

»Was machst denn du da?«, fragte er das Tier, ganz so, als erwartete er von dem Kleinen eine Antwort. »Wird dich wohl jemand vergessen haben«, murmelte er leise, steckte das Tier in die innenseitige Jackentasche und setzte seinen Rundgang fort. Erst kurz vor sechs kam er, quasi schon auf dem Rückweg zu seiner Portierloge, noch einmal an der Stelle vorbei, wo zuvor der Hase gelegen hatte. Diesmal aber fiel ihm etwas auf. Da war ein dreckiger Schuhabdruck auf dem Linoleumboden und der zeigte deutlich in Richtung des kleinen Kammerls. Er ging zwei Schritte weiter – noch ein Fußabdruck. Zweifellos war hier jemand nach den Reinigungsdamen entlanggegangen und hatte seine Fußabdrücke auf dem Boden hinterlassen und, vielleicht, einen Stoffhasen.

Murrnberger ging entschlossen auf die Tür des Kammerls zu und drückte die Klinke nach unten. Die Tür sprang sofort auf. Was sich ihm darbot, war ein Bild der Verwüstung. Überall lagen Zuckerlpapiere herum und es stank entsetzlich im Raum, wie … wie …

»Windeln!«, stellte Murrnberger fest. Diesen Geruch erkannte er sofort, immerhin war er selbst Vater von zwei Töchtern, die allerdings schon längst erwachsen und aus dem Haus waren. Und tatsächlich – dort hinten im Eck konnte er einen kleinen Haufen aus Mulltuch erkennen, von dem der Gestank auszugehen schien. Kein Zweifel, hier hatte man einem kleinen Kind die Windeln ausgezogen, womöglich demselben, dem dieser Stoffhase gehörte.

Murrnberger leuchtete mit seiner Taschenlampe in alle Winkel des Raumes, konnte aber niemanden entdecken. Wer immer hier heute Nacht eingedrungen war, war längst verschwunden.

Angeekelt griff Murrnberger nach der dreckigen Windel, schmiss sie in einen der Mistkübel, sammelte auch die vielen Zuckerlpapiere auf und brachte schließlich alles in den Hof zur Mülltonne. Er war gerade mit dem Aufräumen fertig, als er die Schritte seines Kollegen herannahen hörte.

»Geh, Murrnberger, was tust du denn hier? Ist doch schon nach sechs!«

»Ich hab nur ein bisserl aufgeräumt«, antwortete dieser.

»Aber du bist doch nicht die Putzfrau!«, protestierte sein Kollege. »Murrnberger«, und er klopfte ihm dabei auf die Schulter, »ich kann dich nur bewundern. So viel Engagement zeigt wirklich nicht jeder bei der Arbeit. Meine Hochachtung!«

Alois Murrnberger kratzte sich am Hinterkopf. Das wäre der richtige Moment, aber … er ließ ihn verstreichen.

»Ist schon in Ordnung«, sagte er nur, tippte sich an die Schläfe und verabschiedete sich schnell von seinem Kollegen. Der Nachtwächter der Süßwarenfabrik Heller packte seine Siebensachen zusammen und verschwand, so schnell er konnte, vom Firmengelände. Er nahm die nächste Straßenbahn heim, ging die drei Stockwerke zu seiner Wohnung hinauf, die schon verlassen war, weil seine Frau zur Frühschicht in die Fabrik aufgebrochen war, hängte seine Uniformjacke auf den Kleiderhaken bei der Garderobe, trank in der kleinen Küche einen Schluck Kaffee, aß dazu eine halbe Buttersemmel und streckte sich dann mit der Zeitung auf dem Sofa aus, wo er kurz darauf tief und fest einschlief. Der Stoffhase jedoch blieb, vorerst unentdeckt, in der Innentasche seiner Jacke, bereit, von der falschen Person unter den richtigen Umständen gefunden zu werden.

1960

»Wie schaust du denn aus?«, war das Erste, was Johanna beim Anblick ihres Mannes ausrief. Das war verständlich, wenn Georg sich auch gewünscht hätte, dass sie etwas anderes gesagt hätte. »Hier ist deine Tochter!« oder »Gratuliere, du bist jetzt Vater!« wäre schön gewesen zu hören. Aber dafür war die frisch versorgte Platzwunde auf seiner Stirn wohl zu auffällig.

»Da war ein Türrahmen«, antwortete er.

»Welcher Türrahmen?«

»Der im Schlafzimmer.«

»In unserem Schlafzimmer?«

»Ja.«

»Du bist gegen den Türrahmen in unserem Schlafzimmer gerannt?«

»Das Telefon hat geklingelt und ich war noch im Halbschlaf und dann …«

Georg sah seine Frau flehend an. Er wollte nichts lieber als das Thema wechseln. Darum deutete er stumm auf das kleine Bündel in Johannas Armen und Johanna, immer noch mehr erstaunt als entsetzt über das Aussehen ihres Ehemanns, griff nun nach dem Kind, hob es leicht an und stellte die beiden einander vor.

»Georg, das ist deine Tochter Lore. Lore, das ist dein irrer Vater, der vor Aufregung gegen Türrahmen läuft.«

Dem schlafenden Kind entfuhr ein leiser, aber dennoch deutlich hörbarer Seufzer und um Georg war es geschehen. Vorsichtig näherte er sich dem Bett, zog sich einen Stuhl heran und setzte sich schließlich zu seiner Frau und seinem Kind. Er legte seinen Zeigefinger in die kleine Hand hinein, die sich daraufhin schloss. Nie wieder, schwor sich Georg, würde er diese Hand loslassen.

»Sie ist bezaubernd«, sagte er leise zu Johanna.

»Ja, ist sie«, stellte Johanna nüchtern fest. »Ich meine, ich habe vorhin ein anderes Kind gesehen, das war … Also, wer auch immer behauptet hat, es gebe keine hässlichen Babys, der irrt. Dieser Bub, den seine Eltern doch tatsächlich Rüdiger nennen wollen, ist unfassbar fett und haarig, es ist erschütternd.«

Über Georgs Gesicht lief eine Träne. Es war nur eine kleine, kaum sichtbare Träne, aber sie brachte Johanna beinahe aus der Fassung. Und als wäre das noch nicht genug, wagte er es, ihr diese eine Frage zu stellen.

»War es schwer?«

Was sollte sie darauf jetzt antworten? Dass ihr Unterleib ein Trümmerfeld war und er sich den Rest denken konnte? Dass dies ganz sicher ihre letzte Geburt gewesen war? Nichts erzählen über die herablassende Hebamme, die ihr dumme Geschichten auftischte über Frauen, die ihre Kinder in zwei Stunden zur Welt brachten, während sie nach zehn Stunden immer noch dalag und kein Ende abzusehen war? Wie sie sich vor Schmerz übergeben hatte oder über die Panik, als man ihr das Kind nicht sofort nach der Geburt gereicht hatte, weil gerade kein Kinderarzt verfügbar war und alles etwas länger dauerte, sie selbst aber schon ganz sicher davon ausging, dass ihr auch dieses Kind gestorben war? Über die Tränen, die sie vergossen hatte, als man ihr die Tochter endlich in den Arm legte und sie sie irgendwie klein und schrumpelig fand, mit viel zu vielen dunklen Haaren auf dem roten Köpfchen? Oder sollte sie lügen und ihm sagen, dass es nicht so schlimm gewesen war?

Johanna atmete einmal tief durch. »Sie hat deine Nase, finde ich«, sagte sie schließlich.

»Tatsächlich«, stimmte er ihr zu. »Meine Nase!«
Und für den Augenblick war das genug.

1961

Im Theater hatte man anscheinend schon auf sie gewartet. Der Meinrad war der Erste, in den Johanna hineinrannte.

»Hannerl!«, so kam er ihr entgegen, die Hände weit vorgestreckt, das Gesicht von Mitleid verzerrt. »Hannerl, Liebes, gibt es Neuigkeiten von deinem Kinde?«

»Nein«, antwortete sie und ließ es mit sich geschehen, dass der Meinrad mit warmem Händedruck ihre eiskalten Finger ergriff und festhielt.

»Welch Unglück!«, stöhnte er. »Was sagt denn die Polizei?«

»Dass sie sie suchen. Was sollen die auch sonst sagen?« Mit einer schnellen Bewegung entzog sie ihm ihre Hand.

»Ach, Hannerl, Liebes, das ist so schrecklich! Und du tust mir so unendlich leid! Ich werde dein Kind und dich heute in meine Gebete einschließen! Wenn ich sonst irgendetwas für dich tun kann, dann lass es mich wissen, ja?«

»Ja, danke.«

Sie verabschiedete sich schnell unter dem Vorwand, die Toilette aufsuchen zu müssen, und schlüpfte heimlich in ihre Garderobe. Eine Minute länger und Meinrads salbungsvolle Worte hätten bei ihr einen Heulkrampf ausgelöst. Dabei hatte sie sich auf dem Weg von Döbling bis ins Theater so sehr bemüht, eine gelassene Haltung einzunehmen. Nein, eigentlich hatte sie geprobt, wie eine gelassene Haltung aussehen sollte, und sich dann in die Rolle der ruhigen, gefassten Johanna Neuendorff versetzt. Das hatte geholfen – bis jetzt. Wie sollte sie nur die Probe überstehen, wenn schon zwei Minuten mit dem Meinrad ausreichten und die so mühsam einstudierte Rolle bekam einen gewaltigen Riss?

Sie legte ihr Kostüm an, schminkte sich ausgiebig, stellte sich dann vor den Spiegel und kniff sich schließlich zweimal fest in den Oberschenkel.

»Du schaffst das, Johanna!«

Haeusserman war die nächste Hürde. Im Gegensatz zu Meinrad hielt er sich mit Kommentaren zurück und fragte nur mit ernstem Gesichtsausdruck: »Wird's denn gehen?«

Als er jedoch sah, dass Johanna leicht hinkte und ihren verknöchelten Fuß bemerkte, den sie vorsorglich fest bandagiert hatte, verdüsterte sich sein Blick. Er zeigte mit dem Finger auf Johannas Bein und fragte sachlich: »Bist du verletzt?«

»Ich bin nur umgeknickt«, informierte sie ihn.

Daraufhin nahm Haeusserman seine Brille vom Kopf, rieb sich mit der flachen Hand das Gesicht, immer und immer wieder und murmelte dabei: »... hatte man gesagt ... besser gewusst ... Fluch ... hätte ich mal ... nun damit leben ... in Pension gehen ...«

Endlich setzte er die Brille wieder auf, holte tief Luft und rief für alle Anwesenden laut und vernehmlich: »Auf geht's! Wir proben!«

1961

Es war das Erste, was ihr auffiel, als sie nach Hause kam, das Erste, was sie sah, als sie zur Tür hereinkam. Dieses Wesen schaute sie aus seinen Knopfaugen an, und zwar so herzallerliebst, dass es einen Stein erweichen konnte. Ein Stoffhase, ein lieber, kleiner grauer Kinderfreund mit rosa Nase hing da an der Garderobe und wartete nur darauf, in den Arm genommen zu werden.

»Ja, sag einmal, wo hast du denn den Hasen her?«, wollte Franziska Murrnberger schon laut ausrufen, aber dann vernahm sie das vertraute Schnarchen ihres Mannes aus dem Schlafzimmer und ließ es bleiben. Ihr Mann brauchte seinen Schlaf nach der Nachtschicht. Stattdessen würde sie in die Küche gehen und die Frittaten für die Suppe vorbereiten. Ihr Alfons mochte Frittatensuppe, ganz klassisch, mit viel Schnittlauch.

Während sie ihre Einkäufe im Eiskasten verstaute, schaltete Franziska Murrnberger das Radio leise ein. Es war ihr ganzer Stolz. Monatelang hatten sie auf das neue Gerät gespart und zu Alfons' letztem Geburtstag hatten sie es dann gekauft. Nun saßen sie oft am Nachmittag zusammen in der Küche und hörten Musik, bevor er wieder zur Nachtschicht aufbrechen musste. Gestern hatte er sie sogar zu einem kleinen Tänzchen um den Küchentisch herum überredet. Das war eine Hetz gewesen! Aber so war er eben, ihr Alfons – man konnte nie genau wissen, was er als Nächstes anstellte. Manchmal fand sie das fast beunruhigend.

Während sie die Karotten für die Suppe schälte, wanderten Franziska Murrnbergers Gedanken zurück zu dem Stoffhasen. Für wen er den wohl besorgt hatte? Die Töchter waren doch schon groß und Enkelkinder hatten sie – leider – noch nicht.

Wird schon noch, dachte Franziska. Die beiden Mäderl waren doch erst neunzehn und einundzwanzig. Da war noch Zeit. Sie würde es schon noch erleben, Großmutter zu werden! Ja, aber der Hase, der konnte dann eigentlich nur für sie selbst sein. Wie lieb von ihm, dass er ihr so ein herziges Stofftier mitbrachte. Sinnlos, das gewiss, weil es eine solch unnötige Geldverschwendung war, aber doch auch irgendwie lieb.

Im Radio kamen jetzt die Nachrichten und Franziska putzte die Rindsknochen ab, um sie in den Suppentopf zu werfen. Irgendetwas über Steuern und den Bundeskanzler und viel vom Aufschwung der Wirtschaft war da die Rede.

»Na, schön wär's«, murmelte sie und haute mit Schwung den Knochen zu den Karotten in den Topf. Jetzt kam die Peterwurzen dazu, dann fehlte noch …

»… wird immer noch vermisst. Sie ist vermutlich in Begleitung ihrer geistig verwirrten Tante, die auf den Vornamen Mitzi hört. Das Kind ist ein Jahr alt, hat blonde Locken und ist bekleidet mit einer weißen Strickweste und einer gehäkelten roten Hose. Die kleine Lore trägt vermutlich einen grauen Stoffhasen mit einer rosafarbenen Nase bei sich. Hinweise nimmt jede Polizeidienststelle entgegen. Und nun zum Wetter …«

Zuerst fiel das Messer hinunter, dann die Peterwurzen, am Ende lag das Schneidbrett am Boden. Vom Lärm aufgeschreckt, erschien Alfons im Türrahmen.

»Was ist passiert?«, fragte er.

Franziska Murrnberger machte den Mund auf und klappte ihn wieder zu. Auf, zu. So ging das einige Male. Mit Mühe konnte sie schließlich die linke Hand heben und mit dem ausgestreckten Zeigefinger in die Richtung deuten, in der der kleine graue Hase war, nur halb verborgen in der Jacketttasche ihres Mannes.

»Was hast du denn?«, wollte dieser besorgt wissen. Der vollkommen verstörte Gesichtsausdruck seiner Frau machte ihm Angst. Doch Franziska gab keine Antwort. Da trat er schließlich zwei Schritte in die Küche hinein, beugte sich herab und hob das Küchenmesser auf, ein spitzes, silbrig glänzendes Küchenmesser.

Franziskas Schrei ging ihm durch Mark und Bein, und als sie kurz darauf an ihm vorbei aus der Wohnung hinausrannte, die Hände zur Decke erhoben und panisch den lieben Herrgott anrufend, da wusste er sich endgültig keinen Reim mehr darauf zu machen.

»Nun ist sie verrückt geworden«, stellte er nüchtern fest. Nach und nach sammelte er das Gemüse ein, das sich über den Küchenfußboden verteilt hatte. Das Schneidbrett hatte gar einen Sprung bekommen und Alfons Murrnberger ärgerte sich über die Achtlosigkeit seiner spinnerten Frau, die einfach so ein gutes Brett zu Schaden kommen ließ. Missmutig kramte er in der Küchenschublade nach dem Fläschchen Holzleim, das er dort vermutete, das sich nach längerer Suche dann aber im Abstellkammerl wiederfand. Er war gerade dabei, die Schraubzwinge an das Brett anzulegen, um den Riss ordnungsgemäß zu kitten, als die Polizei an der Tür klopfte.

1960

Sie war selbst schuld. Das Kind war ja ihre Idee gewesen und hätte sie ihm nicht gesagt, dass sie bereit dafür war, dann wäre es gar nicht so weit gekommen. Sich jetzt zu beklagen war eindeutig zu spät – dennoch konnte sie nicht anders.

»Ja, was hast du denn erwartet, Hannerl?«, fragte sie ihre Mutter irgendwann, als Johannas Klagen über Windelberge und durchwachte Nächte nicht aufhören wollten.

In der Tat – was hatte sie erwartet? Die Antwort war einfach und gleichzeitig überlebensgroß: Glück. Es dauerte gar nicht lange, bis Johanna feststellte, dass es einen Menschen nur bedingt glücklich machte, Kinder zu haben. Es machte auch nicht unbedingt unglücklich und das war ja immerhin etwas. Tatsächlich hoben sich Freud und Leid gegenseitig auf – ein Nullsummenspiel aus elterlicher Liebe und überbordender Verantwortung. Das gegenüber anderen zu äußern war jedoch tabu. Eine Mutter hatte glücklich zu sein, einfach weil sie eine Mutter war. Und so war Johannas erste Lektion über ihr neues Leben die, dass sie besser schwieg, als sich zu beklagen.

Als sie Wochen nach der Geburt auf eine Kindstaufe eingeladen wurden, sagte Georg zu, ohne Johanna zuvor zu fragen. Ein Kollege aus dem Ministerium hatte sie eingeladen und Georg wollte die Gelegenheit nutzen, auch seine in der Tat überaus ansehnliche Familie präsentieren zu können.

Also warf sich Johanna in eines der wenigen Kleider, die ihr schon wieder passten, fütterte das Kind mit einer Milchflasche und ging mit, um Georg diesen Gefallen zu tun.

Sie saß in der Kirchenbank, die greinende Lore auf dem Arm, als sie von hinten die Stimme eines anderen Kollegen

Georgs vernahm, der das Geschehen vorne im Altarraum kommentierte: »Des is amal a fesche junge Mutter!«

Das war der Moment, in dem die Eifersucht wie ein lähmendes Gift in ihren Geist eindrang und Johanna, wild vor Wut, weil er die Mutter des Täuflings und nicht sie selbst gemeint hatte, obwohl sie doch eine mindestens ebenso schöne junge Mutter abgab, lernte, ihre privaten Gefühle zu verbergen.

Als sie Monate später im ersten Bezirk, gar nicht weit vom Burgtheater, eine Kollegin traf, die ihr unterstellte, sie müsse doch, jetzt wo sie Mutter sei, endlich, wirklich glücklich sein, da hätte sie fast geschrien – oder still geweint. Es kam auf dasselbe hinaus. Johanna hatte aber gelernt, dass ihr Bild in der Öffentlichkeit das einer Mutter war und sie jegliche anderen Ambitionen besser verbarg.

Nur, wie das eben so ist mit dem Denken, Fühlen und Wollen – es ließ sich einfach nicht abstellen. Sie entkam ihren Gedanken, Träumen und Hoffnungen nicht. In dunklen Nächten lag sie neben dem schlafenden Kind wach und lauschte dem längst verklungenen Applaus nach, der sie nicht mehr erreichen würde, sollte sie im Dunkeln bleiben. Da wusste sie, dass sie ihr Versprechen, beim Kind zu bleiben, nicht würde halten können, sosehr sie das Mädchen auch liebte. Nur Mutter zu sein, würde nicht genügen und sie beneidete die anderen Frauen, die sie kannte, die nichts mehr wollten, die zufrieden damit waren, diese eine Rolle auszufüllen. Johanna war nie zufrieden und sie wollte mehr, als sie haben konnte. Das Glück, so dachte sie, war nicht mit den dummen Menschen – es war mit den ambitionslosen. Denn wer nichts wollte, der rannte auch nicht dem Trugbild eines Lebenstraums hinterher, der sich vielleicht nie erfüllen würde.

All das hätte sie gerne jemandem anvertraut, einer Person, die vielleicht verstanden hätte, was der Beruf einem abverlangte und wie schwer man dennoch davon loskam, jemandem, der auch nicht anders konnte als zu spielen, als gäbe es kein Morgen. Doch genau in dem Augenblick, in dem Johanna ansetzen wollte, endlich ihr Schweigen zu brechen, einfach weil sie es in ihrem selbst gezimmerten Käfig nicht mehr aushielt, verschluckte sich das Kind an einem Apfelstück und der Meinrad, ihr Mentor und Freund, von dem sie hoffte, dass er sie verstehen würde, drosch die Käfigtür zu und warf den Schlüssel fort, als er sie, die vermeintliche Retterin ihres Kindes, in den unheiligsten aller Stände erhob: den einer Mutter. Nie hatte sie deutlicher gefühlt, dass sie diesem Bild weder gerecht werden konnte noch wollte. Sie bereute das Kind nicht, aber nur Mutter zu sein war nicht genug. Am nächsten Tag beschloss sie, ihr Versprechen gegenüber Georg zu brechen und um eine Rolle vorzusprechen.

1961

»Hals- und Beinbruch!«

Der Meinrad stand in Frack und Zylinder vor ihr im Bühnenaufgang und zwinkerte ihr zu. Johanna hob ein imaginäres Glas zum Toast.

»Möge es ein Desaster werden!«

»Toi, toi, toi!«

Sie spuckten sich gegenseitig über die Schulter und schauten gemeinsam zu Otto Kerry hinüber, der die Rolle des Max spielte und nun am anderen Bühnenaufgang gegenüber Aufstellung genommen hatte. Kerry machte Anstalten, sie vom anderen Ende der Bühne zu bespucken, besann sich dann aber eines Besseren und machte einfach nur eine ordinäre Geste, die der Meinrad mit einem milden Lächeln quittierte.

Der Zuschauerraum war vollständig besetzt, die Erwartungen an die heutige Premiere konnten nicht höher sein und Johanna ging im Kopf noch einmal die sechs Kostümwechsel durch, die ihr bevorstanden. Sieben Rollen an nur einem Abend – das war selbst für eine erfahrene Schauspielerin wie sie kein leichtes Unterfangen. Bei der Generalprobe hatte sie sich im Pelzmantel aus den *Weihnachtseinkäufen* verfangen und beinahe die Szene gesprengt. Am Ende hatte sie die Garderoberin bitten müssen, die Ärmel weiter zu machen, damit das nicht noch einmal passierte.

Die Lichttechniker hasteten hinter ihnen über die Bühne und richteten einen letzten Scheinwerfer richtig aus, der Spielleiter blätterte nervös in seinen Zetteln, von Haeusserman war weit und breit nichts zu sehen. Der Herr Direktor zog es vor, den Abend im Direktionszimmer zu verbringen und erst zum zweiten Akt unauffällig in die Direktionsloge zu schlüpfen, aus der er gleichfalls ungesehen vor dem letzten Akt wieder entschwinden würde.

Johanna atmete tief ein und aus. Auf diesen Augenblick hatte sie lange gewartet: die Bühne, die Kollegen, das Gemurmel aus dem Zuschauerraum – dafür hatte sie so viel aufgegeben. Sie musste sich zusammenreißen, sie musste gut sein. Sie musste es wert sein! Doch alles, was sie denken konnte, war: Mein Kind ist fort! Und niemand weiß, wann und ob sie es finden werden.

Vor Johannas Augen verschwamm plötzlich die Szenerie in ein Rauschen aus Farben und Stimmen und sie bekam keine Luft mehr. Der Boden gab nach. Sie glitt langsam an der Wand hinunter, nicht sicher, ob da überhaupt noch etwas war, das sie auffangen würde. Vielleicht würde sie einfach weiterfallen. Was, so schoss es ihr plötzlich ein, war eigentlich unter dem Burgtheater? Das war ja nicht das erste Mal, dass ein Haus über ihr zusammenstürzte. Was, wenn das gerade wieder geschah? Was, wenn es immer noch dasselbe Haus war und sie hatte es nie aus dem Schutthaufen geschafft und lag immer noch eingeklemmt unter der Treppe, während die Bomben um sie herum aufschlugen? Nur – was hatte dann Georg hier zu suchen, der wie ein Irrer auf sie zugerannt kam? Und warum tat plötzlich ihre Wange so weh?

Es dauerte lange, bis Johanna so weit war, dass sie realisierte, was die Stimme neben ihr verzweifelt versuchte zu sagen. Zuerst waren da nur Wortfetzen, dann erkannte sie Georgs Stimme und erst viel später verstand sie: »Sie ist wieder da! Sie haben sie! Johanna, sie haben sie gefunden! Hörst du mich? Johanna! Lore und Mitzi – sie haben beide gefunden!« Aber weil sie die Augen nicht aufschlug und auch sonst kein echtes Lebenszeichen von sich gab, brauchte es den Schmerz einer kräftigen Ohrfeige, durch den sie wieder vollends zu sich kam.

1961

Es hatte eine ganze Weile gedauert, bis er sich aus dem Gestammel der Frau einen halbwegs verständlichen Satz zusammengezimmert hatte, aber schlussendlich war dann »Mein Mann hat ein Kind entführt!« deutlich genug gewesen, um auch einen altgedienten Polizeiinspektor hellhörig werden zu lassen.

Selbstverständlich hatte der Herr Inspektor alles veranlasst, um den Verdächtigen festzusetzen, und in der Tat wurde bei der Festnahme ein Beweisstück gefunden, das den Verdacht gegen Alfons Murrnberger, seines Zeichens Nachtwächter in der Zuckerlfabrik Heller, erhärtete: ein Stoffhase.

»Woher haben Sie den Hasen?«, fragte der Inspektor nun schon zum dritten Mal.

»Das hab ich Ihnen doch schon alles gesagt«, antwortete Murrnberger verzweifelt, »ganze dreimal!«

»Dann sagen Sie es mir ein viertes Mal, Herr Murrnberger!«

»Hean S', meine Frau ist hysterisch, war sie immer schon! Ich lieb sie sehr, wirklich, das tu ich, aber sie ist nicht gerade die Hellste, verstehen Sie? Ich mach so etwas nicht!«

»Was machen Sie nicht, Herr Murrnberger?«

»Kinder verzahn!«

»Woher haben Sie dann den Hasen?«

»Aus der Fabrik. Das hab ich Ihnen doch alles schon gesagt!«

»Und ich habe Ihnen schon gesagt, dass ich Ihnen das nicht glaube! Also, noch einmal von vorne das Ganze!«

Es dauerte Stunden, bis der Herr Inspektor geneigt war, dem armen Mann Glauben zu schenken, und einen weiteren Tag, bis geklärt schien, woher der Hase nun tatsächlich stammte.

»Das bedeutet, dass sie die erste Nacht auf dem Gelände der Hellerfabrik verbracht haben«, fasste der Inspektor seine Überlegungen zusammen. Er kratzte sich am schon etwas kahlen Kopf. »Aber wohin sind sie dann verschwunden?«

Zum wiederholten Male schlug er den Akt der Tante auf: »Maria ›Mitzi‹ Fürn, geboren am 21. Mai 1912, wohnhaft in Wien Favoriten bei ihrer Schwester, ledig, Verweis auf Akt 133421051912«. Das war keine Polizeiaktennummer, wie er sie kannte. Was um alles in der Welt sollte das für ein Aktenvermerk sein? Und warum tauchte der hier auf? Aber dann fiel es ihm wie Schuppen von den Augen: eine Krankenakte! Es existierte ein Krankenakt zur irren Tante!

Der Inspektor riss die Tür seines Büros auf und rief nach seinem Assistenten.

»Pokorny?«, schrie er. »Wo stecken sie?«

»Hier«, kam die Antwort vom anderen Ende des Flurs. »Hab mir nur mal kurz die Beine vertreten.«

»Sie müssen einen Krankenakt für mich ausfindig machen!«, sagte der Inspektor.

1961

»Johanna! Komm zu dir!«

Irgendjemand hatte sie kräftig auf die Wange geschlagen. Zuerst dachte Johanna, es sei Georg gewesen, aber dann realisierte sie, dass es der Meinrad gewesen war.

»Na hören Sie, Sie können doch nicht einfach meine Frau schlagen!«

Georg stand offenbar kurz davor, den Mann zu attackieren.

»Entschuldigung, Sie haben hinter der Bühne nichts verloren!«, machte der Meinrad sehr deutlich und zog es dann vor, den Mann seiner Bühnenpartnerin einfach zu ignorieren.

»Johanna, steh auf! Die Vorstellung beginnt in zwei Minuten!«

Das war keine Bitte, es war eindeutig ein Befehl und der kam ausgerechnet aus dem sonst so verständnisvollen, höflichen und freundlichen Munde Meinrads. Der große Mime hatte, daran bestand kein Zweifel, seine Samthandschuhe ausgezogen und war für einen Augenblick lang in die Rolle des autoritären Zirkusdompteurs geschlüpft. Das war bei dem Wirbel, den Georgs Auftauchen und Johannas Ohnmacht hinter der Bühne verursacht hatten, auch notwendig, wenn Johanna später auch behaupten würde, dass die Ohrfeige schwer übertrieben gewesen war.

Sie sah den Meinrad und Georg an ihrer Seite knien.

»Was hast du gesagt?«, fragte Johanna und sah Georg an.

»Sie haben sie gefunden!«, sagte er. »Und es geht ihnen gut. Komm, wir müssen los!«

»Unmöglich!«, rief Meinrad aus in einer Art Flüsterschrei, damit man vor dem Vorhang nicht mitbekam, was hinter dem Vorhang gerade vor sich ging. »Sie *muss* spielen!«

»Sie *muss* gar nichts!«, fauchte Georg zurück. »Unser Kind ist gerade gefunden worden, das Kind, das wir seit drei Tagen vermissen. Haben Sie auch nur eine leise Ahnung davon, was wir durchgemacht haben?«

Meinrad schien das nicht zu beeindrucken. »Ich gratuliere und ich freue mich mit Ihnen beiden, aufrichtig und von Herzen. Aber *jetzt* ist Vorstellung und *sie spielt!*«

Johanna schwirrte der Kopf, was wohl auch daran lag, dass sie mit diesem recht unsanft auf dem Bühnenboden aufgeschlagen war. Doch schwerer als der Umstand, dass sie womöglich verletzt war, wog die Tatsache, dass nun alles von ihr abhing. Die Versuchung, einfach die Augen zu schließen und sich der Ohnmacht hinzugeben, war groß, doch als sie in die angespannten Gesichter über sich sah, Georgs einerseits, Meinrads andererseits, wurde ihr bewusst, dass der Augenblick der Entscheidung gekommen war.

»Ich spiele«, sagte sie leise.

Meinrad nickte ihr zu, offensichtlich erleichtert. »Alles auf Position«, hörte sie ihn sagen.

»Und was wird aus unserem Kind?«, fragte Georg.

»*Du* wirst hinfahren!«, antwortete Johanna. »Und ich komme nach, sobald die Vorstellung vorbei ist.«

Sie rappelte sich vom Boden auf und strich ihr Kostüm glatt. Sofort begann eine aufgeregte Maskenbildnerin damit, um sie herumzuturnen und ihr Gesicht mit Puder abzudecken.

»Wenn das deine Entscheidung ist …« Er wirkte nicht einmal wütend oder gar traurig, nur desillusioniert. »Hals- und Beinbruch«, wünschte er ihr leise. Einen Augenblick später war Georg verschwunden. Johanna konnte gerade noch einmal tief Luft holen – dann hob sich der Vorhang.

»In einem Spielwarengeschäft?«, fragte er erstaunt.

»Eigentlich ist es ein Haushaltswarengeschäft«, erklärte ihm der Inspektor, »aber sie verkaufen auch ein paar Blechspielzeuge und Puppen. Die Puppe«, er zeigte auf das, was die schlafende Lore fest in ihrem Armen hielt, »haben wir ihr gelassen. Der Besitzer meinte, sie sei ohnehin schon so verklebt, dass er sie nicht mehr verkaufen könne.«

»Und wie sind sie dort hineingekommen?«, wollte Georg wissen.

Der Inspektor zog die Schultern hoch. »So ganz genau wissen wir es nicht, aber vermutlich durch den Seiteneingang zum Hof. Es liegt etwa hundert Meter entfernt von der Heller-Fabrik. Das Geschäft ist montags immer geschlossen, darum haben wir sie erst heute Abend entdeckt, weil der Besitzer etwas aus dem Lager holen wollte. Und da saß sie«, er deutete auf die gleichfalls schlafende Mitzi, die wiederum Lore fest im Arm hielt, »mit der Kleinen auf dem Schoß zwischen den Stoffballen für Haushaltsschürzen. Sie hat sich allerdings widersetzt, als wir sie mitnehmen wollten. Hat eine Weile gedauert, bis wir sie im Wagen hatten.« Seine Hand wanderte unbewusst zu der Stelle am Arm, in die ihn Mitzi gebissen hatte, als er ihr das Kind wegnehmen wollte.

»Sie hat furchtbar geschrien.«

Georg sah den Inspektor ungläubig an. »Sie hat geschrien? Aber sie ist doch stumm!«

»Nein, wirklich, Herr Neuendorff, ich versichere Ihnen, sie hat geschrien. Immer wieder hat sie gebrüllt. Hat gedauert, bis ich verstanden habe, was sie sagen wollte.«

»Und was hat sie gesagt?«, fragte Georg heiser.

»Eigentlich nur ein Wort: Johanna.« Der Inspektor räusperte sich. »Nur Johanna. Immer und immer wieder. Da hab ich ihr klargemacht, dass wir sie gerne zu Johanna bringen würden, aber dafür müsse sie aufhören, sich wie eine Irre aufzuführen. Irgendwann hat sie es dann kapiert und sich ins Auto verfrachten lassen, zusammen mit dem Mäderl.« Er machte eine Pause und sagte schließlich: »Sie sollten darüber nachdenken, sie auf den Steinhof zu bringen, Herr Neuendorff. Sie ist eine Gefahr für das Kind und sich selbst. Wenn Sie wollen, kann ich das gleich morgen für Sie arrangieren.«

»Das wird nicht nötig sein«, sagte Georg bestimmt.

»Sind Sie sicher?«, fragte der Inspektor.

Georg betrachtete die schlafende Mitzi, wie sie den Arm um seine Tochter gelegt hatte und wie Lore mit offenem Mündchen und vollkommen von der Welt entrückt friedlich schlief. Es gab für seine Tochter keinen sichereren Platz auf der Welt als hier, im Arm ihrer verrückten Großtante.

»Ja, ich bin mir ganz sicher.«

»Gut, dann lass ich Sie einmal mit den Ihren allein.« Der Inspektor wandte sich zum Gehen, hielt aber plötzlich inne. »Eine Sache noch«, sagte er und zog aus seiner Aktentasche etwas hervor. »Das hier hätte ich fast vergessen. Und eigentlich spielt es auch keine Rolle mehr, aber ich dachte, Sie sollten es wissen.« Er reichte Georg ein braunes Kuvert.

»Was ist das?«, fragte Georg.

»Das werden Sie schnell verstehen«, antwortete der Inspektor. »Oh, und hier ist der Stoffhase, den wir in der Fabrik Heller gefunden haben. Den sollten Sie vielleicht einmal reinigen lassen. Auf Wiedersehen, Herr Neuendorff.«

»Auf Wiedersehen, Herr Inspektor. Und nochmals danke!«

Georg geleitete den Inspektor zur Tür. Als er zurück ins

Wohnzimmer kam, wo Mitzi mit Lore auf dem Sofa schlief, schaltete er eine kleine Leselampe an und setzte sich in den Sessel, der dem Sofa gegenüberstand. Dann griff er nach dem Kuvert, das ihm der Inspektor dagelassen hatte, riss es auf, zog das darin enthaltene Papier hervor und begann zu lesen.

1961

Die Kritiker rannten förmlich aus dem Theater, um ihre Texte an die Redaktionen weiterzugeben.

»Neuendorff brilliert!«

»Haeussermans Regie ein Geniestreich.«

»Bravo für Neuendorff!«

»Keine Frage: Johanna Neuendorff ist der Burgstar unserer Zeit!«

Es gab keine Kritik, die nicht das Wort »überwältigend« enthielt. Hinzu kamen Ausdrücke wie »superb, erfrischend, leidenschaftlich«. Eine Kritik der *Wiener Zeitung* traf den Nagel auf den Kopf: »Johanna Neuendorff spielt, als ginge es um alles oder nichts! Sie verkörpert die sieben Frauenrollen in Schnitzlers *Anatol* mit einer Intensität, die das gesamte Haus am Ring vibrieren lässt. Solche Hingebung an ein Stück, ja, an das Leben, hat man lange nicht mehr auf der Bühne des Burgtheaters gesehen!«

Natürlich war es um alles oder nichts gegangen. Aber nicht um das Stück oder die Rolle. Nicht einmal um den Ruhm.

Als der Vorhang fiel, war es, als fiele damit auch eine unendlich große Last von ihr ab. Johanna konnte spüren, wie sie die Anerkennung der vielen Menschen um sie herum, allen voran die Meinrads, den sie gerade fast an die Wand gespielt hatte und der ihr dies offensichtlich nicht einmal übel nahm, nach oben spülte und sie endlich, nach so langer Zeit, wieder Luft bekam. Doch noch während sie die Glückwünsche der Kollegen, des Regisseurs und der Dramaturgen entgegennahm, dämmerte etwas in ihr herauf, bis es ihr mit einem Schlag zu Bewusstsein kam: Sie musste hier weg!

Sie drängte zum Ausgang, aber eine starke Hand hielt sie fest.

»Johanna!«, sagte der Meinrad, der wie aus dem Nichts neben ihr aufgetaucht war. »Du warst unglaublich.«

»Danke«, antwortete sie, »du auch.«

»Nein, nein«, wehrte er ab. »Das warst alles du! Du hast das ganze Stück getragen. So hab ich dich noch nie spielen gesehen! Das müssen wir feiern!«

»Ich kann nicht.«

Er ließ nicht los. Warum ließ er ihre Hand nicht los?

»Johanna«, begann er von Neuem, »du musst dabei sein. Ohne dich ist das doch alles sinnlos.«

Sie wurde hellhörig. Was sollte das jetzt heißen?

»Ihr werdet sicher auch ohne mich eine tolle Premierenfeier haben«, antwortete sie ausweichend, während sie gleichzeitig versuchte, ihm ihre Hand zu entziehen.

»Nein, Johanna, ohne dich ist *alles* sinnlos.«

Das war doch nicht möglich! Das konnte doch nicht sein! Jetzt? Nach allem, was geschehen war?

»Josef«, begann Johanna leise, »Josef, versteh mich doch: Ich kann nicht!«

Es gab Augenblicke, in denen musste man einsehen, dass es für gewisse Dinge zu spät war. Und dies hier war so ein Augenblick. Johanna entzog dem Meinrad ihre Hand, lief, noch immer im Kostüm, durch den Bühneneingang hinaus aus dem Theater, sprang in ein Taxi und wies den Fahrer an, sie nach Döbling in die Paradisgasse zu bringen.

1961

Das Haus war ganz still. Im schwachen Schein der Küchenlampe, die einen schmalen Korridor aus Licht ins Wohnzimmer freigab, konnte sie erkennen, dass er auf einem Sessel neben der Couch saß. Ganz ruhig verharrte er dort, die Augen starr auf das gerichtet, was vor ihm lag, und atmete kaum hörbar in die Nacht hinein. Johanna zog ihre Schuhe aus und schlich auf Zehenspitzen durch den Raum, bis sie neben dem Sofa stand.

Ihre Gesichter sahen so friedlich aus. In den zarten Locken ihrer Tochter hatten sich bunte Bonbons verfangen, und als Johanna ihr mit dem Finger über die Wange strich, bemerkte sie den Abdruck einer Zuckerlblume der Marke Heller darauf.

»Hast du meine Mutter angerufen?«, fragte sie leise.

»Ich habe Alma angerufen. Sie kommt morgen Früh her und nimmt Mitzi mit.«

Georg schaute zu Johanna auf. »Was hast du denn da an?«

»Ach, immer noch mein Kostüm«, sagte sie.

»Wie war die Premiere?«, fragte er wie beiläufig.

»Gut.«

Georg griff neben sich und reichte Johanna den braunen Umschlag, den ihm der Inspektor dagelassen hatte.

»Das solltest du dir ansehen.«

»Was ist das?«, fragte Johanna und nahm das Kuvert entgegen.

Doch Georg war nicht willens, langwierige Erklärungen abzugeben. »Lies!«, sagte er, stand auf, ging zur Bar hinüber, goss zwei Gläser Cognac ein und reichte ihr eines davon. Johanna trank einen großen Schluck, stellte das Glas ab, setzte sich schließlich und öffnete das Kuvert.

Es enthielt einen Krankenakt aus dem Jahr 1930. Überschrieben war er mit »Krankenbericht«, darunter der Briefkopf der Nervenheilanstalt am Steinhof. Es war Mitzis Krankenakte.

»Ich verstehe nicht …«, sagte Johanna.

»Schlag die Seite drei auf«, wies Georg sie an.

Seite drei war ein eingehefteter blasser Durchschlag aus einem anderen Wiener Spital. Dort stand:

»Vermerk über Geburt: Die Patientin brachte am 24.6.1930 um 11 Uhr vormittags im Erzherzog-Rainer-Spital, 1140 Wien, ein gesundes Mädchen zur Welt. Vater unbekannt.«

Johanna schüttelte den Kopf. Das konnte unmöglich stimmen.

»Mitzi hat eine Tochter?«, fragte sie verwirrt.

»Ja«, antwortete Georg.

»Wieso weiß ich davon nichts?«

»Sie haben es dir verschwiegen«, erklärte ihr Georg. »Deine Eltern dürften gefunden haben, es wäre besser, dir nichts davon zu erzählen.«

»Ja, aber wenn Mitzi eine Tochter hat, dann muss ich das doch wissen!«, sagte Johanna aufgebracht. »Wer weiß, was aus ihr geworden ist! Vielleicht lebt sie noch und wir könnten Kontakt aufnehmen und …«

»Johanna!«, unterbrach Georg sie, »Begreifst du denn nicht? Du bist es. Mitzi ist deine Mutter! Du bist das Kind, das sie dort am 24. Juni 1930 zur Welt gebracht hat.«

»Aber ich wurde am 15. Oktober geboren«, widersprach ihm Johanna.

»Nein«, sagte Georg und zog ein altes Foto aus dem Kuvert hervor. »Du wurdest am 24. Juni geboren. Sieh dir doch mal das Foto an!«

Johanna starrte auf das Bild, das ihr Georg unter die Nase hielt. Es war dasselbe Foto, das sie in der Brieftasche ihres Vaters gefunden hatte, dasselbe, das Mitzi in ihrer Schachtel unterm Bett aufbewahrte. Aber dieses hier hatte ein Datum hinten aufgedruckt. Dort stand »Aufgenommen am 7.10.1930«. Es zeigte ihren Vater, ihre Mutter und Mitzi nebeneinander auf der Prater Hauptallee.

»Verstehst du denn nicht, Johanna? Deine Mutter müsste auf dem Bild doch hochschwanger sein, wenn du im Oktober geboren worden wärest. Ist sie aber nicht. Stattdessen steht da ganz außen rechts ein einzelner Kinderwagen im Hintergrund herum. Der ist uns vorher nur nie aufgefallen, weil wir nicht darauf geachtet haben. Da musst du drin gelegen haben. Du wurdest von deinen Eltern adoptiert, Johanna. Mitzi ist deine echte Mutter!«

»Warum haben sie mir das nie gesagt?«

»Scham, Angst … Außerdem – wer weiß schon, wer dein Vater ist? Das konnte ab 1938 lebensgefährlich sein, nicht zu wissen, woher man stammt. Darum haben sie dich wohl als ihr eigenes Kind ausgegeben. Das war vermutlich für alle Beteiligten das Einfachste.«

In diesem Augenblick konnte Johanna hören, wie ihre Tochter leise, aber vernehmlich im Schlaf seufzte. Mitzi, durch den Laut des Kindes geweckt, schlug die Augen auf und sah Johanna vor sich sitzen. Sie lächelte.

»Johanna«, sagte sie kaum vernehmlich. Und noch einmal: »Johanna.«

Es war das erste und letzte Mal, dass Johanna sie sprechen hörte.

Sie legte das Kuvert beiseite, ging die zwei Schritte auf das Sofa zu, küsste zuerst Mitzi auf die Stirn, strich dann ihrem Kind übers Haar und legte sich schließlich dazu, wobei sie Lore in die Mitte nahmen und Johanna ihren Arm über die Hüfte Mitzis legte. Sanft streichelte sie Mitzis Rücken, bis sie wieder eingeschlafen war.

Georg stellte sein Glas ab, drehte sich um und wollte schon aus dem Raum gehen, als Johanna noch einmal den Kopf hob: »Wir sagen es ihr nicht. Wir sagen meiner Mutter morgen nicht, dass wir es wissen. Einverstanden?«

»Einverstanden«, antwortete Georg.

Johanna senkte den Kopf wieder aufs Sofakissen, schloss die Augen und blieb so, das Kind und die Frau, die ihre echte Mutter war, im Arm, bis zum frühen Morgen liegen.

EPILOG

»Muss das so laut sein?«

»Ja, das muss so laut sein.«

Sie hatte den CD-Player voll aufgedreht. Ein CD-Player im Auto war etwas Besonderes, das hatte schließlich nicht jeder und darum durfte es auch jeder hören.

Georg warf einen Blick auf die Rückbank, auf der sein Enkelsohn im Kindersitz saß und aufmerksam nach draußen schaute, fest angeschnallt, die mit Speichel überzogenen Hände über die Fensterscheibe ziehend, um so ein nicht näher zu beschreibendes Muster auf das Glas zu zeichnen, während Johanna am Steuer saß und ihr blau-weißes Mercedes-Cabriolet durch das sommerliche Kärnten steuerte.

Italien war noch weit weg, aber hier, in ihrem Auto, schien es plötzlich ganz nah zu sein. Es roch beinahe nach Meer.

»Darf ich dann auch einmal ans Steuer?«, wollte Georg wissen.

»Nein«, sagte Johanna vergnügt. »Mein Wagen, meine Regeln.«

»Ja, aber irgendwann wirst du doch einmal müde werden!«, protestierte Georg.

»Dann werden wir irgendwo anhalten, einkehren und ich ruhe mich aus, bis wir weiterfahren können.«

»Du willst also alleine bis nach Venedig durchfahren?«

Johanna fing an zu lachen. »Aber nein, Herr Ministerialrat! Sonst würden wir ja ertrinken auf dem Weg von Mestre bis zum Lido.«

»Also fährst du ganz allein bis Mestre?«, vergewisserte er sich noch einmal.

»Certo, amore!«

Georg beugte sich nach hinten und sagte zu dem Kind: »Hörst du, Anatol, so ist das mit deiner Großmutter – vollkommen sinnlos, sich gegen sie zu wehren! Merk dir das für später!«

»Also bitte«, sagte Johanna, »er ist gerade einmal drei Jahre alt und du versuchst jetzt schon, ihn auf deine Seite zu ziehen! Schäm dich, Georg Neuendorff, schäm dich!«

Da nickte Georg, drehte sich noch einmal um und sprach zu seinem Enkel: »Ich muss mich korrigieren: So ist das mit den Frauen, Anatol!«

»Pfui!«, schalt ihn Johanna. »Bring dem Buben nicht so einen Blödsinn bei. Und außerdem hat der drei ältere Schwestern. Glaubst du nicht, der weiß schon jetzt, wie der Hase läuft?«

»Hase«, sagte Anatol ganz leise auf der Rückbank.

»Richtig, mein Schatz!«, jubelte Johanna. »Hase! Das hast du ganz genau begriffen! Der Opa ist ein Hasenfuß.«

»Hasenfuß«, wisperte das Kind.

In diesem Augenblick hoppelte doch tatsächlich ein Kaninchen über die Landstraße und Johanna verriss kurz das Steuer. Sie touchierten die Grasnarbe neben der Fahrbahn und der Wagen schlingerte heftig, bis sie ihn wieder auf Spur brachte.

»Würde die Diva bitte an sich halten und sich auf die Straße konzentrieren? Es heißt *Tod in Venedig* und nicht *Tod auf der Fahrt nach Venedig*«, sagte Georg, als er sich nach dem ersten Schreck wieder gefangen hatte.

»Also gut«, lenkte Johanna ein, »wir machen da vorne halt und jausnen. Da gibt es einen Kirschenstand.«

Während sie, ganz mondän, in ihrem neuen marinefarbenen Hosenanzug mit riesiger Sonnenbrille am Kirschenstand ein großes Tragerl Herzkirschen kaufte, holte Georg seinen Enkelsohn aus dem Wagen und trug ihn auf dem Arm zu einer Wiese neben der Straße. Dort richteten sie sich einen Picknickplatz her, unter einem Baum, auf einer alten blauen Decke, aßen Kirschen, die der kleine Anatol mit Kern verschluckte, wovon er später überraschend keine Bauchschmerzen bekam, knabberten Butterkekse und tranken mitgebrachten Kaffee. Irgendwann beobachtete der Kleine, wie sich die Großmutter mit dem Kopf an der Schulter des Großvaters anlehnte und dieser sie in die Arme schloss, während Anatol einen Grashalm nach dem anderen zerrupfte. Lange saßen die drei dort auf der Wiese, um sie herum die flimmernde Abendluft.

»Blaue Stunde«, sagte Georg leise. »Wir sollten uns ein Nachtquartier suchen.«

»Ja«, stimmte ihm Johanna zu. »Obwohl ich es hier auf dieser Decke auch noch länger aushalten könnte.« Sie blickte zu Anatol hinüber. »Aber du gehörst wohl ins Bett.«

Sie packten alles zusammen, schnallten das Kind in seinem Sitz fest und fuhren weiter. Kurze Zeit später hielten sie bei einem Gasthof, nahmen sich ein Zimmer mit Kinderbettchen, trugen Enkel und Gepäck hinauf und legten sich sehr bald alle zusammen schlafen.

Als Anatol am nächsten Morgen erwachte, es war noch sehr früh, konnte er durch die Gitterstäbe seines Bettchens die schlafenden Großeltern beobachten. Die Großmutter hatte sich auf die Seite gedreht, während der Großvater auf dem Rücken lag und mit offenem Mund laut schnarchte. Wenn er noch etwas höher blickte, konnte er ein Bild, das über dem Bett der beiden hing, betrachten. Darauf waren ein Mann und eine Frau zu sehen, die ganz blau gemalt waren, und der Mann hielt die Frau im Arm, genauso wie es der Großvater mit der Großmutter auf der Wiese getan hatte. Nur waren diese beiden auf dem Bild dabei nackt. Anatol betrachtete es eine ganze Weile lang. Schließlich legte er sich wieder hin, machte die Augen zu und schlief erneut ein. Seine Träume waren bevölkert von Liebenden in Blau.

Als er erneut aufwachte, spürte er die Hand seiner Großmutter, die sanft über seine Wange strich.

»Komm, Anatol, wir fahren jetzt nach Italien!«

Widerstandslos ließ er sich aus dem Bettchen heben und anziehen. Während Johanna ihm seine Strickweste zuknöpfte, zeigte er noch einmal mit seinem kleinen Zeigefinger auf das Bild an der Wand.

»Blau«, sagte Anatol ganz leise.

»Was sagst du, Kind?«, fragte Johanna. Sie folgte Anatols Blick und nahm, zum ersten Mal, seit sie das Zimmer betreten hatte, das Bild über dem Ehebett wirklich wahr. »Ach so, den Chagall meinst du!« Johanna schüttelte den Kopf. »Also wirklich – was die in Hotelzimmern so an Kitsch an die Wand hängen … grässlich!«

Dann trug sie ihren Enkelsohn hinaus bis zum Wagen, wo Georg schon auf sie wartete, schnallte ihn in seinem Sitz fest, setzte sich schließlich ans Steuer und weiter ging die Reise. Bis Mestre hielten sie nur noch ein einziges Mal an, um zu tanken.

Anatol konnte sich später nicht mehr an Venedig mit seinen Wasserstraßen und seinen vielen Schiffen und Gondeln erinnern. Die zwei Wochen mit den Großeltern am Lido gingen über in eine sandbraune Vorstellung von Hitze und Meer, verklebt mit einer Garnitur aus Erdbeereis. Nur ein einziges Bild blieb in seinem Kinderkopf hängen, nämlich das der Großeltern, wie sie zur blauen Stunde auf einer Picknickdecke lagen, der Mond leuchtend über ihren Köpfen und es im Dämmerlicht der herannahenden Nacht nach Kirschen roch; dazu ein Name, den er nie vergessen sollte und der ihm blieb, ganz so, als hätte er den großen Künstler in jungen Jahren einmal selbst getroffen und wäre als Bub auf seinen Knien geschaukelt worden, was natürlich nie geschehen war. Noch oft, wenn er in späteren Jahren nachts wach lag, würde er in die Stille hinein den Namen des Mannes flüstern, der seine Großeltern gemalt hatte: Chagall. Es war nicht seine Schuld, dass es eine große, wunderbare, alles verzehrende Lüge war.